文艺常谈

朱自清 著

中华书局

跟大师学国学

图书在版编目(CIP)数据

文艺常谈/朱自清著.—北京:中华书局,2016.6
(跟大师学国学)
ISBN 978-7-101-11827-8

Ⅰ.文… Ⅱ.朱… Ⅲ.文艺评论-中国-文集 Ⅳ.I206-53

中国版本图书馆 CIP 数据核字(2016)第 093630 号

书　　名	文艺常谈
著　　者	朱自清
丛 书 名	跟大师学国学
责任编辑	申作宏
出版发行	中华书局
	(北京市丰台区太平桥西里 38 号　100073)
	http://www.zhbc.com.cn
	E-mail:zhbc@zhbc.com.cn
印　　刷	北京瑞古冠中印刷厂
版　　次	2016 年 6 月北京第 1 版
	2016 年 6 月北京第 1 次印刷
规　　格	开本/889×1194 毫米　1/32
	印张 9¾　字数 250 千字
印　　数	1—6000 册
国际书号	ISBN 978-7-101-11827-8
定　　价	28.00 元

写给年轻人的国学读本
——"跟大师学国学"出版缘起

这是一套写给年轻人的国学读本。

"国学"之名,始自清末。其时欧美学术进入中国,号为"新学"、"西学"等,与之相对,人们便把中国固有的学问统称为"旧学"、"中学"或"国学"等。

晚清民国时期,东西方文化会通碰撞,人文学术勃兴,产生了一批大师级的学者,留下了丰厚的文化遗产。他们的著述,历经岁月洗磨,至今仍熠熠生辉。我国古代经典,浩繁艰深,而这些著作无异于方便后人接近经典、了解历史与文化的一座座桥梁,其价值自不待言。

遗憾的是,出于诸种原因,这些著作,有的版本繁多,错漏杂见,有的久不再版,一书难觅。有鉴于此,我们特组织出版"跟大师学国学"书系,从中遴选出一些好读易懂、简明扼要的作品,仔细编校,统一装帧,分批推出,以飨读者。

这些作品,大多是一版再版的经典,不仅在文化学术界历来享有盛誉,也在广大读者中间有较高知名度;另有一部分,出自当日名家,影响很大,但1949年后未曾重印,借此次机会,将之重新推荐给大家。

这些作品，有的是为高中生所撰的教材，如张荫麟先生《中国史纲》；有的是为青年学生所作的讲演，如章太炎先生《国学概论》和梁启超先生《中国历史研究法》；有的是应约为青年人所写的通俗读物，如吕思勉先生《三国史话》——都是大家名家面向年轻读者讲述，不作高头讲章，也不掺杂教条习气。这正应了曹聚仁先生记录章太炎先生所作国学讲演时所说：

> 任在何时何地的学者，对于青年们有两种恩赐：第一，他运用精利的工具，辟出新境域给人们享受；第二，他站在前面，指引途径，使人们随着在轨道上走。

这也是本书系立意所在——让年轻一代享受大师们的文化成果，学习大师们的治学方法，感知大师们的智慧才情。朱自清先生说得好："经典训练的价值不在实用，而在文化。……做一个有相当教育的国民，至少对于本国的经典，也有接触的义务。"这对当今社会的年轻人来说，也许是一个并不过时的提醒。

我们希望，这些作品能在新的时代，帮助年轻朋友熟悉经典，认识中国的历史与文化。

中华书局编辑部

2009 年 4 月

写在前面

朱自清先生（1898—1948），是我国现代文学史上的散文家、诗人、教育家，也是研究古典文学的知名学者。

朱自清先生原名自华，号秋实，后改名自清，字佩弦，生于江苏东海。他早年毕业于北京大学哲学系，以新诗创作崭露头角。1925年，任清华大学中文系教授，从事文学研究和散文创作。1928年出版散文集《背影》，文风清新，感情真挚，富有韵味，在文坛上独树一帜。他的散文名篇《匆匆》、《背影》、《荷塘月色》等至今仍是中学语文教材常选篇目。1931年，朱自清先生赴英留学，后漫游欧洲五国。次年回国后任清华大学中文系主任；1938年赴昆明任西南联大中文系主任。1948年8月病逝于北平。

朱自清先生在诗歌研究、文学研究、语文教育等方面都有令人惊叹的成果。其名作《经典常谈》长销不衰，收入"跟大师学国学"后也受到读者欢迎，已多次重印。他的其他作品，如《新诗杂话》、《标准与尺度》、《论雅俗共赏》、《语文零拾》等偶有再版，但流传不广。有鉴于此，我们将朱自清先生散见于各书的有关诗歌、文学、语文教育等方面的文字，精选为一册，取名为《文艺常谈》，予以出版，希望对年轻的朋友们了解与欣赏中国文艺有所助益。

在整理过程中，部分篇目参考了《朱自清论语文教育》（河南教育出版社，1985年)、《朱自清说诗》(上海古籍出版社，1998年)、王丽丽编《朱自清学术文化随笔》(中国青年出版社，2000年)等书，在此对有关编者及出版社表示感谢。本书全部篇目的选取及编排，均由徐卫东拟定。本书的编校，除改正了个别字词、标点符号及引文之讹误外，一般尽量保存原貌。

目 录

什么是文学　1
古文学的欣赏　5
文学的标准和尺度　11
文言白话杂论　19
语文学常谈　25
了解与欣赏　28
论中国文学选本与专籍　35
论教本与写作　39
怎样学习国文　52
写作杂谈　57
禅家的语言　63
关于"月夜蝉声"　69
鲁迅《药》指导大概　72

论雅俗共赏　101

2　文艺常谈

论百读不厌	109
鲁迅先生的杂感	117
论逼真与如画	124
论书生的酸气	136
论严肃	146
论通俗化	151
低级趣味	155
论标语口号	158
论诵读	162
论诗学门径	169
《古诗十九首释》前言	176
诗与话	181
歌谣里的重叠	188
解　诗	192
诗与感觉	197
诗与哲理	205
诗与幽默	210
真　诗	218
朗读与诗	228

诗的形式	236
诗　韵	242
诗多义举例	250
诗的语言	271
论"以文为诗"	281
再论"曲终人不见，江上数峰青"	290
王安石《明妃曲》	294

什么是文学

　　什么是文学？大家愿意知道，大家愿意回答，答案很多，却都不能成为定论。也许根本就不会有定论，因为文学的定义得根据文学作品，而作品是随时代演变随时代堆积的。因演变而质有不同，因堆积而量有不同，这种种不同都影响到什么是文学这一问题上。比方我们说文学是抒情的，但是像宋代说理的诗，十八世纪英国说理的诗，似乎也不得不算是文学。又如我们说文学是文学，跟别的文章不一样，然而就像在中国的传统里，经史子集都可以算是文学。经史子集堆积得那么多，文士们都钻在里面生活，我们不得不认这些为文学。当然，集部的文学性也许更大些。现在除经史子集外，我们又认为元明以来的小说戏剧是文学。这固然受了西方的文学意念的影响，但是作品的堆积也多少在逼迫着我们给它们地位。明白了这种种情形，就知道什么是文学这问题大概不会有什么定论，得看作品看时代说话。

新文学运动初期，运动的领导人胡适之先生曾答覆别人的问，写了短短的一篇《什么是文学》。这不是他用力的文章，说的也很简单，一向不会引起多少注意。他说文字的作用不外达意表情，达意达得好，表情表得妙就是文学。他说文学有三种性：一是懂得性，就是要明白。二是逼人性，要动人。三是美，上面两种性联合起来就是美。这里并不特别强调文学的表情作用，却将达意和表情并列，将文学看作和一般文章一样，文学只是"好"的文章、"妙"的文章、"美"的文章罢了。而所谓"美"就是明白与动人，所谓三种性其实只是两种性。"明白"大概是条理清楚，不故意卖关子；"动人"大概就是胡先生在《谈新诗》里说的"具体的写法"。当时大家写作固然用了白话，可是都求其曲，求其含蓄。他们注重求暗示，觉得太明白了没有余味。至于"具体的写法"，大家倒是同意的。只是在《什么是文学》这一篇里，"逼人"、"动人"等语究竟太泛了，不像《谈新诗》里说的"具体的写法"那么"具体"，所以还是不能引人注意。

再说当时注重文学的型类，强调白话诗和小说的地位。白话新诗在传统里没有地位，小说在传统里也只占到很低的地位。这儿需要斗争，需要和只重古近体诗与骈散文的传统斗争。这是工商业发展之下新兴的知识分子跟农业的封建社会的士人的斗争，也可以说是民主的斗争。胡先生的不分型类的文学观，在当时看来不免历史癖太重，不免笼统，而不能鲜明自己的旗帜，因此注意他这一篇短文的也就少。文学型类的发展从新诗和小说到了散文——就是所谓美的散文，又叫做小品文的。虽然这种小品文以抒情为主，是外来的影响，但是跟传统的骈散文的一部分却有接近之处。而文学包括这种小说以外的散文在内，也就跟传统的文的意念包括骈散文的有了接近之处。小品文之后有杂文。杂文可以说是继承"随感录"的，但从它的短小的篇幅看，也可以说是小品文的演变。小品散文因应时代的需要从抒情转到批评和说明上，但一般还认为是文学，和长篇议论文、说明文不一样。这种文学观就更跟那传统的文的意念接近了。而胡先生说的什么是文学也就值得我们注意了。

传统的文的意念也经过几番演变。南朝所谓"文笔"的文，以有韵的诗赋为主，加上些典故用得好，比喻用得妙的文章，《昭明文选》里就选的是这些。这种文多少带着诗的成分，到这时可以说是诗的时代。宋以来所谓"诗文"的文，却以散文就是所谓古文为主，而将骈文和辞赋附在其中。这可以说是到了散文时代。现代中国文学的发展，虽只短短的三十年，却似乎也是从诗的时代走到了散文时代。初期的文学意念近于南朝的文的意念，而与当时还在流行的传统的文的意念，就是古文的文的意念，大不相同。但是到了现在，小说和杂文似乎占了文坛的首位，这些都是散文，这正是散文时代。特别是杂文的发展，使我们的文学意念近于宋以来的古文家而远于南朝。胡先生的文学意念，我们现在大概可以同意了。

英国德来登早就有知的文学和力的文学的分别，似乎是日本人根据了他的说法而仿造了"纯文学"和"杂文学"的名目。好像胡先生在什么文章里不赞成这种不必要的分目。但这种分类虽然好像将表情和达意分而为二，却也有方便处。比方我们说现在杂文学是在和纯文学争着发展。这就可以见出这时代文学的又一面。杂文固然是杂文学，其他如报纸上的通讯，特写，现在也多数用语体而带有文学意味了。书信有些也如此。甚至宣言，有些也注重文学意味了。这种情形一方面见出一般人要求着文学意味，一方面又意味着文学在报章化。清末古文报章化而有了"新文体"，达成了开通民智的使命。现代文学的报章化，该是德先生和赛先生的吹鼓手罢。这里的文学意味就是"好"，就是"妙"，也就是"美"，却决不是卖关子，而正是胡先生说的"明白"、"动人"。报章化要的是来去分明，不躲躲闪闪的。杂文和小品文的不同处就在它的明快，不大绕弯儿，甚至简直不绕弯儿。具体倒不一定。叙事写景要具体，不错。说理呢，举例子固然要得，但是要言不烦，或简截了当也就是干脆，也能够动人。使人威固然是动人，使人信也未尝不是动人。不过这样解释着胡先生的用语，他也许未必同意罢？

（北平《新生报》，三十五年）

古文学的欣赏

新文学运动开始的时候，胡适之先生宣布"古文"是"死文学"，给它撞丧钟，发讣闻。所谓"古文"，包括正宗的古文学。他是教人不必再做古文，却显然没有教人不必阅读和欣赏古文学。可是那时提倡新文化运动的人如吴稚晖、钱玄同两位先生，却教人将线装书丢在毛厕里。后来有过一回"骸骨的迷恋"的诗，也是反对做旧诗，不是反对读旧诗。但是两回反对读经运动却是反对"读"的。反对读经，其实是反对礼教，反对封建思想，因为主张读经的人是主张传道给青年人，而他们心目中的道大概不离乎礼教，不离乎封建思想。强迫中小学生读经没有成为事实，却改了选读古书，为的了解"固有文化"。为了解固有文化而选读古书，似乎是国民分内的事，所以大家没有说话。可是后来有了"本位文化"论，引起许多人的反感，本位文化论跟早年的保存国粹论同而不同，这不是残余的而是新兴的反动势力。这激起许多人，特别是青年人，反对读古书。

可是另一方面，在本位文化论之前有过一段关于"文学遗产"的讨论。讨论的主旨是如何接受文学遗产，倒不是扬弃它，自然，讨论到"如何"接受，也不免有所分别扬弃的。讨论似乎没有多少具体的结果，但是"批判的接受"这个广泛的原则，大家好像都承认。接着还有一回范围较小，性质相近的讨论。那是关于《庄子》和《文选》的。说《庄子》和《文选》的词汇可以帮助语体文的写作，的确有些不切实际。接受文学遗产若从"做"的一面看，似乎只有写作的态度可以直接供我们参考，至于篇章字句，文言语体各有标准，我们尽可以比较研究，却不能直接学习。因此许多大中学生厌弃教本里的文言，认为无益于写作，他们反对读古书，这也是主要的原因之一。但是流行的《作文法》，《修辞学》，《文学概论》这些书，举例说明，往往古今中外兼容并包，青年人对这些书里的"古文今解"倒是津津有味的读着，并不厌弃似的。从这里可以看出青年人虽然不愿信古，不愿学古，可是给予适当的帮助，他们却愿意也能够欣赏古文学，这也就是接受文学遗产了。

说到古今中外，我们自然想到翻译的外国文学。从新文学运动以来，语体翻译的外国作品数目不少，其中近代作品占多数，这几年更集中于现代作品，尤其是苏联的。但是希腊罗马的古典，也有人译，有人读，直到最近都如此。莎士比亚至少也有两种译本。可见一般读者（自然是青年人多），对外国的古典也在爱好着。可见只要能够让他们接近，他们似乎是愿意接受文学遗产的，不论中外。而事实上外国的古典倒容易接近些。有些青年人以为古书古文学里的生活跟现代隔得太远，远得渺渺茫茫的，所以他们不能也不愿接受那些。但是外国古典该隔得更远了，怎么事实上倒反容易接受些呢？我想从头来说起，古人所谓"人情不相远"是有道理的。尽管社会组织不一样，尽管意识形态不一样，人情总还有不相远的地方。喜怒哀乐爱恶欲总还是喜怒哀乐爱恶欲，虽然对象不尽同，表现也不尽同。对象和表现的不同，由于风俗习惯的不同，风俗习惯的不同，由于地理环境和社会组织的不同。使我们跟古代跟外国隔得远的，就是这种种风俗习惯，而使我们跟古文学跟外国文学隔得远的尤其是可以算做风俗习惯的一环的语言文字。语体翻译的外国文学打通了这一关，所以倒比古文学容易接受些。

人情或人性不相远，而历史是连续的，这才说得上接受古文学。但是这是现代，我们有我们的立场。得弄清楚自己的立场，再弄清楚古文学的立场，所谓"知己知彼"，然后才能分别出那些是该扬弃的，那些是该保留的。弄清楚立场就是清算，也就是批判，"批判的接受"就是一面接受着，一面批判着。自己有立场，却并不妨碍了解或认识古文学，因为一面可以设身处地为古人着想，一面还是可以回到自己立场上批判的。这"设身处地"是欣赏的重要的关键，也就是所谓"感情移入"。个人生活在群体中，多少能够体会别人，多少能够为别人着想。关心朋友，关心大众，恕道和同情，都由于设身处地为别人着想，甚至"替古人担忧"

也由于此。演戏，看戏，一是设身处地的演出，一是设身处地的看入。做人不要做坏人，做戏有时候却得做坏人。看戏恨坏人，有的人竟会丢石子甚至动手去打那戏台上的坏人。打起来确是过了分，然而不能不算是欣赏那坏人做得好，好得教这种看戏的忘了"我"。这种忘了"我"的人显然没有在批判着。有批判力的就不至如此，他们欣赏着，一面常常回到自己，自己的立场。欣赏跟行动分得开，欣赏有时可以影响行动，有时可以不影响，自己有分寸，做得主，就不至于糊涂了。读了武侠小说就结伴上峨眉山，的确是糊涂。所以培养欣赏力同时得培养批判力，不然，"有毒的"东西就太多了。然而青年人不愿意接受有些古书和古文学，倒不一定是怕那"毒"，他们的第一难关还是语言文字。

打通了语言文字这一关，欣赏古文学的就不会少，虽然不会赶上欣赏现代文学的多。语体翻译的外国古典可以为证。语体的旧小说如《水浒传》、《西游记》、《红楼梦》、《儒林外史》，现在的读者大概比二三十年前要减少了，但是还拥有相当广大的读众。这些人欣赏打虎的武松，焚稿的林黛玉，却一般的未必崇拜武松，尤其未必崇拜林黛玉。他们欣赏武松的勇气和林黛玉的痴情，却嫌武松无知识，林黛玉不健康。欣赏跟崇拜也是分得开的。欣赏是情感的操练，可以增加情感的广度、深度，也可以增加高度。欣赏的对象或古或今，或中或外，影响行动或浅或深，但是那影响总是间接的，直接的影响是在情感上。有些行动固然可以直接影响情感，但是欣赏的机会似乎更容易得到些。要培养情感，欣赏的机会越多越好，就文学而论，古今中外越多能欣赏越好。这其间古文和外国文学都有一道难关，语言文字。外国文学可用语体翻译，古文学的难关该也不难打通的。

我们得承认古文确是"死文字",死语言,跟现在的语体或白话不是一种语言。这样看,打通这一关也可以用语体翻译。这办法早就有人用过,现代也还有人用着。记得清末有一部《古文析义》,每篇古文后边有一篇白话的解释,其实就是逐句的翻译。那些翻译够清楚的,虽然啰嗦些。但是那只是一部不登大雅之堂的启蒙书,不会引起人们注意。五四运动以后,整理国故引起了古书今译。顾颉刚先生的《盘庚篇今译》(见《古史辨》),最先引起我们的注意。他是要打破古书奥妙的气氛,所以将《尚书》里诘屈聱牙的这《盘庚》三篇用语体译出来,让大家看出那"鬼治主义"的把戏。他的翻译很谨严,也够确切,最难得的,又是三篇简洁明畅的白话散文,独立起来看,也有意思。近来郭沫若先生在《由周代农事诗论到周代社会》一文(见《青铜时代》)里翻译了《诗经》的十篇诗,风雅颂都有。他是用来论周代社会的,译文可也都是明畅的素朴的白话散文诗。此外还有将《诗经》、《楚辞》和《论语》作为文学来今译的,都是有意义的尝试。这种翻译的难处在乎译者的修养,他要能够了解古文学,批判古文学,还要能够照他所了解与批判的译成艺术性的或有风格的白话。

翻译之外,还有讲解,当然也是用白话。讲解是分析原文的意义并加以批判,跟翻译不同的是以原文为主。笔者在《国文月刊》里写的《古诗十九首集释》,叶绍钧先生和笔者合作的《精读指导举隅》(其中也有语体文的讲解),浦江清先生在《国文月刊》里写的《词的讲解》,都是这种尝试。有些读者嫌讲得太琐碎,有些却愿意细心读下去。还有就是白话注释，更是以读原文为主。这虽然有人试过，如《论语白话注》之类，可只是敷衍旧注，毫无新义，那注文又啰里啰嗦的。现在得从头做起，最难的是注文用的白话；现行的语体文里没有这一体，得创作，要简明朴实。选出该注释的词句也不易，有新义更不易。此外还有一条路，可以叫做拟作。谢灵运有《拟魏太子邺中集》，综合的拟写建安诗人，用他们的口气作诗。江淹有《杂拟诗》三十首，也是综合而扼要的分别拟写历代无名的五言诗人，也用他们自己的口气。这是用诗来拟诗。英国麦克士·比罗姆著《圣诞花环》，却以圣诞节为题用散文来综合的扼要的拟写当代各个作家。他写照了各个作家，也写照了自己。我们不妨如法泡制，用白话来尝试。以上四条路都通到古文学的欣赏，我们要接受古代作家文学遗产，就可以从这些路子走近去。

文学的标准和尺度

我们说"标准",有两个意思。一是不自觉的,一是自觉的。不自觉的是我们接受的传统的种种标准。我们应用这些标准衡量种种事物种种人,但是对这些标准本身并不怀疑,并不衡量,只照样接受下来,作为生活的方便。自觉的是我们修正了的传统的种种标准,以及采用的外来的种种标准。这种种自觉的标准,在开始出现的时候大概多少经过我们的衡量,而这种衡量是配合着生活的需要的。本文只称不自觉的种种标准为"标准",改称种种自觉的标准为"尺度",来显示这两者的分别。"标准"原也离不了尺度，但尺度似乎不像标准那样固定，近来常说"放宽尺度"，既然可以"放宽"，就不是固定的了。这种"标准"和"尺度"的分别，在一个变得快的时代最容易觉得出，在道德方面在学术方面如此，在文学方面也如此。

　　中国传统的文学以诗文为正宗，大多数出于士大夫之手。士大夫配合君主掌握着政权。做了官是大夫，没有做官是士，士是候补的大夫。君主士大夫合为一个封建集团，他们的利害是共同的。这个集团的传统的文学标准，大概可用"儒雅风流"一语来代表。载道或言志的文学以"儒雅"为标准，缘情与隐逸的文学以"风流"为标准。有的人"达则兼济天下，穷则独善其身"，表现这种情志的是载道或言志。这个得有"正其谊不谋其利，明其道不计其功"的抱负，得有"怨而不怒"、"温柔敦厚"的涵养，得用"镕经铸史"、"含英咀华"的语言。这就是"儒雅"的标准。有的人纵情于醇酒妇人，或寄情于田园山水，表现这种种情志的是缘情或隐逸之风。这个得有"妙赏"、"深情"和"玄心"，也得用"含英咀华"的语言。这就是"风流"的标准。（关于"风流"的解释，用冯友兰先生语，见《论风流》一文中。）

　　在现阶段看整个的传统的文学，我们可以说"儒雅风流"是标准。但是看历代文学的发展，中间还有许多变化。即如诗本是"言志"的，陆机却说"诗缘情而绮靡"。"言志"其实就是"载道"，与"缘情"大不相同。陆机实在是用了新的尺度。"诗言志"这一个语在开始出现的时候，原也是一种尺度，后来得到公认而流传，就成为一种标准。说陆机用了新的尺度，是对"诗言志"那个旧尺度而言。这个新尺度后来也得到公认而流传，成为又一种标准。又如南朝文学的求新，后来文学的复古，其实都是在变化，在变化的时候也都是用着新的尺度。固然这种新尺度大致只伸缩于"儒雅"和"风流"两种标准之间，但是每回伸缩的长短不同，疏密不同，各有各的特色。文学史的扩展从这种种尺度里见出。

这种尺度表现在文论和选集里，也就是表现在文学批评里。中国的文学批评以各种形式出现。魏文帝的《论文》是在一般学术的批评的《典论》里，陆机《文赋》也许可以说是独立的文学批评的创始，他将文作为一个独立的课题来讨论。此后有了选集，这里面分别体类，叙述源流，指点得失，都是批评的工作。又有了《文心雕龙》和《诗品》两部批评专著。还有史书的文学传论，别集的序跋和别集中的书信。这些都是比较有系统的文学批评，各有各的尺度。这些尺度有的依据着"儒雅"那个标准，结果就是复古的文学；有的依据着"风流"那个标准，结果就是标准的文学。但是所谓复古，其实也还是求变化求新异，韩愈提倡古文，却主张务去陈言，戛戛独造，是最显著的例子。古文运动从独造新语上最见出成绩来。胡适之先生说文学革命都从文字或文体的解放开始，是有道理的，因为这里最容易见出改变了的尺度。现代语体文学是标新的，不是复古的，却也可以说是从文字或文体的解放开始，就从这语体上，分明的看出我们的新尺度。

这种语体文学的尺度，如一般人所公认，大部分是受了外国的影响，就是依据着种种外国的标准。但是我们的文学史中原也有这样一股支流，和那正宗的或主流的文学由分而合的相配而行。明代的公安派和竟陵派自然是这支流的一段，但这支流的渊源很古久，截取这一段来说是不正确的。汉以前我们的言和文比较接近，即使不能说是一致。从孔子"有教无类"起，教育渐渐开放给平民，受教育的渐渐多起来。这种受了教育的人也称为"士"，可是跟从前贵族的士不同，这些只是些"读书人"。士的增多影响了语言和文体，话要说的明白，说的详细，当时的著述是说话的纪录，自然也是这样。这里面该有平民语调的参入，虽然我们不能确切的指出。汉代辞赋发达，主要的作为宫廷文学，后来变为远于说话的骈俪的体制，士大夫就通用这种体制。可是另一方面，游历了通都大邑名山大川的司马迁，却还用那近乎说话的文体作《史记》，古里古怪的扬雄跟"问孔"、"刺孟"的王充，也还用这种文体作《法言》和《论衡》，而乐府诗来自民间，不用问更近于说话。可见这种文体是废不掉的。就是骈俪文盛行的时代，也还有《世说新语》，记录那时代的说话。到了唐代的韩愈，提倡"气盛言宜"的古文，"气盛言宜"就是说话的调子，至少是近于说话的调子；还有语录和笔记，起于唐而盛于宋，还有来自民间的词，这些也都用着说话或近于说话的调子。东汉以来逐渐建立起来的门阀，到了唐代中叶垮了台，"寻常百姓"的士又增多起来，加上宋代印刷和教育的发达，所以那种详明如话的文体就大大的发达了。到了元明两代，又有了戏曲和小说，更是以说话体就是语体为主。公安派竟陵派接受了这股支流，努力想将它变成主流，但是这一个尝试失败了。直到现代，一个新的尝试才完成了语体文学，新文学，也就是现代文学。

从以上一段语体文学发展的简史里可以看出种种伸缩的尺度。这些尺度大体上固然不出乎"儒雅"和"风流"那两个标准，可是像语录和笔记，有些恐怕只够"儒"而不够"雅"，有些恐怕既不够"儒"也不够"雅"，不够"雅"因为用俗语或近乎俗语，不够"儒"因为只是一些细事，无关德教，也与风流不相干。汉乐府跟《世说新语》也用俗语，虽然现在已将那些俗语看作了古典。戏曲和小说有的别忠奸，寓劝惩，叙风流，固然够得上标准，有的却不够儒雅，不算风流。在过去的文学传统里，这两种本没地位，所谓不在话下。不过我们现在得给这些不够格的分别来个交代。我们说戏曲和小说可以见人情物理，这可以叫做"观风"的尺度。《礼记》里说诗可以"观民风"，可以观风，也就拐了弯儿达到了"儒雅"那个标准。戏曲和小说不但可以观民风，还可以观士风，而观风就是写实，就是反映社会，反映时代。这是社会的描写，时代的纪录。在我们看来，用不着再绕到"儒雅"那个标准之下，就足够存在的理由了。那些无关政教也不算风流的笔记，也可以这么看。这个"人情物理"或"观风"的尺度原是依据了"儒雅"那个标准定出来的，可是唐代中叶以后，这个尺度似乎已经暗地里独立运用，这已经不是上德化下的尺度而是下情上达的尺度了。人民参加着定了这个尺度，而俗语的参入文学，正与这个尺度配合着。

说是人民参加着订定文学的尺度，如上文所提到的，该起于春秋末年贵族渐渐没落平民渐渐兴起的时候。这些受了教育的平民加入了统治集团，多少还带着他们的情感和语言。这种新的士流日渐增加，自然就影响了文化的面目乃至精神。汉乐府的搜集与流行，就在这样氛围之中。《韩诗》解《伐木》一篇说到"饥者歌其食，劳者歌其事"。"饥者歌其食,劳者歌其事"正是"人情物理",正是"观风",这说明了三百篇诗的一些诗,也说明了乐府里的一些诗。"饥者歌其食,劳者歌其事",自然周代的贵族也会如此的,可是这两句话带着浓重的平民的色彩;配合着语言的通俗,尤其可以见出。这就是前面说的"参加",这参加倒是不自觉的。但那"人情物理"或"观风"的尺度的订定却是自觉的。汉以来的社会是士民对立,同时也是士民流通。《世说新语》里纪录一些俗语,取其自然。在"风流"的标准下,一般的固然以"含英咀华"的语言为主,但是到了这时代稍加改变,取了"自然"这个尺度,也不足为怪的。

唐代中叶以后,士民间的流通更自由了,士人是更多了。于是乎"人情物理"的著作也更多。元代蒙古人压迫汉人,士大夫的地位降低下去。真正领导文坛的是一些吏人以及"书会先生"。他们依据了"人情物理"的尺度作了许多戏曲。明代士大夫的地位高了些,但是还在暴君压制之下。他们这时却恢复了文坛的领导权,他们可也在作戏曲,并且在提倡小说,作小说了。公安派竟陵派就是受了这种风气的影响而形成的。清代士大夫的地位又高了些,但是又在外族统治之下,还不能恢复元代以前的地位。他们也在作戏曲和小说,可是戏曲和小说始终还是小道,不能跟诗文并列为正宗。"人情物理"还是一种尺度,不能成为标准。但是平民对文学的影响确乎渐渐在扩大。原来士民的对立并不是严格的。尤其在文学上,平民所表现的生活还是以他们所"不能至而心向往之"的士大夫生活为标准。他们受自己的生活折磨够了,只羡慕着士大夫的生活,可又只能耐着苦羡慕着,不知道怎样用行动去争取,至多是表现在他们的文学就是民间文学里，低级趣味是免不了的，但那时他们的理想是爬上高处去。这样，士大夫的文学接受他们的影响，也算是个顺势。虽然"人情物理"和"通俗"到清代还没有成为标准，可是"自然"这尺度从晋代以来已经渐渐成为一种标准。这究竟显出了人民的力量。

大清帝国改了中华民国，新文化运动新文学运动配合着五四运动画出了一个新时代。大家拥戴的是"德先生"和"赛先生"，就是民主与科学。但是实际上做到的是打倒礼教也就是反封建的工作。反封建解放了个人，也发现了民众，于是乎有了个人主义和人道主义，前者是实践，后者还是理论。这里得指出在那个阶段上，我们是接受了种种外国标准，而向现代化进行着。这时的社会已经不是士民的对立，而是封建的军阀官僚和人民的对立。从清末开设学校，受教育的人大量增多。士或读书人渐渐变了质，到这时一部分成为军阀和官僚的帮闲，大部分却成了游离的知识阶级。知识阶级从军阀和官僚独立，却还不能跟民众联合起来，所以是游离着。这里面大部分是青年学生。这时候的文学是语体文学，开始似乎是应用着"人情物理"、"通俗"那两个尺度以及"自然"那个标准。然而"人情物理"变了质成为"打倒礼教"就是"反封建"也就是"个人主义"这个标准，"通俗"和"自然"也让步给那"欧化"的新尺度，这"欧化"的尺度后来并且也成了标准。用欧化的语言表现个人主义，顺带着人道主义，是这时期知识阶级向着现代化的路。

五卅运动接着国民革命，发展了反帝国主义运动，于是"反帝国主义"也成了文学的一种尺度。抗战起来了，"抗战"立即成了一切的标准，文学自然也在其中。胜利却带来了一个动乱时代，民主运动发展，

"民主"成了广大应用的尺度，文学也在其中。这时候知识阶级渐渐走近了民众，"人道主义"那个尺度变质成为"社会主义"的尺度，"自然"又调剂着"欧化"，这样与"民主"配合起来。但是实际上做到的还只是暴露丑恶和斗争丑恶。这是向着新社会发脚的路。受教育的越来越多，这条路上的人也将越来越多，文学终于要配合上那新的"民主"的尺度向前迈进。大概文学的标准和尺度的变换，都与生活配合着，采用外国的标准也如此。表面上好像只是求新，其实求新是为了生活的高度、深度或广度。社会上存在着特权阶级的时候，他们只见到高度和深度，特权阶级垮台以后，才能见到广度。从前有所谓雅俗之分，现在也还有低级趣味，就是从高度、深度来比较的。可是现在渐渐强调广度，去配合着高度、深度，普及同时也提高，这才是新的"民主"的尺度。要使这新尺度成为文学的新标准，还有待于我们自觉的努力。

（《大公报》，三十六年）

文言白话杂论

有一两位朋友谈起现在读文言的人要比读白话的多。他们的估计是这样的：大学生中学生，还有小市民，都能读白话和文言，虽然他们所能读的白话和文言，性质程度未必一样。而在实际生活里，他们是两种文体都得读的。另有一班老先生，却只读文言，不需，不愿或竟不能读白话。这么看，读文言的人岂不就多了？

又有朋友说，现在的白话是美术文，文言却是应用文，正如从前古文是应用文，骈文是美术文一般。——这几位朋友却都是写白话的。这原是些旧话；近来所谓中小学文言运动,教我想起了这些。我觉得这两说都还有可商之处。主张第一说的,似乎没有将那数目不小的,只能读白话的小学生估计进去。这个数目怕比那班老先生多;况且老先生一天比一天少,小学生却日出不穷。就凭这一点说,白话的势力一定会将文言压下去。自然,所谓中小学文言运动若真个成功,就不一定能这么说,不过那么一来,中小学生可太苦了,浪费了许多精力在本可不学的东西上。这层别人已经说得很多,兹不论。

至于文言文是应用文,也是这回文言运动的二大理由之一。——另一个理由是经书为做人根本,不可不读,这一层论者也很多,不赘。——许多人看重这件事,因为是实在情形。不过现在社会上应用的文言,如书札,电报,法令,宣言,报纸等,却并不是所谓古文;念了《论语》《孟子》固然未必写得合式,就念了韩愈、柳宗元、曾国藩(不指他的家书)、张裕钊,也还未必写得好。这种东西贵在当行;只要懂得虚字用法,多看多练就成,用不着"取法乎上"。不过小学初中的学生也不必着忙;高中或职业学校可在国文科里带着讲讲练练,练比讲还要紧。

白话文是否只是美术文呢?林语堂先生(他并不是中小学文言运动中人)在《论语录体之用》(《论语》二十六期)里说:

> 文言不合写小说,实有此事。然在说理,论辩,作书信,开字条,语录体皆胜于白话。

似乎也只以白话为美术文。但是作书信,开字条,与普通文言也不同，已见上节。语录体自成一格，原是由文言到白话的过渡。白话既已流行，似乎该用不着它了；而林先生却主张再往回走，似乎可以不必。现在且说作书信，写字条，林先生以为：

> 一人修书，不曰"示悉"，而曰"你的芳函接到了"，不曰"至感"、"歉甚"，而曰"很感谢你"、"非常惭愧"，便是噜哩噜嗦，文章不经济。

这里有两点可以注意：一则林先生是直翻文言，看来自然觉得可笑而不经济。但事实上怕很少那样说的。"示悉"在白话信里，也可当作成语用；要不然，说"来信悉""来信收到"都成。"至感"可说"感谢"、"多谢"。"歉甚"可当成语，换说"对不起"也未尝不可。新文学运动初期，林先生所说那种浮夸的句子或许有人用，那时还有"亲爱的某先生"、"你的朋友"等等格式，是从外国文翻来的。但现在却少了。现在朋友写信，无论白话文言，上下的称呼如"某某先生"、"弟某某"等，虽还不脱从前的格式，可简单利落多了。信里的套话也少了。这不是文言白话的分别，而是噜嗦与经济的分别。现在可以说第二点了。经济不经济其实应该分文体论，不该只看字数多少。一种文体有一种经济的标准，文言的字句组织和白话不同，论繁简当以各自的组织为依据。若将一句文言，硬翻成白话，那当然是噜嗦；不过这种硬翻成的白话并不是真白话。至于成语，更不能也不必翻。其实就白话说也一样，如"揩油"、"敲竹杠"，便没有适当文言可翻；若写文言信，也只好说，"大揩其油","此系敲竹杠性质"。书信文条的经济标准又与文言白话不一样。文言书信体因为年代久了,所以有一定的格调,看起容易顺眼;白话书信应用的时间长起来,也会有一定的格调的。

至于说理,论辩,古文实不相宜,曾国藩就说过这样话(《与吴南屏书》),语录体比古文得用些,但还不及白话复杂细密。林先生似乎只承认白话表情表得妙,而不承认白话达意达得好;其实白话之所以盛行,正因为达意达得好。新文学运动起来,大半靠《新青年》里那些白话论文(文言的很少),那些达意的文字;新文化运动更靠着达意的文字,这是白话宜于说理论辩的实据。

从梁任公先生以来,文言早已渐渐改了样子。他那时是不求汉魏的凝练,不守桐城的义法,名词杂,篇幅长。但还用典故,还搬弄虚字。近来的文言却连典故也少用了,虚字也少用了,只朴质地说理纪事。这么着文言白话的分别其实就很少。请看下一节文言:

> 日内瓦中国国际图书馆为沟通中西文化起见,特(地)举行世界图书展览会。在沪举行,成绩甚佳(很好)。现(在)应华北各方请求,由今日起至七日止在北平图书馆展览一周(星期),每日展览时间自晨(早)九时起,至下午五时止。(十一月一日《大公报》)

若将括弧里的字分别加入,换入,岂不就是现行的白话?请再看一节白话:

文官制度譬如吾人的（之）生理机构，不特大脑发有意识的命令，即可依照常理进行呼吸，消化，走动等本能的或习惯的功用。所以我们（吾人）甚至不妨说（谓）事务官比政务官还（删去此字）更重要。（同前）

若照括弧改一下，岂不就是现行的文言？自然，现行的文言白话并不全如此相近，但在应用文方面，二者相差的确不怎样远；所举二例，只从同日同报上随手捡出，可见同类的例甚易见，并非巧合。这可以说是文言的白话化。文言白话相差既这样少，将来识字的人多了，能读白话的人多了，报纸和别的应用文自然渐渐改成白话。那时文言只供少数人用，若干年之后，便会变成真正的"死文字"，象周诰殷盘，只能学者去研究了。再说，现在对于文言里的成语往往滥用，又多忽略文法，如王了一先生《今日的白话文言之争》（《独立评论》一一二号）里所举的有趣的例子（如"难保不无障碍"等，因为老句法太短，不易引人注意，所以才用续凫胫的办法；这其实也是文言的白话化）。这可见一般人已经没有耐心去研究那难学的文言了。拥护文言的人也许叹息文言的退化，但这是免不了的；人事日繁，难学的文言，总有一天会崩坏，让白话取而代之。

　　白话照现行的样子，也还不能做应用的利器，因为欧化过甚。近年来大家渐渐觉悟，反对欧化，议论纷纷。所谓欧化，最重要的是连串的形容词副词，被动句法，还有复牒形容句（日本句调"如何如何的我"之类归入此种）等。姑借用林先生《怎样洗炼白话入文》（《人间世》十三期）中的所举的例子：

>女人最可畏的物质贪欲和虚荣心她渐渐的都被培植养成。

这是一个极端的例子，但可以看出欧化的流弊所及。以后应用的白话该是国语，而且要以最近于口语为标准；那些太曲太长的句子，教人永远念不顺口的，都用不着。至于大众语，在形式上，这样限制也就够了。这种白话，只要能识字，想来总容易懂的；文字与语言无论如何不能完全一致（如助词，差异就很多）。识字的从识字的过程里学习了种种方便，可以懂得那虽不完全与语言一致的文字。若不识字，那就困难，大概只有用罗马字拼方音教给他们，象内地许多教会曾经办过的；再有，就是用方音念给他们听。

（《清华周刊》）

语文学常谈

文字学从前称为"小学"。只是教给少年人如何识字，如何写字，所以称为"小学"。这原是实用的技术。后来才发展成为独立的学科，研究字形字音字义的演变。研究的人对这种演变这种历史的本身发生了兴趣，不再注重实用。这种文字学是语言学的一部分。语言学里又包括文法学。中国从前没有文学法，文法学是从西洋输入的。可是实用的文法技术我们也有。做文章讲虚实字，做诗讲对偶，都是的。直到前清末年，少年人学习做文做诗还是从使用虚字和对对子入手。"小学"起头早，诗文作法的讲究却远在其后,这由于时代的演变和进展,但起于实际的需要是相同的。所谓实际的需要固然是应试求官,识字的和会做诗文的能以应试求官,但从这里可以看出文字语言确是支配我们生活的要素之一,文字语言确是我们生活的一部分。从学术方面说,诗文作法没有地位,算不得学术,文法学也只是刚起头,文字学却已有了深厚的传统和广大的发展。但明白了语言文字作用,就知道文法学是该有将来的。

现在文字学又分为形义和语音两支,各成一科,而关于义的研究又有独立为训诂学的趋势。文字形态部分经过甲骨文字和钟鼎文字的研究,比起专守许慎《说文解字》的时代有了长足的进步。语音部分发展更大,汉语之外,又研究非汉语的泰语和缅藏语,这样比较同系和近系的语言,不但广博,也可以更精确。这种用来比较的非汉语,都是调查得来的现代语。而汉语的研究也开了现代各地方言调查的一条大路。这种注重活的现代语,表示我们学术的兴趣伸展到了现代,虽然未必有关实用,可是跟现代的我们总近些了。其实也未必全然无关实用,非汉语的研究对边疆研究是有用处的。一方面研究活的现代语就不由的会注意到语法,这也促成了文法学的进步。训诂学更是刚起头。训字有顺文说解的意思,诂字是用现代语解说古代语的意思。按照"训诂"的字义和历来训诂的方法,训诂学虽然从字义的历史下手,也得注意到文法和现代语的,但是形态也罢,语音也罢,训诂也罢,文法也罢,都是从历史的兴趣开场,或早或迟渐渐伸展到现代,从现代的兴趣开场伸展到历史的,似乎只有所谓意义学。

"意义学"这个名字是李安宅先生新创的,他用来表示英国人瑞恰慈和奥格登一派的学说。他们说语言文字是多义的。每句话有几层意思,叫做多义。唐代的皎然的《诗式》里说诗有几重旨，几重旨就是几层意思。宋代朱熹也说看诗文不但要识得文义，还要识得意思好处。这也就是"文外的意思"或"字里行间的意思"，都可以叫做多义。瑞恰慈也正是从研究现代诗而悟到多义的作用。他说语言文字的意义有四层：一是文义，就是字面的意思。二是情感，就是梁启超先生说的"笔锋常带情感"的情感。三是口气，好比公文里上行平行下行的口气。四是用意，一是一，二是二是一种用意，指桑骂槐，言在此而意在彼，又是一种用意。他从现代诗下手，是因为现代诗号称难懂，而难懂的缘故就因为一般读者不能辨别这四层意义，不明白语言文字是多义的。他却不限于说诗，而扩展到一般语言文字的作用。

他说听话读书如不能分辨这四层意义，就会不了解，甚至误解。不了解诗或误解诗，固然对自己的享受与修养有亏；不了解或误解某一些语言文字，往往更会误了大事，害了社会。即如关于一些抽象名词的争辨如"自由"、"民主"等就往往因为彼此不了解或误解而起，结果常是很严重的。他以为除科学的说明书乃一是一，二是二以外，一般的语言大都是多义的。因此他觉得兹事体大。瑞恰慈被认为科学的文学批评家，他的学说的根据是心理学。他说的语言文字的作用也许过分些，但他从活的现代语里认识了语言文字支配生活的力量，语言文字不是无灵的。他们这一派并没有立"意义学"的名目，所根据的心理学也未必是定论，意义学独立成为一科大概还早，但单刀直入的从现代生活下手研究文字，确是值得我们注意的。

(北平《新生报》，三十五年)

了解与欣赏[1]

——这里讨论的是关于了解与欣赏能力的训练

了解与欣赏为中学国文课程中重要的训练过程。儿童从小就能对于语言渐渐的了解,不过对于文字的了解必须加以强制学习的训练。成年人平时读书阅报大都是采取一种"不求甚解"的态度。这是一般综合的实用的态度。但在国文教学,教师准备时,必须字字查清楚,弄明白。学生呢,在学习时也必须字字求了解。这与一般不求甚解的态度刚好相反,然而不求甚解的那分能力正是经过分章析

---

[1] 本篇原载一九四三年《国文月刊》二十期,署"朱自清先生讲,叶金根整理"。

句的学习过程而得到的，必须有了咬文嚼字的教学培养后，才能真正达到那种不求甚解的境界；没有经过一番文字分析的训练，欲不求甚解，也不易得呢。通常教授国文的，大都很注重字义。实在除掉注重字义的办法以外，还应当顾及下面的几种分析的方法。

一、句式的形式（句式）

某种特殊句子的形式，不仅是作者在技巧方面的表现，也是作者别有用心处。讲解国文时必须加以说明。例如鲁迅先生的《秋夜》的开端：

> 在我的后园，可以看见墙外有两株树，一株是枣树，还有一株也是枣树。

这不是普通的叙说，句子的形式很特殊，给人一种幽默感。作者存心要表现某种特殊的情感。这儿开始就显示出一个太平凡的境界，因为鲁迅先生所见到的窗外，除掉两株枣树，便一无所见。更使人厌倦的是人坐在屋里，一抬头望窗外，立刻映入眼帘的东西，就只是两株枣树，爱看也是这些，不爱看也是这些，引起人腻烦的感觉。一种太平凡的境界，用不平凡的句式来显示，是修辞上的技巧。明白了这两句的意思与作用，就兼有了了解与欣赏。又如同篇：

> 这上面的夜的天空，奇怪而高……

这是作者在文字排列上用功夫,两句都不是普通的说法。上半句表现两层意思:(一)枣树上的天空,(二)夜的天空。两层意思而用同一音位表示,是修辞上的经济办法。文字的经济便是一种文字的技巧。平常的语言,可有两式:

夜间这上面的天空……
上面的天空在夜间……

读起来便都有了停顿,时间上显得十分不经济,意也没有原句透露。下半句"奇怪而高",口语中常说"高而奇怪",单词习惯大多数在前面。现在说"奇怪而高",句法就显得别致,作者在这里便用来表示秋夜天空的特殊。

二、段落

写段落大意是中学国文课上常用的方法。但通常只把各段的大意写出,而于全文分段的作用与关系,往往缺少综合的说明。教师指导学生写段落大意,每段大意,常只用一二句话表示。这里便应当注意语句间的联络,要能显出原文的组织和发展的次序。

三、主旨

教师必须提醒学生注意一篇文章中足以代表全文主旨的重要语句,

和指导学生研究全文主旨如何发展。古文称文章中重要的语句为"警句"。警句往往是全篇的线索。读一篇文章最要紧的事便是要能找到线索。文章的线索作者往往把它隐寓在文中的一二句重要的语句里面,例如龚自珍《说居庸关》,"疑若可守然"五字是全文的主旨所在,教师便须注意此主旨的发展。

四、组织

文章组织的变化,也是作者在技巧上用的功夫,说明这种文章组织的变化,是了解与欣赏范围内极重要的事。例如上举《说居庸关》,"疑若可守然"五字,一段中连用五次;又"自入南口"连用六次。这是叠句法,亦是关键语,在组织上增加一种节奏。最后三小段文章最堪注意,在整齐的组织中寓有变化。末两段一写蒙古人,一写漏税,指出间道,均逼出居庸关之不足守,与前文相应答。这是组织上的一种变化,读者容易忽略过去的,教时应当加以说明。中间写遇到蒙古人,说了一人段,表示清朝的威严,作者是用赞叹的口气。

五、词语

在一篇文章中应当注意作者惯用的词语和词语的特殊意义。例如上举《说居庸关》中"蒙古"一词指的是蒙古人。

六、比喻、典故、例证

先讲比喻。

康白情的《朝气》，内容是描写农家种植的生活，题目何以称为"朝气"呢？农家生活的描写与朝气究竟有何关系呢？这些问题教师是要暗示学生提出来详细讨论的。农家生活的描写实在是一个比喻，作者是别有寄托的。文学作品中的具体故事，往往带上一些抽象性。大概一个比喻的应用，包含三方面的意义。如"朝气"：

（一）喻依——农家的生活。

（二）喻体——劳工的趣味。

（三）意旨——由趣味的工作得到美满的结果，显示出生活中朝气的景象。这是文学上表达技巧很重要的一条原则，应当让学生区分得很清楚的。又如谢冰心的《笑》，用重复的组织，对于雨，月夜，花连说出三个笑容，表示爱的调和。"如登仙界，如归故乡"，是极普通的比喻，但能显示出纯洁快乐的意味。

次讲典故。

古文中的用典是学生最感觉麻烦的事情。讲解古文时说明古典出处也是极占时间的。但是教师往往只说明古典本身的意义，而常忽略了这个典故在本文里的作用。这样使读者只记古典出处，便感觉乏味了，更谈不到欣赏。原来用典的使用，也是使文字经济的一种办法，作者因为要表达心中的事或情，不必完全直说，借用过去的一桩熟悉的而且与当下相关的事物来显示。大凡文学上的典故都经过许多作家的手改造过，而成为很好的形式。因此用典的作用，一方面是使文字经济，一方面也是避免直说，增加读者的联想，使内容丰富。现代语体文中典故也是常见的。如冰心的《笑》里用"安琪儿"一词，教时也应当说明其出处。

再讲例证。

在说明文和议论文中有些时候往往遇到抽象的概念，教师在说解时必须要设法用一两个较具体的例证加以说明。如蔡元培的《雕刻》里面许多美术上的概念，教师应当设法举出浅显的实例，加以说明。又如东坡说，"画中有诗，诗中有画"，也应当举出实例，说明诗与画两者之间所以沟通的道理。

总结起来说，关于了解与欣赏应当特别注意的有三点：

一是语言的经济。注意句读顿停多少与力量是否集中。

一是比较的方法。讲散文时可用诗句作比较，讲诗时可用散文作比较。文中的语句可与口中的说话比较。读鲁迅先生的《秋夜》，便可与叶绍钧先生的《没有秋虫的地方》比较。比较的方法对于了解与欣赏是极有帮助的。

一是文字的新变。一个作家必须要能深得用字的妙趣，古人称为"炼字"，便是指作家用字时打破习惯而变新的地方，教师就也要在这方面求原文作者的用心。

训练的方法，除教师讲解外，在学生方面，熟读的功夫是不可少的。吟诵与了解极有关系，是欣赏必经的步骤。吟诵时对于写在纸上死的语言可以从声音里得其意味，变成活的语气。不过在朗诵时，要能分辨语气的轻重，要使声调有缓急，合于原文意思发展的节奏。注意本文的意思，不要被声音掩盖了，滑过去。默读是不出声的，偏于用眼，但也不要让意思跟了眼睛滑过去。

最后，问题的研究，在读文章时是常有的事。但是问题的提出要有分量，要有意义。最好教师只居于被动地位，用暗示方法，帮助学生发现问题，解决问题。

论中国文学选本与专籍

有一位朋友在大学里教词史，他的学生问他，读词是那几种选本好。他和我们谈起这件事，当作一个笑话：大学生只晓得读选本！他论的是大学生，自然不错。但对于大学生以外的人，譬如说中学生罢，这个意见就很值得讨论了。近世中国学人有一个传统，就是看不起选本。他们觉得读书若只读选本，只算是陋人而不是学人。这也有时代背景的。明朝以来，读书人全靠八股文猎取功名；他们用不着多读书，只消拿几种选本加意揣摩，便什么都有了。所以选本风行一时；大家脑子里有的是文章，而切实地做学问的却少。八股文选本风行以后，别种文体的选本也多起来；取材的标准以至评语圈点，大都受八股文的影响。空疏俗滥，辗转流传。选本为人诟病的主要原因在此。这种风气诚然是陋，是要不得，但因此便抹杀一切选本和选家，却是不公道的。

近代兴办学校以后，大学中学国文课程的标准共有三变：一是以专籍为课本，二是用选本，三还是用选本，但加上课外参考书。一是清光绪中《钦定学堂章程》中所规定，二是自然的转变。转变的原因，据我想，是因为学校中科目太多了，不能在文字上费很多的精力。三是胡适之先生的提倡；他在《中学国文的教授》一文中，力主教学生多读参考书。后来人便纷纷开书目，又分出精读泛读等名目。中学如此，大学自然更该如此。但实际上学生读那些课外参考书的，截至现在为止，似乎还不多。道尔顿制流行的时候，照实施该制的学校的表册看，应该有些学生真正读过些参考书；可惜未及知其详，该制就渐渐不大有人提起了。结果，大体还是以选本为主，只不过让学生另外多知道些书名而已。选本势力之大，由此可见；虽反对选本的人也不能否认。

大学生姑且不谈；就中学生说，我并不反对他们读选本，无论教授及自修。但单读选本是不够的，还得辅以相当分量的参考书（胡先生所拟议的太多了，中学生即使是文科的，怕也来不及）和严格的督促。我想中学生念国文的目的，不外乎获得文学的常识，培养鉴赏的能力，和练习表现的技术。无论读文言白话，俱是如此。我主张大家都用白话作文，但文言必须要读；词汇与成语，风格与技巧，白话都还有借助于文言的地方。这三种目的里，三是作文方面，现在不论。论前两种，则读选本实为最经济最有效的办法。旧说选本的毛病共有三件：一是太熟太狭，如上所言。这是取材关系，补救极易。曾国藩《经史百家杂钞》已见及此；近年的选本更多推陈出新，自经史至于笔记，译文，诗，词，曲等，都可入选，只可惜又太零碎了。二是偏而不全，读者往往以一二篇概其余，养成不正确的观念。这是分量关系，也可矫正，详在下节。三是读者易为选者成见所囿，不能选用自家的思考力。但在中学生，常识还不够作判断的根据，只要指给他不至太偏的选本，于他正是适宜的引导。若让他读几本专书，他于这几本书即使能有自己意见，而对于相关的材料知道太少，那样意见也不会正确。若要他将相关的重要专籍都读过，又是时间所不许。——其实真正编得有道理的选本，也还有它的价值。读过专籍的人，可以拿它来印证自己的意见，增进对于原书的了解，不过这已不是中学生的事了。我说的选本是指用心选出来的，有目的有意义的而言；至于随手检阅而得，只要是著名的人著名的篇，便印为讲义，今日预备明日之用，这是碰本，不是选本。这种也许可以叫做"模范文"，但文之可以为"模范"者甚多，碰着的便是"模范"，碰不着的便不是，是什么道理？

选本的标准不同：或以时代，或以体制，或以事类，或以派别，或以人，或以地；也有兼用两种标准的。为中学生起见，我主张初中用分体办法；体不必多，叙事，写景，议论三种便够。因为初中学生对于文字的效用还未了然；这样做，意在给他打好鉴赏力和表现力的基础。类目标明与否，无甚关系，但文应以类相从。材料取近人白话作品及译文为主，辅以古今浅近的文言；不必采录古白话，古白话小说可另作参考之用。去取看表现艺术，思想也当注意。高中用分代分家办法，全选文言。分代只须包括周秦、汉魏、晋南北朝、唐宋的文和诗,加上宋词,元曲。每种只选最重要的几个大家,家数少,每家作品便多,不致有上文所说以一二篇概全体的弊病。每家不能专选一方面,大品与小品都要有。我主张只选这几个时代,并非看轻以后作品,只因最脍炙人口的东西,也就是一般人应有的中国文学常识,都在这几个时代内。中学生是不必求备的,这样尽够了,求备怕反浮而不切了。这种选本分量不至很多,再有简明的注,毋须逐字逐句地讲解或检查,便是理科的学生也可相当采取的。文明书局有分代的诗文读本,有注,但还嫌家数太多,方面也太多。分人是进一步的专精的读法。专籍往往太多,且瑕瑜互见,徒乱初学心目;故我也主张用选本。旧有的如《十八家诗钞》,颇合用,《四史菁华录》虽选而且删,却仍然好;——新的各种"精华"(中华、商务都有),当分别地看。这种宜用作参考书。此外可多读小说,古今作译,只要著名的都行;小说增加人的经验,提示种种生活的样式,又有趣味,最是文学入门的捷径。杂剧,传奇也可读,文字也许困难些。最后,各种关于中国文学的通论或导言,也是好的参考书;本刊①编者夏先生②曾说要编辑中学生丛书,其中必有一部分是关于中国文学的。这种书应以精实为贵,但单读这种书,还不免是戏论,非与前说各种选本及参考书印证不可;因为那些是第一原料。

九月二十八夜,北平。

---

① 《中学生》杂志。
② 夏丏尊先生。

论教本与写作

叶圣陶先生在《国文教学的两种基本观念》里说：

其实国文所包的范围很宽广，文学只是其中一个较小的范围，文学之外，同样包在国文的大范围里头的还有非文学的文字，就是普通文。这包括书信、宣言、报告书、说明书等等应用文，以及平正地写状一件东西载录一件事情的记叙文，条畅地阐明一个原理发挥一个意见的论说文。中学生要应付生活，阅读与写作的训练就不能不在文学之外，同时以这种普通文为对象。

这是对于现阶段的国文教学的最切要的意见,值得大家详细讨论。本篇想就叶先生的话加以引伸,特别着重在写作的训练上。

还得从阅读说起。现在许多中学生乃至大学生对于国文教学有一种共同的不满意,就是教材和作文好象是不相关联的,在各走各的路。他们可只觉得文言教材如此。爱作白话文的,觉得文言文不能帮助他们的写作,原在意中。就是愿意学些应用的文言的,也觉得教材的文言五花八门的,样样有一点儿,样样也只有一点儿,没法依据。一般中学生对于教材的白话文,兴趣似乎好些。第一,容易懂;第二,可以学,他们的爱好却偏重在文学,就是教材的白话记叙文(包括描写文)、抒情文的部分。欣赏文学和写作文学似乎是一种骄傲,即使不足夸耀于人,也可以教自己满意。至于说明文和议论文,他们觉得干燥无味,多半忽略过去。再有,白话说明文和议论文适于选作教材的也不多;现在所选的往往只是凑数。这大概也是引不起学生兴趣的一个原因。

文言的教材,目的不外两个:一是给学生做写作的榜样或范本,二是使学生了解本国固有文化。这后一种也可以叫做古典的训练。我主张现在中等学校里已经无须教学生练习文言的写作,但古典的训练却是必要的。不过在现行课程标准未变更以前,中学生还得练习文言的写作,要练习文言的写作,一面得按浦江清先生的提议,初中时代从单句起手;一面文言教材也当着重在榜样或范本上,将古典的训练放在其次,不该象现在的这样五花八门的,不该像现在这样只顾课程标准的表面,将那些深的僻的文字都选进去。浦先生还主张将白话文和文言文分为两个课程,各有教本,各有教师。这个我也赞成。我赞成,为的这样办可以教人容易明白文言是另一种语言,而且是快死的语言。不管我的意见如何,这办法训练学生写作文言,不致象现在这样毫无效果,白费教学者的工夫,是无疑的。而施行起来,只须注意教师的分配,并不要增加员额,似乎也没有多少困难。——无论怎样,文言教材总得简单化,文字要经济,条理要清楚;除诗歌专为培养文学的兴趣应该另论外,初高中都该选这种文言作教材,决不能样样都来一点儿。这样才容易学习,学会了才可以应用。

浦先生主张将《古文观止》作为高中的文言教本,是很有道理的。清末民初的家庭里训练子弟写作文言,就还用《古文观止》或同性质的古文选本作教本。这些子弟同时也读《四书》《五经》,那却纯然是古典的训练。他们读了《古文观止》,多数可以写通文言,拿来应用。一方面固然因为他们花的工夫多,教本的关系似乎也很大。不过《古文观止》现在却不大适用了,或者说不大够用了。清末民初一般应用的文言还跟《古文观止》的主要部分——唐至明,所选的文一贯的是唐宋八家的作风——差不多。那时候报纸杂志上的文字都还打起调子,可以为证。现在可不然。杂志上文言极少见,报纸虽还多用文言,但已不大用之乎者也矣焉哉等虚字来表情,也就是不打起调子了。这从各报的文言的社论中最可见出。现在报纸上一般文言实在已经变得跟白话差不多,因为记录现代的生活,不由得要用许多新的词汇和新的表现方式;白话也还是用的这些词汇和表现方式。这种情形从一方面看,也许可称为文言的白话化。在这种情形下,用《古文观止》做应用的文言的范本,显然是不大够的。

但是《古文观止》还不失为一部可采用或依据的教本,因为现在应用的文言的基本句式还是出于唐宋八家文的多。我想再加两部书补充《古文观止》的不足:一是梁启超先生的《常识文范》(中华版),二是《蔡孑民先生言行录》(新潮社版)。这两部书里所收集的都是清末和民初的杂志文字。梁先生的文字比较早些,典故多些,句式也杂些,得仔细选录。蔡先生的却简明朴素,跟现行的应用的文言差不多,初中里就可以用。这部书已经绝版,值得重印。浦先生也主张"选晚清到民国的文言文",作为另外一种读本,给学生略读。我专举这两部书,是觉得就清末民初的文言文而论,也许这两部书里适宜于中学生的教材多些。此外自然也可以选录别的。这两部书里大部分是议论文,小部分是说明文。曾国藩说古文不宜说理;古文里的说明文和议论文有不确切的毛病。这两部书的说理比古文强得多。这也是我推荐的一个原因。

还有,叶先生所说的书信、宣言、报告书、说明书等等"普通文",也该酌量选录。这些一向称为应用文,所谓"应用"是狭义的。我觉得无需另立应用文的名目。另立名目容易使学生误会这些应用文之外,别的文都是不能应用的,因此不免忽略。而他们对于这些应用文也未必有兴趣,为的还用不着。再说教本里选一些这种应用文,只是示范,真用的时候还得去查专书。所以我觉得不如伙在别的教材一起,而使全部的文言教材主要的目的都是为了应用——这里所谓应用是广义的。课程标准里所列举的"总理传记及遗著"……一部分也是所谓应用文,也可混合选入。清末民初的文言跟这些,都该有一部分列在精读教材里,和古文占同等地位。因为从训练写作一方面看,这两种教材比古文还更切用些。至于全部文言教材如何按照课程标准斟酌变通的去分配去安排，问题很多，本篇不能讨论。

白话文教材好象容易办些。古白话文不多，现代白话文历史很短，选材的问题自然简单些。不过白话文的发展还偏在文学一面，应用的白话文进步得很缓。记叙文（包括描写文），抒情文，选起来还容易，说明文，议论文，就困难，经济而条理密的少，内容也往往嫌广嫌深，不适于中学生，现在教本里所选的有许多只是凑数。就是记叙文，也因篇幅关系只能选短些的，不无迁就的时候。至于其他应用的白话文，如书信等等，似乎刚在发展，还没有什么表现，自然更难选录。因此白话文教材主要的只是文学作品。而现代文学还在开创时期，成名比较容易，青年人多半想尝试一下。于是乎一般中学生的写作不约而同的走上创作的路。他们所爱读的也只是文学教材，就是记叙文和抒情文。但是二十多年来成功的固然有，失败的却是大多数。其中写不通白话文的姑不必论，有些写通了的也不能分辨文章的体裁，到处滥用文学的调子。叶先生文里说他"曾经按到过几个学生的白话信，景物的描写与心情的抒写全象小说，却与写信的目的全不相干"。这种信只是些浮而不实的废话；滥用文学的调子只是费话而已。可是，如上文所说，这种情形不能全由学生负责，白话文的发展，所谓客观条件，也有决定的力量。

欣赏文学的兴趣和能力自然是该培养的。但是到处滥用文学的调子并不能算欣赏文学。这种兴趣是不正确的。这些学生既然不大能辨别文学和非文学的界限，他们的欣赏能力也就靠不住。欣赏得从辨别入手，辨别词义，句式，条理，体裁，都是基本。囫囵吞枣的欣赏只是胡涂的爱好，没有什么益处。真能欣赏的人不一定要自己会创作；从现在分工的时代看，欣赏和创作尽不妨是两回事儿。施蛰存先生在《爱好文学》一文（二十八年五月十八日《中央日报》昆明版）里说："我们欢迎多数青年人爱好文学而不欢迎多数爱好文学的青年大家都动手写作（即创作）。爱好文学是表示他对文学有感情，但要成为一个好的创作家，仅仅靠这一点点感情是不够的。"这是很确切的话。不过欣赏文学的结果，自己的写作受些影响，带些文学的趣味，却是不难的，也是很好的，虽然不是必要的。我们可以引用梁启超先生的话，说这是"笔锋常带情感"。但是不带或少带情感的笔锋只要用得经济，有条理，也可以完成写作的大部分的使命。

不过有"创作"做目标，学生对于写作的兴趣好得多；他们觉得写作是有所为的，不止是机械的练习。固然，写作是基本的训练，是生活技术的训练——说是做人的训练也无不可。可是只这个广泛的目标是不能引起学生注意的。清末民初的家族里注重子弟的写作，还是科举的影响。父兄希望子弟能文，可以作官。子弟或者不赞成作官这目标，或者胡里胡涂，莫明其妙。但在父兄的严切的督促之下，都只跟着走。这时期写作训练是有切近的目标的。早期的中学校章程里似乎没有课程标准。那时一般人对于国文课程的看法，一半恐怕还是科举的，一半或少数也许看作做人的训练的一部分。后来教育部定出了课程标准，国文课程的目标有一条是，"养成用语体文及语言（初中）以及文言文（高中）叙事，说理，表情，达意之技能"。这是写作的目标。课程标准里自然只能定到这个地步，但对于一般中学生，这里所定的还嫌广泛些。早期一般中学生的练习写作,是没有切近的目标的;他们既鄙弃科举的观念,也不明白做人的训练的意念。他们练习写作只是应付校章;这中间自然不少只图敷衍塞责的。但那时学校的一般管理还严,学生按时练习写作的究竟还是多数。五四运动以后,一般学校的管理比较松懈起来,有些国文教师,以及许多学生,对于写作练习都有偷懒的情形,往往有一学期只作文一二次的。有时教师连这一两回作文都不改,只悄悄的没收,让他们散失了去。可是另一面也有许多学生自己找着了写作的目标,就是创作,高兴的写下去;或按教师规定的期限,或只管自己写下去。一般的说,这二十年来中学生的白话文——特别是记叙文、抒情文方面——确有不小的进步,虽然实际上进步的还只是少数人。他们是找着了创作这个切近的目标,鼓起兴趣,有所为的写作,才能如此。

训练学生写作而不给他们指示一个切近的目标,他们往往不知道是写了给谁读的。当然,他们知道写了是要给教师读的;实际也许只有教师读,或再加上一些同学和自己的父兄。但如果每回写作真都是为了这几个人,那么与作确是没有多大趣味。学生中大约不少真会这样想,于是乎不免敷衍校章、潦草塞责的弊病,可是学生写作的实际的读者虽然常只是这几个人,假想的读者却可以很多。写作练习大部分是拿假想的读者作对象,并非拿实际的读者作对象。只有在《暑假回家写给教师的信》、《给父亲的信》、《给张同学的信》一类题目里,这些实际的读者同时成为假想的读者。假想的读者除了父兄,教师,亲近的同学或朋友外,还有全体同学,全体中学生,一般青年人,本地人士,各社团,政府,政府领袖,一般社会,以及其他没数到的。

写作练习是为了应用，其实就是为了应用于这种种假想的读者。写作练习可以没有教师，可不能没有假想的读者。一向的写作练习都有假想的读者。清末民初的家庭教子弟写作古文，假想的读者是一般的社会和考试官。中学生练习写作，假想的读者通常是全体同学或一般社会。如《星期日远足记》之类，便大概是假定给全体同学读的。可是一般的师生都忽略了假想的读者这个意念。学生写作，不意识到假想的读者，往往不去辨别各种体裁，只马马虎虎写下去。等到实际应用，自然便不合式。拿创作做写作目标，假想的读者是一般社会。但是只知道一种假想的读者而不知道此外的种种，还是不能有辨别力。上文引的叶先生所说的学生的信便是一例。不过知道有假想的读者的存在总比马马虎虎不知到底写给谁读的好些。

我觉得现在中学生的写作训练该拿报纸上和一般杂志上的文字作切近的目标，特别是报纸上的文字。报纸上的文字不但指报纸本身的新闻和评论，并包括报纸上登载的一切文件——连广告在内——而言。这有三种好处。第一，切用，而且有发展；第二，应用的文字差不多各体都有；第三，容易意识到各种文字的各种读者。而且文言文和白话文的写作都可以用这个目标——近些年报纸上种种特写和评论用白话文的已经不少。因为报纸上登载着各方面的文件，对象或宽或窄，各有不同，口气和体裁也不一样，学生常常比较着看，便容易见出读者和文字的关系是很大的，他们写作时也便渐渐会留心他们的假想的读者；报纸上和杂志上却少私人书信一体，这可以补充在教材里。报纸上和杂志上的文字的切用，是无须说明的。至于有发展，是就新闻事业看。新闻事业的发展是不可限量的。从事于新闻或评论的写作，或起草应用的文件登在报纸或杂志上，也是一种骄傲，值得夸耀并不在创作以下。现在已经有少数的例子，长江先生是最知名的。这不能单靠文字，但文字是基本的工具。这种目标可以替代创作的目标，它一样可以鼓起学生的兴趣，教他们觉得写作是有所为的而努力做去。

也许有人觉得"取法乎上，仅得乎中"，报纸和一般杂志上的文字往往粗率浮夸，拿来作目标，恐怕中学生写作会有"每下愈况"之势。这未免是过虑。报纸和杂志上的文字，粗率浮夸固然是不免的，但文学作品里也未必没有这种地方。且举英文为例，浮勒尔（Fowler）兄弟合著的《英文正宗》(*The King's English*) 里便举出了许多名家的粗率浮夸的句子。这是一。报纸杂志上也有谨慎亲切的文字，这是二。近些年报纸进步，有一些已经注意它们的文字，这是三。学生"取法乎上"，尽可以多读那些公认的好报纸杂志。在这些报纸杂志里，他们由于阅读的经验，也会辨别那些文字是粗率浮夸的，那些不是的。

况且报纸杂志只是课外读物。我只说拿报纸杂志上的文字作目标，并没有说明它们为教材；教材固然也可以从报纸和一般杂志上选一些，可是主要的并不从它们选出。文言教材，上文已详论。我所推荐的梁蔡两位先生的书原来倒差不多都是杂志上的文字。不过他们写作的训练有深厚的基础，即使有毛病，也很少。白话文教材，下节还要申论。我不主张多选报纸和一般杂志上的文字作教材，主要的原因是文字大部分有时间性，时过境迁便无意味。再有，教材不单是写作的榜样或范本，还得教学的文字差不多都是有时间性的，自然不能有这两种效用。但是这些文字用来做学生写作的目标,却是亲切有效的。学生大概都读报纸杂志。让他们明白这些里面的文字便是他们写作的目标,他们会高兴的一面运用教材所给予他们的训练,一面参照自己阅读报纸杂志的经验,努力学习。这些学生将来还能加速报纸和杂志上的文字的进步。

报纸杂志上说明文和议论文很多,也可以多少矫正现阶段国文教学偏枯的毛病。课程标准里定的说明文和议论文的数量不算太少,但适当的教材不容易得着。文言的往往太肤廓,或太琐碎。白话文更难,既少,又深而长;教材里所选的白话说明文和议论文多半是凑数的。学生因为只注意创作,从教材里读到的说明文和议论文又很少合他们的脾胃或程度的,也就不愿意练习这两体的写作。有些学生到了大学一年级,白话记叙文可以写通,这两体却还凌乱庞杂,不成样子;文言文也是记叙体可看些。若指出报纸和一般杂志上的文字是他们写作的目标,他们也许多注意报纸杂志上说明文和议论文而渐渐引起兴趣。那些文字都用现在生活作题材,学生总该觉得熟悉些,亲切些;即使不能完全了解,总不至于摸不着头脑。一面在写作练习里就他们所最熟悉的生活当中选出些说明文和议论文的题目,让他们能够有话说,能够发挥自己的意见,形成自己的判断,不至于苦掉笔头。

中学生并不是没有说明和议论的能力,只看他们演说便可知道。中学生能演说的似乎不少,可是能写作说明文和议论文的确很少。演说的题目虽大,听者却常是未受教育或少受教育的民众,至多是同等的中学生,说起来自然容易些。写作说明文或议论文,不知不觉间总拿一般社会做假定的读者,这自然不是中学生的力量所能及。所以要教学生练习这两体的写作，只能给他们一些熟悉的小题目，指明中学生是假想的读者，或者给一些时事题目，让他们拟演说辞或壁报文字，假想的读者是一般民众，至多是同等的中学生。这才可以引他们入胜。说起壁报，那倒是鼓励学生写作的一个好法子。因为只指出假想的读者的存在，而实际的读者老是那几个人，好象支票不能兑现，也还是不大成。总得多来些实际的读者才好。从前我教中学国文，有时选些学生的文题张贴在教室墙壁上，似乎很能引起全班的注意，他们都去读一下，壁报的办法自然更有效力，门类多，回数多。写作者有了较广大的实际的读者群，阅读者也可以时常观摩。一面又可以使一般学生对于拿报纸上和一般杂志上文字做写作的目标有更亲切的印象。这是一个值得采取的写作设计。

不过，教材里的白话说明文和议论文，也得补救一下。这就牵涉到白话文的发展。白话讽刺文和日常琐论——小品文的一型——都已有相当的发展，这些原也是议论文和说明文的支派，但是不适于正式应用。青年人学习这些体的倒不少，聪明的还透露一些机智，平常的不免委琐叫嚣。这些体也未尝不可学，但只知有这些，就太偏太窄了。适于应用的还是正式的论。我们读英文，读本里常见倍根《论读者》，牛曼《君子人》等短论。这些或说明，或议论，虽短，却也是正式的论文。这一体白话文里似乎还少，值得发展起来。这种短论最宜于作教材。我们现在不妨暂时借材民国，将这种短论译出些来用。马尔腾的《励志哲学》也是这一类，可惜译笔生硬，不能作范本。查斯特罗的《日常心理漫谈》译本（生活版），性质虽然略异，但文字经济，清楚，又有趣味，高中可以选用。《爱的教育》译本（开明版）里有些短篇说明和议论，也可节取。

此外，长篇的创作译作以及别的书里，只要有可节取的适宜的材料，都不妨节取。不过这得费一番搜索的工夫。冯友兰先生的《新世训》（开明版）指示生活的方法，可以作一般人的南针；他分析词义的精密，建立理论的谨严，论坛中极少见。他的文字虽不是纯粹白话文，但不失为上选的说明文和议论文。高中学生一面该将这部书作为课外读物，一面也该节取些收在教材里。

其实别的教材也该参用节取的办法，却求得适当的入选文字。即如小说，现在似乎只是旧小说才节取。新的便只选整个的短篇小说，而且还只能选那些篇幅短的。篇幅长的和长篇小说里可取的部分只得割爱。入选的那些篇幅虽短，却也未必尽合式；往往只是为了篇幅短将就着用。整篇的文字当然是主要的，但节取的文字尽可以比现在的教材里多参用些。节取的范围宽，得多费工夫；还得费心思，使节取的部分自成一个相当完整的结构。文学作品里节取出来的不一定还是文学，也许只是应用的文字。但现在缺乏的正是应用的白话文，能多节取些倒是很合用的。

至于白话的私人书信，确是很少。现行的几部当代人的书简集，还是文言的多。用白话文写信，大约要从现在的青年人起手，将来倒是一定会普遍的。教材里似乎也只能暂时借用译文。译文有两种：一是译古为今，一是译外为中。书信是最亲切的文体，单是译外为中恐怕不足，所以加译古为今一项。当然要选那些可能译的译，而且得好译手。例如苏轼《黄州与秦太虚书》一类，就可以一试。曾国藩家书，似乎也可选择一些。这些书信都近于白话，译起来自然些。这种翻译为的是建立白话书信的体裁，并不是因为原文难懂，选那些近于白话的，倒许可以见功些。英文《蔡公家书》，有文言译本，题为《蔡公家训》(商务本)；译文明白，但不亲切自然。这部家书值得用白话重译一回；白话译也许可以贴切些。若是译笔好，那里面可选的教材很多。——朱光潜先生有《给青年的十二封信》(开明版)，讨论种种问题，是一部很适于青年的书。其中文字选入教本的已经不少。这部书兼有书信和说明文议论文的成分，跟《蔡公家书》是同类的。

(《国文教学》)

怎样学习国文[①]

——在昆明中法中学讲演

国文这科，在学校里是一种重要的功能，与英算居同等的地位。可是现在呢？国文只是名义上的重要了，其主要的原因，就是一般学生存着错误的观念，以为我们是中国人，学中国文，当然是容易的，于是多半对这门功课不很用功。无论白话文也罢，文言文也罢，在学习的时候，往往词不达意的地方很多，这就是没有对国文这科下过一番功夫的缘故。

[①] 本篇原载《国文杂志》第三卷第三期，署"朱自清讲演，段联瑷笔记"。

最近的舆论，以为中学生的国文程度很低落。这种低落，指的是那方面？所谓低落，若是在文言文这方面，确实是比较低落，尤其是近十余年来，中学生学做文言，许多地方真是不通。读文言的能力也不够。但从做白话文这方面来说，一般的标准是大大的进步了，对于写景、抒情的能力，尤其非常的可观。可是除此而外，以白话写议论及应用文的能力，却非常的落后。

中学生对于"读"的功夫是太差了，现在把"读"的意义，简单的说一说。"读"这方面，它是包含着了解的程度及欣赏的程度。就象看一张图画，你觉得它确实太好了，但问你好到什么境地，那么得由你自己去体会，从体会的能力，就见出欣赏的深浅。

古人作一篇文章，他是有了浓厚的感情，发自他的胸腑，才用文字表现出来的。在文字里隐藏着他的灵魂，使旁人读了能够与作者共感共鸣。我们现在读文言，是因为时间远隔，古今语法不同，词汇差别很大，你能否从文字中体会古人的感情呢？这需要训练，需要用心，慢慢的去揣摩古人的心怀，然后才发现其中的奥蕴，这就是一般人觉得文言文了解的程度，比白话文实在是难的地方。

再进一步，可以说，白话与文言固然不同，白话与口语，又何尝一致呢？在五四运动的时候，有人提出口号："文语一致"。这只是理想而已。"文"是许多字句组织起来的，"语"则不然，说话的时候，有声调，快慢，动作等因素来帮助它，可以随便的说，只要使对方的人能够了解。总之，"语"确实是比"文"容易。

文言文，大学生与中学生都不大喜欢读的，大半因为文言文中的词汇不容易了解，譬如文言文中的"吾谁欺？"在白话文中是"我欺负那一个？"的意思。如果你不了解古代文法，也许会想到别的意义上去，然而只要多读它几遍，多体会一下，了解的程度就不同；所以"读"的功夫，我是以为非常重要的。

我们之所以对于典籍冷淡，另一方面，是因为它里面的事实，与我们现在不同。电影汽车飞机等类，在古代书籍中就见不到。反之，古代许多事物在我们现在也无从看到，譬如官制，礼节，服装等等，必须考据才能知道，这都阻碍我们阅读的兴趣。然而，只要用心，是没有什么困难不可以克服的。

生在民国的人们，学做文章，便不须要象做古文那样费很大的力量，只要你多读近代的作品，欣赏过近代的文学作品，博览过近代的翻译书籍，文学名著，那么，你写的文章，也可以很通顺，这是不用举例证明的。文言文中的应用文，再过二十年，必定也要达到被废弃的境地，因为白话文的势力，渐渐地侵入往来的公文中，交际的信函中了。

由于文言文在日常应用上渐渐的失去效用，我们对于过去用文言文写的典籍，便漠不关心，这是错误的思想。因为我们过去的典籍，我们阅读它，研究它，可以得到古代的学术思想，了解古代的生活状况，这便是中国人对于中国历史认识的任务；你多读文言，多研究历史，典籍，古文，这阅读工作的本身就是值得尊重的！

读文言最难的一步工作，是须要查字典，找考证，死记忆，有一种人图省事，对这步工作疏忽，囫囵吞枣的读下去，还自号"不求甚解"，这种态度，太错误了。假若我们模仿陶渊明的"好读书，不求甚解"的态度，那是有害无益的。他的不求甚解，是因为学问已经很渊博了，隐居时才自称"不求甚解"的，这句话含着他的人生观，青年人是万万不能从表面去仿效的。如果你以为他的不求甚解，就是马虎过去的意思，那么你非但没有了解"不求甚解"这句话的意义，对于你所读的书，就更无从了解。

碰见文言中不懂的词汇，除了请教国文老师而外，必须自己去查字典，以求"甚解"。如文言中的"驰骋文场"这成语，有一个人译到外国去是"人在书堆里跑马"的意思，这岂不是笑话吗？又如"巨擘"，原意是指拇指叫做巨擘，而它普通的意义是用来表扬"第一等"或"刮刮叫"等意义的赞语，这些地方就得留神，才不会出错。再举一例：

白日依山尽，黄河入海流，欲穷千里目，更上一层楼。

它在辞句上直接表示的意境已非常优美，但这首诗更说出另一种道理，它暗示人生，必须往高处走。所以我们读这首诗的时候，最要紧的是要懂得"言外之意"。又如下例：

铜炉在向往深山的矿苗，瓷壶在向往江边的陶泥……

这两句新诗，它的含意似乎更深了，有些人不解，但如果读了全文，便知道是非常容易明白的话。由此可见，诗里含着高尚的感情，要你多欣赏，多诵读，必能了解得更深刻。

此外关于了解文章的组织，也是必须的，须得把每篇文章做大纲，研究它怎样发展出来，中心在那里，还要注意它表面的次序，这种功夫，须得从现在就养成习惯，训练这种精神。

最后，我要告诉大家的，是关于写作方面，那你必须了解"创作"与"写作"的性质是不同的。自五四运动以后，许多人都希望成为一个作家，可是在今天，我们所能看见成功了的，出名的，确是寥寥无几。推究失败的原因，是到处滥用文学的感情和用语，时时借文字发泄感情，文学的成分太多了，不能恰到好处，反而失去文学真正的意义。

来纠正我们这些坏习惯，必须从报章文体学习。而我们更要学写议论文，从小的范围着手，拣与实际生活有密切关系的问题练习写，象关于学校中的伙食问题，你抓住要点，清清楚楚的写出来，即是有条理的文章。新闻事业在今世突飞猛进，发展的速度可以超乎其他文体之上，因为它是简捷而扼要。这种文体，我希望大家能努力去学。与其想成功一个文学家，不如学做一个切切实实的新闻记者。

写作杂谈

一、文　脉

多年批改学生作文,觉得他们的最大的毛病是思路不清。思路不清就是层次不清,也就是无条理。这似乎是初学作文的人不能免的毛病,无论今昔,无论文言和白话——不过作文言更容易如此罢了。这毛病在叙述文（包括描写文）和抒情文里比较不显著,在说明文和议论文里就容易看出,实际生活中说明文和议论文比叙述文和抒情文用得多，高中与大一的学生应该多练习这两体文字；一面也可以训练他们的思想。本篇便着眼在这两体上；文言文的问题比较复杂，现在且只就白话文立论。因为注重"思路"怎样表现在文字里，所以别称它为"文脉"——表现在语言里的，称为"语脉"。

现在许多青年大概有一个误解，认为白话文是跟说话差不多一致的。他们以为照着心里说的话写下来就是白话文，而心里说的话等于独自言语。但这种"独自言语"跟平常说话不同。不但不出声音，并且因为没有听者，没有种种自觉的和不自觉的制限，容易跑野马。在平常谈话或演说的时候，还免不了跑野马；独自思想时自然更会如此。再说思想也不一定全用语言，有时只用一些影象就过去了。因此作文便跟说话不能一致；思路不清正由于这些情形。说话也有没条理的，那也是思想训练不足，随心所向，不加控制的原故。但说话的条理比作文的条理究竟容易训练些，而训练的机会也多些。这就是说从自然的思路变成文脉，比变成语脉要难。总之，从思想到语言，和从思想到文字，都需要一番努力，语言文字清楚的程度，便看努力的大小而定；若完全随心所向，必至于说的话人家听不懂，作的文人家看不懂。

照着心里说的话写下来，有时自己读着，教别人听，倒也还通顺似的；可是叫别人看，就看出思路不清来了。这种情形似乎奇特，但我实地试验过，确有这种事。我并且想，许多的文脉不调正是因为这个原故。现在的青年练习说话——特别是演说——的机会很多，应该有相当的控制语言的能力，就是说语脉不调的应该比较前一代的青年少。他们练习作文的机会其实也比较前一代多，但如上文所论，控制文字确是难些。

而因为作的是白话文,他们却容易将语脉混进文脉里,减少自己的困难,增加自己的满足,他们是将作文当做了说话的记录,但说话时至少有声调的帮助,有时候承转或联贯全靠声调,白话文也有声调,可是另一种,不及口语声调的活泼有弹性,承转或联贯处,便得另起炉灶。将作文当说话的记录,是想象口语声调的存在,因此就不肯多费气力在承转或联贯上,但那口语的声调其实是不存在的。这种作文由作者自己读,他会按照口语的声调加以调整,所以听起来也还通顺似的。可是教别人看时,只照白话文的声调默读着,只按着文脉,毛病便出来了。那种自己读时的调整,是不自觉的,是让语脉蒙蔽了自己,这蒙蔽自己是不容易发现的,因此作文就难改进了。

思想,谈话,演说,作文,这四步一步比一步难,一步比一步需要更多的条理;思想可以独自随心所向,谈话和演说就得顾到少数与多数的听者,作文更得顾到不见面的读者,所以越来越需要条理。语脉和文脉不同,所以有些人长于说话而不长于作文,有些人恰相反;但也有相关联的情形。说话可以训练语脉;这样获得的语脉,特别是从演说练习里获得的,有时也可以帮助文脉的进展,所以要改进作文,可以从练习演说下手。但是语脉有时会混入文脉,象上一段说的。在这种情形下,要改进作文,最好先读给人听,再请他看,请他改,并指出听时和看时觉得不同的地方。但是这件事得有负责的而且细心的教师才成。其实一般只要能够细看教师的批改也就很好。不过在这两种情形下,改本都得再三朗读,才会真得到益处。现在的学生肯细看教师的批改的已经很少,朗读改本的大概没有一个。这固然因为懒,也因为从来没有受到正确的朗读训练的原故。现在白话文的朗读训练只在小学里有，那其实不是朗读，只是吟诵；吟诵重音节，便于背，却将文义忽略，不能训练文脉。要训练文脉，得用宣读文件的声调。我想若从小学时代起就训练这种正确的朗读，语脉混入文脉的情形将可减少，学生作文也将容易进步。

再次是在作文时先写出详细的纲目。这不是从声调上下手，而是从意义上，从意念的排列上下手。这是诉诸逻辑。纲目最好请教师看看。意念安排得有秩序，作起文来应该容易通顺些。不过这方法似乎不及前两者直截而自然。还有，作文时限制字数，或先作一段一段的，且慢作整篇的，这样可以有工夫细心修改；但得教师个别的指正，学生才知道修改的路子。这样修改的结果文脉也可以清楚些。除了这些方法之外，更要紧的是多看，多朗读，多习作（三项都该多在说明和议论两体上下工夫）。这原是老生常谈，但这里要指出，前两项更重要些；只多作而不多看多读，文脉还是不容易获得的。

二、标点符号

历年批改大学一年级学生的作文，觉得他们对于标点符号的使用很不在意。他们之间，和一般人之间一样，流行着一句熟语："加标点。"他们写作，多数是等到成篇之后再"加"标点符号的。这显然不是正确的办法。白话文之所以为白话文，标点符号是主要的成分之一。标点符号表明词句的性质，帮助达意的明确和表情的恰切，作用跟文字一样，决不是附加在文字上，可有可无的玩意儿。本来没有标点符号的古书和文言,为了帮助别人了解或为了自己了解正确,可以"加"上标点符号去。但是自己写作,特别是白话文,该将标点符号和文字一样看待、同等使用,随写随标点,才能尽标点符号的用处。若是等文字写成篇再"加标点",那总是不会切合的。古书和原无标点符号的文言,"加标点"后往往有不切合处;那是古今达意表情的方式不同,无可奈何。自己写作,特别是白话文,标点符号正是支持我们达意表情的方式的,不充分利用,写作的效果便会因而减少。我们说话时靠得种种声调姿势帮助;写作时失去这种帮助,标点符号可以替代一部分。明白这个道理,便知道标点符号跟文字的关系是有机的——后"加"上去,就不是有机的了。

现在的学生乃至一般人往往乱用或滥用标点符号,结果标点符号真成了可有可无的东西似的。在达意方面,学生的作文里最常见的是逗号(,)和分号(;)的乱用。分号介在逗号和句号(。)之间,主要的作用在界划较长的句语和较短而意义上紧密的联系着的句子。青年们和一般人不大容易弄清楚这个符号的用处,是大家都知道的。有时他们似乎将它当逗号用,有时又似乎将它当句号用;用得合式的很少。这个符号本来复杂些,用错了还可以说是在意中。象逗号,很简单,乱用的却也很多,或许是一般想不到的。学生们作文里用逗号最多,往往一段文字只在段末有个句号,其余便是一大串逗号。这使人看不清他们的意义,摸不清他们的思路。他们似乎将逗号只当作停顿的符号用,而不管停顿的长短;更不管意义的分界。他们不大用句号,是一个可注意的现象。他们似乎没有清楚的"句"的意念。学生们作文,常犯思路不清或层次不明的毛病,这少用句号也是征象之一。此外还有惊叹号的滥用,似乎是一般的情形。就象公函中"为荷"下的惊叹号，便大可不必——句号尽合式了。更有袭用双惊叹号或三惊叹号的，给予读者的效果往往只是浮夸不实。

教育部二十年前就颁行过标点符号施行条例，起草的是胡适之先生。但是青年们和一般人注意这个条例的似乎不多。原因大约有好几种。一是推行的不尽力。这种条例应该常在青年读物或一般读物里引用，让大家常常看见，常常捉摸，才有用处。可是事实不然。中学教科书里虽然偶有论到标点符号的，也不多，教师们又不认真去教，成效自然少见。二是例句不合式。条例中所举的例句都是古书和文言，加上一些旧小说的白话，现代的白话文记得似乎没有。条例颁行的时期，白话文运动刚起头儿，为起信的原故，只举旧例，也是一番苦心。可是如上文所论，这种例句"加"上标点符号，究竟不很自然，这种例句并不能充分表示每种标点符号的用处。再说既然都是旧例，爱读现代白话文的，便不免减少阅读的兴趣，不大去注意。我想教育部若能将那条例修订一番，细心选择现代白话文作为主要的例句，一面责成中学教师切实教授，并在改文时注意，标点符号的用法会渐渐正确起来的。不过，更重要的是，青年们得养成随文标点的习惯，一面还得在读现代白话文时随时体会一标一点的意味，学习正确的用法才成。

（《国文教学》）

禅家的语言

我们知道禅家是"离言说"的,他们要将嘴挂在墙上。但是禅家却最能够活用语言。正象道家以及后来的清谈家一样,他们都否定语言,可是都能识得语言的弹性,把握着,运用着,达成他们的活泼无碍的说教。不过道家以及清谈家只说到"得意忘言","言不尽意",还只是部分的否定语言,禅家却彻底的否定了它。《古尊宿语录》卷二记百丈怀海禅师答僧问"祖宗密语"说:

无有密语,如来无有秘密藏。……但有语句,尽属法之尘垢。但有语句，尽属烦恼边收。但有语句，尽属不了义教。但有语句，尽不许也，了义教俱非也。更讨什么密语！

这里完全否定了语句，可是同卷又记着他的话：

> 但是一切言教只如治病，为病不同，药亦不同。所以有时说有佛，有时说无佛。实语治病，病若得瘥，个个是实语；病若不瘥，个个是虚妄语。实语是虚妄语，生见故。虚妄是实语，断众生颠倒故。为病是虚妄，只有虚妄药相治。

又说：

> 世间譬喻是顺喻，不了义教是顺喻。了义教是逆喻，舍头目髓脑是逆喻，如今不爱佛菩提等法是逆喻。

虚实顺逆却都是活用语言。否定是站在语言的高头，活用是站在语言的中间；层次不同，说不到矛盾。明白了这个道理，才知道如何活用语言。

北平《世间解》月刊第五期上有顾随先生的《揣籥录》，第五节题为《不是不是》，中间提到"如何是（达摩）祖师西来意"一问，提到许多答语，说只是些"不是，不是！"这确是一语道着，斩断葛藤。但是"不是，不是！"也有各色各样。顾先生提到赵州和尚，这里且看看他的一手。《古尊宿语录》卷十三记学人问他：

> 问:"如何是赵州一句?"
>
> 师云:"半句也无。"
>
> 学云:"岂无和尚在?"
>
> 师云:"老僧不是一句。"

卷十四又记:

> 问:"如何是一句?"
>
> 师云:"道什么?"
>
> 问:"如何是一句?"
>
> 师云:"两句。"

同卷还有:

> 问:"如何是目前一句?"
>
> 师云:"老僧不如你!"

这都是在否定"一句","一句""密语"。第一个答语,否定自明。第二次答"两句","两句"不是"一句",牛头不对马嘴,还是个否定。第三个答语似乎更不相干,却在说:不知道,没有"目前一句",你要,你自己悟去。

同样,他否定了"祖师西来意"那问语。同书卷十三记学人问"如何是祖师西来意"?

　　师云:"庭前柏树子。"

卷十四记着同一问语:

　　师云:"床脚是。"
　　云:"莫便是也无?"(就是这个吗?)
　　师云:"是即脱取去。"(是就拿下带了去。)

还有一次答话:

　　师云:"东壁上挂葫芦,多少时也!"

"即心即佛","非心非佛","祖师西来意"是不可说的,这里却说了,说得很具体。但是"柏树子","床脚","葫芦",这些用来指点的眼前景物。可以说都和"西来意"了不相干,所谓"逆喻",是用肯定来否定,说了还跟没有说一样。但是同卷又记着:

　　问:"柏树子还有佛性也无?"
　　师云:"有。"
　　云:"几时成佛?"

师云:"待虚空落地。"
云:"虚空几时落地?"
师云:"待柏树子成佛。"

既是"虚空",何能"落地"?这句话否定了它自己,现在我们称为无意义的话。"待柏树子成佛"是兜圈子,也等于没有说,我们称为丐词。这些也都是用肯定来否定的。但是柏树子有佛性,前面那些答话就又不是了不相干了。这正是活用,我们称为多义的话。

同卷紧接着的一段:

问:"如何是西来意?"
师云:"因什么向院里骂老僧!"
云:"学人有何过?"
师云:"老僧不能就院里骂得阇黎。"(阇黎＝师)

又记着:

问:"如何是西来意?"
师云:"板齿生毛。"

这里前两句答话也是了不相干,但是不是眼前有的景物,而是眼前没有的事;没有的事是没有,是否定。但是"骂老僧","骂阇黎"就是不认得僧，不认得师，因而这一问也就是不认得祖师。这也是两面儿话，或说是两可的话。末一句答话说板牙上长毛，也是没有的事，并且是不可能的事；"西来意"是不可能说的。同卷还有两句答话：

　　师云："如你不唤作祖师，意犹未在。"

这是说没有"祖师"，也没有"意"。

　　师云："什么处得者消息来！"

意思是跟上句一样。这都是直接否定了问句，比较简单好懂。顾先生说"庭前柏树子"一句"流传宇宙，震铄古今"，就因为那答话里是个常物，却出乎常情，却又不出乎禅家"无多子"的常理。这需要活泼无碍的运用想象，活泼无碍的运用语言。这就是所谓"机锋"。"机锋"也有路数，本文各例可见一斑。

（《世间解》月刊）

关于"月夜蝉声"

我的《荷塘月色》那篇文章里提到蝉声。抗战前几年有一位陈少白先生——陈先生的名字,我记忆的也许不准确——写信给我,说蝉子夜晚是不叫的。那时我问了好几个人,都说陈先生的话不错。我于是写信请教同事的昆虫学家刘崇乐先生。过了几天,他抄了一段书交给我,只说了一句话,"好容易找到这一段儿!"这一段儿出于什么书,著者是谁,我都忘了。但是文中记录的,确是月夜的蝉声;著者说平常夜晚蝉子是不叫的,那一个月夜,他却听见它们在叫。

当时我觉得刘先生既然"好容易找到这一段儿",而一般人在常识上又都觉得蝉子夜晚不叫,那么那一段记录也许是个例外。因此我复陈先生的信,谢谢他,并简单的告诉他我曾经请教过一位生物学家,这位生物学家也说夜晚蝉子不叫。信中没有提刘先生的名字,因为这些话究竟只是我的解释,刘先生是谨慎的科学家,关于这个问题,他自己其实没有说一个字。信中我又说《背影》以后再版,要删掉月夜蝉声那句子。

抗战的一年或其后一年,陈先生在正中书局的《新学生月刊》上发表了一篇文章,讨论这问题,并引了我的信。他好象还引了王安石的《葛溪驿》① 诗的故事。诗中也提到月夜蝉声,历来都怀疑他那诗句,因为大家都觉得夜晚蝉子不叫。这个故事增加这问题的兴味。但那时我自己却又有两回亲耳听到月夜的蝉声。我没有记录时间和地点等等,可是这两回的经验是确实的;因为听到的时候,我都曾马上想到这问题和关于它的讨论。

当时我读了陈先生的文章,很想就写封信给他,告诉他关于那位生物学家的我的曲解,和我的新的经验,跟《荷塘月色》中所叙的有相同的地方。可惜不知道他的通信处,没法写这封信。于是又想写篇短文说明这些情形,但是懒着没有动笔。一懒就懒了这些年,真是对不住陈先生和一些读者。

从以上所叙述的,可以知道观察之难。我们往往由常有的经验作概

---

① 王安石《葛溪驿》:"缺月昏昏漏未央,一灯明灭照秋床。病身最觉风露早,归梦不知山水长。坐感岁时歌慷慨,起看天地色凄凉。鸣蝉更乱行人耳,正抱疏桐叶半黄。"

括的推论。例如由有些夜晚蝉子不叫，推论到所有夜晚蝉子不叫。于是相信这种推论便是真理。其实只是成见。这种成见，足以使我们无视新的不同的经验，或加以歪曲的解释。我自己在这儿是个有趣的例子。在《荷塘月色》那回经验里，我并不知道蝉子平常夜晚不叫。后来读了陈先生的信，问了些别人，又读到王安石《葛溪驿》诗的注，便跟着跳到"蝉子夜晚是不叫的"那概括的结论，而相信那是真理。于是自己的经验，认为记忆错误；专家的记录，认为也许例外。这些足证成见影响之大。那后来的两回，若不是我有这切己的问题在心里，也是很容易忽略过去的。新的观察新的经验的获得，如此艰难，无怪乎《葛溪驿》的诗句久无定论了。

一九三九年

鲁迅《药》指导大概

药

一

①秋天的后半夜,月亮下去了,太阳还没有出,只剩下一片乌蓝的天;除了夜游的东西,什么都睡着。华老栓忽然坐起身,擦着火柴,点上遍身油腻的灯盏,茶馆的两间屋子里,便弥满了青白的光。

②"小栓的爹,你就去么?"是一个老女人的声音。里

边的小屋子里,也发出一阵咳嗽。

"唔。"老栓一面听,一面应,一面扣上衣服;伸手过去说,"你给我罢。"

华大妈在枕头底下掏了半天,掏出一包洋钱,交给老栓,老栓接了,抖抖的装入衣袋,又在外面按了两下;便点上灯笼,吹熄灯盏,走向里屋子去了。那屋子里面,正在窸窸窣窣的响,接着便是一通咳嗽。老栓候他平静下去,才低低的叫道,"小栓……你不要起来。……店么?你娘会安排的。"

③老栓听得儿子不再说话,料他安心睡了,便出了门,走到街上。街上黑沉沉的一无所有,只有一条灰白的路,看得分明。灯光照着他的两脚,一前一后的走。有时也遇到几只狗,可是一只也没有叫。天气比屋子里冷得多了;老栓倒觉爽快,仿佛一旦变了少年,得了神通,有给人生命的本领似的,跨步格外高远。而且路也愈走愈分明,天也愈走愈亮了。

④老栓正在专心走路,忽然吃了一惊,远远里看见一条丁字街,明明白白横着。他便退了几步,寻到一家关着门的铺子,蹩进檐下,靠门立住了。好一会,身上觉得有些发冷。

⑤"哼,老头子。"

"倒高兴……。"

老栓又吃一惊,睁眼看时,几个人从他面前过去了。一个还回头看他,样子不甚分明,但很像久饿的人见了食物一般,眼里闪出一种攫取的光。老栓看看灯笼,已经熄了。按一按衣袋,硬硬的还在。仰起头两面一望，只见许多古怪的人，三三两两，鬼似的在那里徘徊；定睛再看，却也看不出什么别的奇怪。

⑥没有多久，又见几个兵，在那边走动；衣服前后的一个大白圆圈，远地里也看得清楚，走过面前的，并且看出号衣上暗红色的镶边。——一阵脚步声响，一眨眼，已经拥过了一大簇人。那三三两两的人，也忽然合作一堆，潮一般向前赶；将到丁字街口，便突然立住，簇成一个半圆。

⑦老栓也向那边看，却只见一堆人的后背；颈项都伸得很长，仿佛许多鸭，被无形的手捏住了的，向上提着。静了一会，似乎有点声音，便又动摇起来，轰的一声，都向后退；一直散到老栓立着的地方，几乎将他挤倒了。

⑧"喂！一手交钱，一手交货！"一个浑身黑色的人，站在老栓面前，眼光正像两把刀，刺得老栓缩小了一半。那人一只大手，向他摊着；一只手却撮着一个鲜红的馒头，那红的还是一点一点的往下滴。

⑨老栓慌忙摸出洋钱，抖抖的想交给他，却又不敢去接他的东西。那人便焦急起来，嚷道，"怕什么？怎的不拿！"老栓还踌躇着；黑的人便抢过灯笼，一把扯下纸罩，裹了馒头，塞与老栓；一手抓过洋钱，捏一捏，转身去了。嘴里哼着说，"这老东西……。"

⑩"这给谁治病的呀？"老栓也似乎听得有人问他，但他并不答应；他的精神，现在只在一个包上，仿佛抱着一个十世单传的婴儿，别的事情，都已置之度外了。他现在要将这包里的新的生命，移植到他家里，收获许多幸福。太阳也出来了；在他面前，显出一条大道，直到他家中，

后面也照见丁字街头破匾上"古□亭口"这四个黯淡的金字。

二

⑪老栓走到家,店面早经收拾干净,一排一排的茶桌,滑溜溜的发光,但是没有客人;只有小栓坐在里排的桌前吃饭,大粒的汗,从额上滚下,夹袄也帖住了脊心,两块肩胛骨高高凸出,印成一个阳文的"八"字。老栓见这样子,不免皱一皱展开的眉心。他的女人,从灶下急急走出,睁着眼睛,嘴唇有些发抖。

"得了么?"

"得了。"

⑫两个人一齐走进灶下,商量了一会,华大妈便出去了,不多时,拿着一片老荷叶回来,摊在桌上。老栓也打开灯笼罩,用荷叶重新包了那红的馒头。小栓也吃完饭,他的母亲慌忙说:——

"小栓——你坐着,不要到这里来。"

一面整顿了灶火,老栓便把一个碧绿的包,一个红红白白的破灯笼,一同塞在灶里;一阵红黑的火焰过去时,店屋里散满了一种奇怪的香味。

⑬"好香!你们吃什么点心呀?"这是驼背五少爷到了。这人每天总在茶馆里过日,来得最早,去得最迟,此时恰恰蹩到临街的壁角的桌边,便坐下问话,然而没有人答应他。"炒米粥么?"仍然没有人应。老栓匆匆走出,给他泡上茶。

⑭"小栓进来罢!"华大妈叫小栓进了里面的屋子,中间放好一条凳,小栓坐了。他的母亲端过一碟乌黑的圆东西,轻轻说:——

"吃下去罢,——病便好了。"

⑮小栓撮起这黑东西,看了一会,似乎拿着自己的性命一般,心里说不出的奇怪。十分小心的拗开了,焦皮里面窜出一道白气,白气散了,是两半个白面的馒头。——不多工夫,已经全在肚里了,却全忘了什么味;面前只剩下一张空盘。他的旁边,一面立着他的父亲,一面立着他的母亲,两人的眼光,都仿佛要在他身里注进什么又要取出什么似的;便禁不住心跳起来,按着胸膛,又是一阵咳嗽。

⑯"睡一会罢,——便好了。"

小栓依他母亲的话,咳着睡了。华大妈候他喘气平静,才轻轻的给他盖上了满幅补钉的夹被。

三

⑰店里坐着许多人,老栓也忙了,提着大铜壶,一趟一趟的给客人冲茶;两个眼眶,都围着一圈黑线。

"老栓,你有些不舒服么?——你生病么?"一个花白胡子的人说。

"没有。"

"没有?——我想笑嘻嘻的,原也不像……"花白胡子便取消了自己的话。

⑱"老栓只是忙。要是他的儿子……"驼背五少爷话还未完,突然闯进了一个满脸横肉的人,披一件玄色布衫,散着纽扣,用很宽的玄色腰带,胡乱捆在腰间。刚进门,便对老栓嚷道:——

"吃了么?好了么?老栓,就是运气了你!你运气,要不是我信息灵……"

⑲老栓一手提了茶壶,一手恭恭敬敬的垂着,笑嘻嘻的听。满座的人,也都恭恭敬敬的听。华大妈也黑着眼眶,笑嘻嘻的送出茶碗茶叶来,加上一个橄榄,老栓便去冲了水。

⑳"这是包好!这是与众不同的。你想,趁热的拿来,趁热吃下。"横肉的人只是嚷。

"真的呢,要没有康大叔照顾,怎么会这样……"华大妈也很感激的谢他。

"包好,包好!这样的趁热吃下。这样的人血馒头,什么痨病都包好!"

华大妈听到"痨病"这两个字,变了一点脸色,似乎有些不高兴,但又立刻堆上笑,搭赸着走开了。这康大叔却没有觉察,仍然提高了喉咙只是嚷,嚷得里面睡着的小栓也合伙咳嗽起来。

㉑"原来你家小栓碰到了这样的好运气了。这病自然一定全好;怪不得老栓整天的笑着呢。"花白胡子一面说,一面走到康大叔面前,低声下气的问道,"康大叔——听说今天结果的一个犯人,便是夏家的孩子,那是谁的孩子?究竟是什么事?"

㉒"谁的?不就是夏四奶奶的儿子么?那个小家伙!"康大叔见众人都耸起耳朵听他,便格外高兴,横肉块块饱绽,越发大声说,"这小东西不要命,不要就是了。我可是这一回一点没有得到好处,连剥下来的衣服,都给管牢的红眼睛阿义拿去了。——第一要算我们栓叔运气;第二是夏三爷赏了二十五两雪白的银子,独自落腰包,一文不花。"

㉓小栓慢慢的从小屋子走出,两手按了胸口,不住的咳嗽;走到灶下,盛出一碗冷饭,泡上热水,坐下便吃。华大妈跟着他走,轻轻的问道,"小栓你好些么?——你仍旧只是肚饿?……"

㉔"包好,包好!"康大叔瞥了小栓一眼,仍然回过脸,对众人说,"夏三爷真是乖角儿,要是他不先告官,连他满门抄斩。现在怎样?银子!——这小东西也真不成东西!关在牢里,还要劝牢头造反。"

"阿呀,那还了得。"坐在后排的一个二十多岁的人,很现出气愤模样。

"你要晓得红眼睛阿义是去盘盘底细的,他却和他攀谈了。他说,这大清的天下是我们大家的。你想:这是人话么?红眼睛原知道他家里只有一个老娘,可是没有料到他竟会那么穷,榨不出一点油水,已经气破肚皮了。他还要老虎头上搔痒,便给他两个嘴巴!"

"义哥是一手好拳棒,这两下,一定够他受用了。"壁角的驼背忽然高兴起来。

㉕"他这贱骨头打不怕,还要说可怜可怜哩。"

花白胡子的人说,"打了这种东西,有什么可怜呢?"

康大叔显出看他不上的样子,冷笑着说,"你没有听清我的话,看他神气,是说阿义可怜哩!"

听着的人的眼光,忽然有些板滞;话也停顿了。小栓已经吃完饭,吃得满身流汗,头上都冒出蒸气来。

㉖"阿义可怜——疯话,简直是发了疯了。"花白胡子恍然大悟似的说。

"发了疯了。"二十多岁的人也恍然大悟的说。

店里的坐客，便又现出活气，谈笑起来。小栓也趁着热闹，拚命咳嗽；康大叔走上前，拍他肩膀说：——

"包好！小栓——你不要这么咳。包好！"

"疯了。"驼背五少爷点着头说。

四

㉗西关外靠着城根的地面，本是一块官地；中间歪歪斜斜一条细路，是贪走便道的人，用鞋底造成的，但却成了自然的界限。路的左边，都埋着死刑和瘐毙的人，右边是穷人的丛冢。两面都已埋到层层叠叠，宛然阔人家里祝寿时候的馒头。

㉘这一年的清明，分外寒冷；杨柳才吐出半粒米大的新芽。天明未久，华大妈已在右边的一坐新坟前面，排出四碟菜，一碗饭，哭了一场。化过纸，呆呆的坐在地上；仿佛等候什么似的，但自己也说不出等候什么。微风起来，吹动他短发，确乎比去年白得多了。

㉙小路上又来了一个女人，也是半白头发，褴褛的衣裙；提一个破旧的朱漆圆篮，外挂一串纸锭，三步一歇的走。忽然见华大妈坐在地上看他，便有些踌躇，惨白的脸上，现出些羞愧的颜色，但终于硬着头皮，走到左边的一坐坟前，放下了篮子。

㉚那坟与小栓的坟，一字儿排着，中间只隔一条小路。华大妈看他排好四碟菜，一碗饭，立着哭了一通，化过纸锭；心里暗暗地想，"这坟里的也是儿子了。"那老女人徘徊观望了一回，忽然手脚有些发抖，跄跄

踉踉退下几步,瞪着眼只是发怔。

㉛华大妈见这样子,生怕他伤心到快要发狂了;便忍不住立起身,跨过小路,低声对他说:"你这位老奶奶不要伤心了,——我们还是回去罢。"

㉜那人点一点头,眼睛仍然向上瞪着,也低声吃吃的说道,"你看,——看这是什么呢?"

华大妈跟了他指头看去,眼光便到了前面的坟,这坟上草根还没有全合,露出一块一块的黄土,煞是难看。再往上仔细看时,却不觉也吃一惊;——分明有一圈红白的花,围着那尖圆的坟顶。

㉝他们的眼睛都已老花多年了,但望这红白的花,却还能明白看见。花也不很多,圆圆的排成一个圈,不很精神,倒也整齐。华大妈忙看他儿子和别人的坟,却只有不怕冷的几点青白小花,零星开着,便觉得心里忽然感到一种不足和空虚,不愿意根究。那老女人又走近几步,细看了一遍,自言自语的说,"这没有根,不象自己开的。——这地方有谁来呢?孩子不会来玩,——亲戚本家早不来了。——这是怎么一回事呢?"他想了又想,忽又流下泪来,大声说道:——

"瑜儿,他们都冤枉了你,你还是忘不了,伤心不过,今天特意显点灵,要我知道么?"他四面一看,只见一只乌鸦,站在一株没有叶的树上,便接着说,"我知道了。——瑜儿,可怜他们坑了你,他们将来总有报应,天都知道,你闭了眼睛就是了。——你如果真在这里,听到我的话,——便教这乌鸦飞上你的坟顶,给我看罢。"

㉞微风早经停息了,枯草支支直立,有如铜丝。一丝发抖的声音,

在空气中愈颤愈细，细到没有，周围便都是死一般静。两人站在枯草丛里，仰面看那乌鸦，那乌鸦也在笔直的树枝间，缩着头，铁铸一般站着。

㉟许多的工夫过去了，上坟的人渐渐增多，几个老的小的，在土坟间出没。

㊱华大妈不知怎的，似乎卸下了一挑重担，便想到要走，一面劝着说，"我们还是回去罢。"

㊲那老女人叹一口气，无精打采的收起饭菜，又迟疑了一刻，终于慢慢地走了。嘴里自言自语的说，"这是怎么一回事呢？……"

㊳他们走不上二三十步远，忽听得背后"哑——"的一声大叫；两个人都悚然的回过头，只见那乌鸦张开两翅，一挫身，直向着远处的天空，箭也似的飞去了。

一九一九年四月

指导大概

本篇是短篇小说。正题旨是亲子之爱，副题旨是革命者的寂寞的悲哀。这故事是在清朝的末年，那时才有革命党；本篇第三段"这大清的天下是我们大家的"一句话，表示了革命党的主张，也表示了朝代。这故事是个小城市的故事，出面的人物也都是小城市的人物。那时代的社会还是所谓封建的社会；这些人物，这些人物的思想，自然充满了封建社会的色彩。从华老栓到夏四奶奶，都是如此。

故事只是这样：小茶馆的掌柜华老栓和华大妈夫妇只有小栓一个儿子，象是已经成了年。小栓生了痨病，总不好。老夫妇捡到一个秘方，人血馒头可以治好痨病。老栓便托了刽子手康大叔，当然，得花钱。刚好这一个秋天的日子，杀一个姓夏名瑜的革命党，老栓去向康大叔买回那人血馒头，让小栓吃了。小栓可终于没有好，死了。那夏瑜是他的三伯父夏三爷告了密逮着的。夏瑜很穷，只有一个老母亲，便是夏四奶奶。他在牢里还向管牢的红眼睛阿义宣传革命，却挨了两个嘴巴。夏三爷告密，官厅赏了二十五两银子。一般人没有同情那革命党的。他是死刑犯人，埋在西关外官地上；华家是穷人，小栓也埋在那里。第二年清明，华大妈去上坟，夏四奶奶也去。夏四奶奶发见儿子坟上有一个花圈，却不认识是什么，以为他让人冤枉死了，在特意显灵呢。华大妈瞧着夏四奶奶发怔，过去想安慰她，看见花圈，也不认识，只觉得自己儿子坟上没有，"感到一种不足和空虚"㉝。她终于劝着夏四奶奶离开了坟场。

本篇从"秋天的后半夜"①老栓忙着起来去等人血馒头开场。第一段说到馒头到了手为止。第二段说老栓夫妇商量着烧那馒头，直到看着小栓吃下去。第三段康大叔来到茶馆里，和老栓夫妇谈人血馒头；从馒头谈到了那革命党。这却只是茶客们和他问答着，议论着。这两段里都穿插着小栓的病相。第一段的时间是后半夜到天明；第二、三段只是一个早上。第四段是第二年清明节的一个早上，华大妈去上儿子的坟，可见小栓是死了。夏四奶奶也去上儿子的坟，却有人先已放了一个花圈在那坟上。第一段里，主要的是老栓的动作。第二段里是华大妈的。第三段里主要是康大叔和茶客们的对话。第四段里主要的却是夏四奶奶的动作。

　　老栓和华大妈都将整个儿的心放在小栓的身上，放在小栓的病上。人血馒头只是一个环；在这以前可能还试过许多方子，在这以后，可能也想过一些法子。但只这一环便可见出老夫妇爱儿子的心专到怎样程度，别的都不消再提了。鲁迅先生没有提"爱"字，可是全篇从头到尾都见出老夫妇这番心。他们是穷人，不等到第四段说小栓埋在"穷人的丛冢"㉗里我们才知道，从开始一节里"华老栓"这名字，和"遍身油腻的灯盏""茶馆的两间屋子"，便看出主人公是穷人了。穷人的钱是不容易来的，更是不容易攒的。华大妈枕头底下那一包洋钱，不知她夫妇俩怎样辛苦才省下来的。可是为了人血馒头，为了儿子的病，他们愿意一下子花去这些辛苦钱。"华大妈在枕头底下掏了半天"，才掏出那包钱。老栓"抖抖的装入衣袋，又在外面按了两下"②。他后来在丁字街近处的那家铺子门边站着的时候，又"按一按衣袋，硬硬的还在"⑤。这些固然见出老夫妇俩钱来的不易，他们可并不是在心疼钱。他们觉得儿子的命就在那人血馒头上，也就在这包钱上，所以慎重的藏着，慎重的装着，慎重的守着。这简直是一种虔敬的态度。

　　老栓夫妇是忙人，一面得招呼茶客们，一面还得招呼小栓的病。他们最需要好好的睡。可是老栓去等馒头这一夜，他俩都没有睡足，也没有睡好；所以第二天早上两个人的眼眶都围上一圈黑线⑰⑲。那花白胡子甚至疑心老栓生了病⑰。这一夜老栓其实不必起来得那么早，连华大妈似乎都觉得他太早了一些，所以带点疼惜的说，"你就去么？"②但是这是关系儿子生命的大事，他怎敢耽误呢！大概他俩惦记着这件大事，那上半夜也没有怎样睡着,所以第二天才累得那样儿。老栓出了门,到了丁字街近处那家关着门的铺子前面立住,"好一会"④,才有赶杀场的人"从他面前过去"⑤,他确是太早了一些。这当儿华大妈也不会再睡。她惦记着,盼望着,而且这一早收拾店面是她一个人的事儿。老栓出门前不是叫了小栓"你不要起来。……店么?你娘会安排的"②。"老栓走到家,店面早经收拾干净,一排一排的茶桌,滑溜溜的发光"⑪,可见她起来也是特别早的。两夫妇一个心,只是为了儿子。

　　老栓是安分良民,和那些天刚亮就起来赶杀场的流浪汉和那些刽子手不是一路。他们也看出他的异样,所以说,"哼,老头子。""倒高兴……。"⑤"这老东西……"⑨,他胆儿小,怕看杀人,怕见人血,怕拿人血馒头。他始终立在那铺子的檐下,不去看杀场。固然他心里只有儿子的病,没心赶热闹去,害怕可也是一半儿。他连那些去看杀人和那杀人的人的眼光都禁不起⑤⑧,他甚至看见那杀人的地方——丁字街——,听见讥讽他也来看杀人的话,都"吃一惊"④⑤,何况是杀人呢?人血馒头是那刽子手送到他面前来的。他还不敢接那"鲜红的馒头"⑧,是那刽子手扯下他的灯笼罩,塞给他,他才拿着的。这人血馒头本该"趁热的拿来,趁热吃下"⑳,可是老栓夫妇害怕这么办。"两个人一齐走进灶下,商量了一会"⑫,才决定拿一片老荷叶"重新包了那红的馒头"⑫,和那"红红白白的破灯笼,一同塞在灶里"⑫,烧了给小栓吃。他们不但自己害怕,还害怕小栓害怕,所以才商量出这个不教人害怕的办法来。他们硬着头皮去做那害怕的事儿,拿那害怕的东西,只是为了儿子。但他们要尽可能的让儿子不害怕,一来免得他不敢吃,二来免得他吃下去不舒服。所以在重包馒头的时候，华大妈"慌忙说：'小栓——你坐着，不要到这里来'⑫。他正是害怕小栓看见"那红的馒头"⑫。——但那是人血馒头，能治病，小栓是知道的。

老栓夫妇唯一关心的是小栓的病。老栓起来的时候，小栓醒了，"里边的小屋子里，也发出一阵咳嗽"②，他出门的时候，吹熄灯盏，特地走向里屋子去。小栓又是一遍咳嗽。老栓"候他平静下去，才低低的叫"他不要起来，店面由他娘收拾去②。"听得儿子不再说话，料他安心睡了"③，老栓才出了门。一个作父亲的这样体贴儿子，也就算入微了。母亲自然更是无微不至。重包馒头时华大妈那句话，上节已引过了。她和小栓说话，给小栓作事，都是"轻轻"的。第二段第三段里见了三回：一回是"轻轻说"⑭，一回是"候他喘气平静，才轻轻的给他盖上了满幅补钉的夹被"⑯，又一回是"轻轻的问道"㉓，老栓固然也是"低低的叫"，但那是在夜里，在一个特殊境地里。华大妈却常是"轻轻"的，老是"轻轻"的，母亲的细心和耐性是更大了。

老栓夫妇是粗人，自然盼望人血馒头治好小栓的病，而且盼望马上治好。老栓在街上走的时候，"仿佛一旦变了少年，得了神通，有给人生命的本领似的，跨步格外高远"③。他的高兴，由于信和望。他拿到那馒头的时候，听得有人问他话。"但他并不答应；他的精神，现在只在一个包上，仿佛抱着一个十世单传的婴儿，别的事情，都已置之度外了。他现在要将这包里的新的生命，移植到他家里，收获许多幸福"⑩。这是一种虔敬的信和望。华大妈的信和望和老栓其实不相上下。"老栓走到家"的时候，她"从灶下急急走出，睁着眼睛，嘴唇有些发抖"，问：

"得了么?"⑪只这半句话,便是她的整个儿的心。后来她和小栓说,"吃下去罢,——便好了"⑭。又说,"睡一会罢,——便好了"⑯。她盼望小栓的病便会好的。所以小栓又在吃饭的时候,她便"跟着他走,轻轻的问道,'小栓你好些么?——你仍旧只是肚饿?'"㉓"仍旧"这个词表示她的失望,也就是表示她的盼望。她不高兴"听到'痨病'这两个字"⑳,也由于她的盼望,她盼望小栓不是"痨病"。她知道他是,可是不相信他是,不愿意他是,更不愿意别人说他是"痨病"。老栓和她一样的盼望着小栓不是"痨病",可是他走到家,看见小栓坐着吃饭的样子,"不免皱一皱展开的眉心"⑪。他是男人,自然比华大妈容易看清楚现实些,也比她禁得住失望些。但是他俩对于那个人血馒头却有着共同的信和望。小栓吃下那馒头的时候,"一面立着他的父亲,一面立着他的母亲,两人的眼光,都仿佛要在他身里注进什么又要取出什么似的"⑮。

　　老两口子这早上真高兴。老栓一直是"笑嘻嘻的"。那花白胡子说了两回:一回在康大叔来到茶馆之前,他说,"我想笑嘻嘻的,原也不像(生病)……"⑰。一回在康大叔来到之后,他说,"怪不得老栓整天的笑着呢"㉑。老栓如此,华大妈可想而知。康大叔来到的当儿,老栓"笑嘻嘻的听",华大妈也"笑嘻嘻的送出茶碗茶叶来,加上一个橄榄"⑲,他俩的笑出于本心。后来康大叔说出"痨病"那两个字,华大妈听到"变了一点脸色","但又立刻堆上笑,搭赸着走开了"⑳,那笑却是敷衍康大叔的。敷衍康大叔,固然也是害怕得罪这个人,多一半还是为了儿子。她谢康大叔的那一句话⑳,感激是真的。他们夫妇俩这早上只惦着馒头,只惦着儿子,很少答别人的话——自然,忙也有点儿。老栓不答应路上人的问话,上文已提过了。烧馒头的时候,驼背五少爷接连问了两回,老夫妇都没有答应;虽然"老栓匆匆走出,给他泡上茶"⑬。花白胡子问,"老栓,你有些不舒服么?——你生病么?"他也只答了"没有"两个字⑰,就打住了。连康大叔来,他都没有说一句话。这早上他夫妇答别人的话只有华大妈的一句和他的半句。奇怪的是,他们有了那么一件高兴的事儿,怎么不赶紧说给人家听呢?——特别在花白胡子向老栓探听似的问着的时候。也许因为那是一个秘方,吃了最好别教人家知道,更灵验些,也许因为那是一件罪过,不教人家知道,良心上责任轻些。若是罪过,不但他俩,小栓也该有分儿。所以无论如何,总还是为了儿子。

小栓终于死了。不用说,老夫妇俩会感到种种"不足和空虚"。但第二年清明节,去上坟的却只有华大妈一个人。这是因为老栓得招呼店面,分不开身子。他俩死了儿子,可还得活下去。茶馆的生意是很忙的。第三段里说,"店里坐着许多人,老栓也忙了,提着大铜壶,一趟一趟的给客人冲茶"⑰,驼背五少爷也说,"老栓只是忙"⑱,他一个人是忙不办的,得华大妈帮着。所以这一日"天明未久"㉘,她便去上坟,为的是早点回来,好干活儿。她在小栓坟前"哭了一场。化过纸,呆呆的坐在地上,仿佛等候什么似的,但自己也说不出等候什么"㉘。儿子刚死在床上,也许可以不相信,也许还可以痴心妄想的等候他活转来;儿子死后,也许可以等候他到梦里相见。现在是"天明未久"在儿子的坟前,华大妈心里究竟在等候着些什么呢?或者是等候他"显点灵"罢?"微风起来,吹动他短发,确乎比去年白得多了"㉘。半年来的伤心日子,也够她过的了。华大妈如此，老栓也可想而知。她后来看着夏四奶奶在哭，"心里暗暗地想，'这坟里的也是儿子了'"㉚。所以在夏四奶奶发怔的时候，"便忍不住立起身，跨过小路，低声"劝慰㉛。这种同情正是从"儿子"来的。后来见夏家儿子坟顶上"分明有一圈红白的花"围着㉜，"忙看他儿子和别人的坟，却只有不怕冷的几点青白小花，零星开着"㉝。夏家儿子的坟确有些与众不同，小栓的似乎相形见绌。这使她"忽然感到一种不足和空虚，不愿意根究"㉞。她是在羡慕着，也妒忌着，为了坟里的儿子。但是她还同情的陪着夏四奶奶，直到"上坟的人渐渐增多"㉟，才"想到要走"㊱。她早就该回茶馆帮老栓干活儿，为了同病相怜，却耽搁了这么久，将活儿置之度外。她整个儿的心，还是在"儿子"身上。——以上是亲子之爱正题旨。

副题旨是革命者的寂寞的悲哀。这只从侧面见出。那革命党并没有出面，他的故事是在康大叔的话里，和夏四奶奶的动作里。故事是从那人血馒头引起的。第三段里那花白胡子一面和老栓说（那时华大妈已经"搭赸着走开了"⑳），"原来你家小栓碰到了这样的好运气了"，"一面走到康大叔面前，低声下气的问道，'康大叔——听说今天结果的一个犯人，便是夏家的孩子，那是谁的孩子？究竟是什么事？'"㉑从这几句话里可以见出那位革命党的处决，事先是相当秘密的；大家只知道那是"夏家的孩子"，犯了不寻常的死罪而已。难怪康大叔刚进茶馆"便对老栓嚷道"：——"你运气，要不是我信息灵……"⑱。那"信息"自然也是秘密的。他回答花白胡子的第一问："谁的？不就是夏四奶奶的儿子么？那个小家伙！"接着说："这小东西不要命，不要就是了。我可是这一回一点没有得到好处；连剥下来的衣服，都给管牢的红眼睛阿义拿去了。——第一要算我们栓叔运气；第二是夏三爷赏了二十五两雪白的银子，独自落腰包，一文不花"。㉒这些话并不是回答花白胡子，只是没有得到什么好处，自己有点牢骚罢了。夏三爷独得"二十五两雪白的银子"，康大叔羡慕这个。他自然不会忘记老栓的那包洋钱，可是比起"二十五两雪白的银子"，那就不算什么了。何况那是"一手交钱，一手交货"⑧。而且是他"照顾"⑳老栓的，怎能算是他的好处！他说"信息灵"，他说运气了老栓⑱，"第一要算我们栓叔运气"，都是要将人情卖在老栓的身上。但就故事的发展说，这一节话却是重要的关键。那革命党是不出面的。他的故事中的人物，全得靠康大叔的嘴介绍给读者。这儿介绍了夏四奶奶，第四段里那老女人便有着落了。那儿不提起"夏四奶奶"，是给华大妈留地步，那一段主要的原是夏四奶奶的动作，假如让华大妈分明的知道了那老女人就是夏四奶奶，那必露出一番窘相。那会妨碍故事的发展。但他听了那老女人"他们都冤枉了你"㉝一番话之后，好象也有些觉得了；"似乎卸下了一挑重担"那一句便是从这里来的。这里又介绍了牢头红眼睛阿义和那告官的夏三爷；这些是那片段的故事的重要角色。但康大叔并没有直接回答花白胡子的第二问，他只说"这小东西也真不成东西！关在牢里，还要劝牢头造反"㉔。"关在牢里，还要劝牢头造反"，没"关在牢里"的时候，不用说是在"造反"了；这还不该杀头之罪吗？不但他该杀头，夏三爷要是"不先告官"，连他也会"满门抄斩"呢㉔。这就是回答了花白胡子了。至于详细罪状，必是没有"告示"；大约只有官知道，康大叔也不会知道的。

康大叔提到那革命党,口口声声是"那个小家伙"㉒,"这小东西"㉒㉔,"贱骨头"㉕。那革命党向红眼睛阿义说过"这大清的天下是我们大家的",康大叔说这不是"人话"㉔。一面还称赞"夏三爷真是乖角儿"㉔。红眼睛阿义是他一流人,第一是想得好处。他原知道那革命党"家里只有一个老娘,可是没有料到他竟会那么穷,榨不出一点油水,已经气破肚皮了。他还要老虎头上搔痒,便给他两个嘴巴"㉔。这儿借着阿义的口附带叙述了那革命党家中的情形。康大叔和阿义除了都想得到好处之外,还都认为革命党是"造反",不但要杀头,而且有"满门抄斩"之罪。他们原是些做公的人,这样看法也是当然。那热心的革命党可不管这个,他宣传他的。阿义打他,他并不怕,还说"可怜可怜"呢㉕。革命者的气概从此可见。但是一般人是在康大叔阿义这一边儿。那二十多岁的茶客听到说"劝牢头造反",道,"阿呀,那还了得。""很现出气愤模样"㉔。那驼背五少爷听到"给他两个嘴巴",便"忽然高兴起来",说,"义哥是一手好拳棒,这两下,一定够他受用了"㉔。那花白胡子听到康大叔"还要说可怜可怜哩"㉕那句话,以为那革命党是在向阿义乞怜了,便看不上他似的道,"打了这种东西,有什么可怜呢?"㉕经康大叔矫正以后,他"恍然大悟似的说","阿义可怜——疯话,简直是发了疯了"。那二十多岁的人"也恍然大悟的说","发了疯了"。那驼背五少爷后来也"点着头说","疯了"㉖。他们三个人原先怎么也想不到"可怜可怜"是指阿义说的,所以都是"恍然大悟"的样子。那三个茶客代表各种年纪的人。他们也都相信"造反"是大逆不道的,他们和康大叔和阿义一样,都觉得"这小东西也真不成东西"㉔,而且"简直是发了疯了"。——"疯子"这名目是"吃人"的巧妙的借口,这是封建社会的"老谱",《狂人日记》里也早已说过了的。——这就无怪乎夏家的亲戚早不上他家来了㉝。(夏四奶奶"亲戚本家早不来了"这句话里的"来"字不大清楚;若说"来往",就没有歧义了。)其实就是夏四奶奶,她对于革命党的意见,也还是个差不多。不过她不信她儿子是的。她说,"瑜儿,他们都冤枉了你",又说,"可怜他们坑了你"。她甚至疑心他坟顶上那"一圈红白的花"是"特意显点灵"要她知道的。她是爱她的儿子,可是并没有了解她的儿子。革命者是寂寞的,这样难得了解和同情的人!幸而,还不至于完全寂寞,那花圈便是证据。有了送花圈的人,这社会便还没有死透,便还是有希望的。鲁迅先生在《呐喊自序》里说,他不愿意抹杀人们的希望,所以"不恤用了曲笔平空添上"一个花圈在瑜儿的坟上。这是他的创作的态度。第四段是第一个故事的结尾,尤其是第二个故事的结尾。这里主要的是夏四奶奶的动作,可是用了"亲子之爱"这个因子,却将她的动作和华大妈的打成一片了。

通常说短篇小说只该有"一个"题旨,才见得是"经济的"。这句话不能呆看。正题旨确乎是只能有"一个",但正题旨以外不妨有副题旨。副题旨若能和正题旨错综糅合得恰到好处,确有宾主却又象不分宾主似的,那只有见得更丰厚些,不会松懈或枝蔓的。这一篇便可以作适当的例子。再有,小说虽也在叙述文和描写文类里,跟普通的叙述文和描写文却有些不同之处。它得有意念的发展。普通的叙述文和描写文自然也离不了意念,可得跟着事实,不能太走了样子,意念的作用不大。小说虽也根据事实,却不必跟着事实;不但选择有更多的自由,还可以糅合融铸,发展作者的意念。这里意念的作用是很大的。题旨固然是意念的发展,取材和词句也都离不了意念的发展。即使是自然派的作家,好象一切客观,其实也还有他们的意念。不然,他们为什么写这种那种故事,为什么取这件那件材料,为什么用这些那些词句,而不写、不取、不用别的,就难以解释了。这种意念的发展在短篇小说里作用尤其大。短篇小说里意念比较单纯,发展得恰当与否最容易见出。所谓"经济的"便是处处紧凑,处处有照应,无一闲笔,也便是意念发展恰到好处。本篇题旨的发展,上文已经解析。取材和词句却还有可说的。

本篇副题旨的取材,《呐喊自序》里的话已够说明。鲁迅先生的创作是在"五四"前后所谓启蒙时代(本篇作于民国八年四月)。他的创作的背景大部分是在清末民初的乡村或小城市里。所谓农村的社会或封建的社会,便是这些。鲁迅先生所以取材于这些,一方面自然因为这些是他最熟悉的,一方面也因为那是一个重新估定价值的时代,他要以智慧的光辉照彻愚蠢的过去。他是浙江绍兴人,他却无意于渲染地方的色彩,这是他在《我的创作经验》一文里曾经暗示了的①。本篇的正题旨发展在人血馒头的故事里,正因为那故事足以表现农村的社会——愚蠢的过去。这故事包括三个节目:看杀头,吃人血,坐茶馆。看杀头的风俗代表残酷,至少是麻木不仁。《呐喊自序》里说日俄战争时在日本看到一张幻灯片,是日本人捉着了一个替俄国作侦探的中国人,正在杀头示众,围着看热闹的都是些中国人。鲁迅先生很可怜我们同胞的愚蠢,因此改了行,

---

① 即《我怎么做起小说来》,见鲁迅《南腔北调集》。

学文学，想着文学也许有改变精神的用处。本篇描写那杀场的观众，还是在这种情调里。这是从老栓的眼里看出："老栓也向那边看，却只见一堆人的后背；颈项都伸得很长，仿佛许多鸭，被无形的手捏住了的，向上提着"⑦。这些观众也真够热心的了。

　　吃人血的风俗代表残酷和迷信。老栓拿到馒头的时候，似乎听得有人问他，"这给谁治病的呀？"⑩可见人血馒头治痨病还是个相当普遍的秘方，这也就是风俗了。老栓和华大妈都信仰这个秘方，到了虔敬的程度。小栓也差不多，他撮起那烧好的黑馒头，"似乎拿着自己的性命一般"⑮。康大叔说了四回"包好！"⑳㉔㉖两回是向老栓夫妇说的，两回是向小栓说的，虽然不免"卖瓜的说瓜甜"，但相信也是真的。那花白胡子也向老栓说，"原来你家小栓碰到了这样的好运气了。这病自然一定全好"㉑。一半儿应酬康大叔和老栓夫妇，至少一半儿也相信。可是后来小栓终于死了！——老栓夫妇虽然相信，却总有些害怕；他们到底是安分良民，还没有那分儿残酷。他们甚至于感觉到这是一桩罪过似的。老栓方面，上文已提过了。第四段里说，"华大妈不知怎的，似乎卸下了一挑重担，便想到要走"㊱。原来她听了夏四奶奶向坟里的儿子一番诉说之后，似乎便有些觉得面前的老女人是谁，她那坟里的儿子又是谁了。想着自己儿子吃过人家儿子的血，不免是一桩罪过，这就是她良心上的"一挑重担"。在两人相对的当儿，夏四奶奶虽然根本未必知道血馒头这回事，可是华大妈的担子却有越来越重的样子。"上坟的人渐渐增多，几个老的小的，在土坟间出没"㉟。夏四奶奶的注意分开了，不只在坟里的儿子和面前的华大妈身上了，华大妈这才"似乎卸下了一挑重担"。老栓夫妇的内疚若是有的，那正是反映吃人血的风俗的残酷的。《狂人日记》里不断提起吃人，固然是指着那些吃人的"仁义道德"说的，可也是指着这类吃人的风俗说的。那儿有"一直吃到徐锡麟"的话，徐锡麟正是革命党。那儿还说"去年城里杀了犯人，还有一个生痨病的人用馒头蘸着血舐"。这些都是本篇的源头——带说一句，本篇的"夏瑜"似乎影射着"秋瑾"；秋瑾女士也是绍兴人，正是清末被杀了的一位著名的革命党。这人血馒头的故事是本篇主要的故事，所以本篇用"药"作题目。这一个"药"字含着"药"（所谓"药"）、"药？"、"药！"三层意思。

坐茶馆，谈天儿，代表好闲的风气。茶客们有些没有职业的，可以成天的坐着，驼背五少爷便是例子。"这人每天总在茶馆里过日，来得最早，去得最迟"⑬，可以算是茶客的典型。那时就是有职业的人，在茶馆里坐一个上午或一个下午也是常见的。这些人闲得无聊，最爱管闲事。打听新闻，议论长短，是他们的嗜好，也是他们的本领。没有新闻可听，没有长短可论的时候，他们也能找出些闲话来说着。本篇第二段里烧馒头的时候，驼背五少爷问，"好香！你们吃什么点心呀？"没有人答应。可是他还问，"炒米粥么？"仍然没人答应，他这才不开口了。找人搭话正是茶客们的脾气。第三段里那花白胡子看见老栓眼眶围着一圈黑线，便问，"老栓，你有些不舒服么？——你生病么？"老栓回答"没有"。他又说，"没有？——我想笑嘻嘻的，原也不象……"这是"取消了自己的话"⑰。这些都是没话找话的费话。康大叔来到以前，驼背五少爷提到小栓，那是应酬老栓的。康大叔来到以后，花白胡子也提到小栓，那是应酬康大叔和老栓的。这里面也有多少同情，但找题目说话，也是不免的。花白胡子向康大叔一问,这才引起了新闻和议论。那些议论都是传统的,也不负责任的。说来说去,无非是好闲就是了。

本篇的节目,大部分是用来暗示故事中人物的心理的,从上文的解析里可以见出。但在人物、境地、事件的安排上也不忽略。这些也都是意念的发展。第一段和第四段的境地都是静的,静到教人害怕的程度。老栓走到街上,"街上黑沉沉的一无所有";"有时也遇到几只狗,可是一只也没有叫"③。夜的街真太静了,忽然来了个不出声的人,狗也害怕起来,溜过一边或躲在一边去了;老栓吃了两回惊,一半是害怕那地方,那种人,一半也是害怕那静得奇怪的夜的街。甚至那杀场,也只"似乎有点声音",也只"轰的一声"⑦;这并不足以打破那奇怪的静。这个静是跟老栓的害怕,杀头和吃人血的残酷应合着的。第四段开场是"层层叠叠"的"丛冢"㉗中间,只放着两个不相识的女人。那也是可怕的静,虽然是在白天。所以华大妈和夏四奶奶开始搭话的时候都是"低声"㉛㉜,"低声"便是害怕的表现。后来夏四奶奶虽然"大声"向他的瑜儿说了一番话㉝,但那是向鬼魂说的,也不足以打破那个静。那时是:"微风早已停息了,枯草支支直立,有如铜丝。一丝发抖的声音,在空气中愈颤愈细,细到没有,周围便都是死一般静。两人站在枯草丛里,仰面看那乌鸦,那乌鸦也在笔直的树枝间,缩着头,铁铸一般站着"㉞。那"一丝发抖的声音"便是夏四奶奶那节话的余音。后来"上坟的人渐渐增多",可是似乎也没有怎样减除那静的可怕的程度。本篇最后一节是这样:"他们走不上二三十步远,忽听得背后'哑——'的一声大叫;两个人都悚然的回过头,只见那乌鸦张开两翅,一挫身,直向着远处的天空,箭也似的飞去了"。这"悚然的"一面自然因为两人疑心鬼魂当场显灵,一面还是因为那坟场太静了。这个静是应合着那丛冢和那两个伤心的母亲的。配着第一段第四段的静的,是第二段第三段的动,动静相变,恰象交响曲的结构一般。

小栓的病这节目,只在第二段开始写得多一些,那是从老栓眼中见出他的瘦。但在本篇前三段里随时都零星的穿插着。咳嗽,"肚饿",流汗,构成他的病象。咳嗽最明显,共见了六次②⑮⑳㉓㉖;"肚饿"从吃饭见,流汗也是在吃饭的时候;这两项共同见了两次⑪㉕。这样,一个痨病鬼就画出来了。康大叔是刽子手;他的形状,服装,举动,言谈,都烘托出来他是一个什么样的人。他那"象两把刀"的"眼光",那"大手"⑧,那"满脸横肉"⑬,高兴时便"块块饱绽"的㉒,已经够教人认识他了,再加"披一件玄色布衫,散着纽扣,用很宽的玄色腰带,胡乱捆在腰间"⑬,便十足见出是一个凶暴的流浪汉。他将那人血馒头送到老栓面前的时候,说的话⑧⑨,以及"摊着""一只大手"⑧,以及"抢过灯笼,一把扯了纸罩,裹了馒头,塞与老栓;一手抓过洋钱,捏一捏"⑨的情形,也见出是一个粗野的人。他到了茶馆里,一直在嚷⑱⑳,在"大声"说话㉒。他说话是不顾到别人的。他没有顾老栓夫妇忌讳"痨病"这两个字。华大妈"搭赸着走开了",他还"没有觉察,仍然提高了喉咙只是嚷,嚷得里面睡着的小栓也合伙咳嗽起来"⑳。第三段末尾,小栓又在咳嗽,"康大叔走上前,拍他的肩膀说:——'包好!小栓——你不要这么咳。包好!'"这都是所谓不顾别人死活,真粗心到了家。他又是个唯我独尊的人,至少在这茶馆里。那花白胡子误会了"可怜"

的意思,他便"显出看不上他的样子,冷笑着说,'你没有听清我的话'"㉕。在本篇里,似乎只有康大叔是有性格的人,别的人都是些类型,本篇的题旨原不在铸造性格,这局面也是当然的。

第三段里茶客们和康大叔的谈话是个难得安排的断片或节目。这儿似乎很不费力的从正题旨引渡到副题旨,上文也已提到了。谈话本可以牵搭到很远的地方去;但是慢慢的牵搭过去,就太不"经济的"。这儿却一下就搭上了。副题旨的发展里可又不能喧宾夺主,冷落了正题旨。所以康大叔的话里没将老栓撂下,小栓更是始终露着面儿。茶客参加谈话的不能太多,太多就杂乱了,不好收拾了,也不能全是没露过面的,不然前后就打成两橛了。这儿却只有三个人,那驼背五少爷和花白胡子是早就先后露了面的⑬⑰,只加了那"一个二十多岁的人"㉔。这些人"都恭恭敬敬的"⑲"耸起耳朵"㉒听康大叔的话。"恭恭敬敬的",也许因为大家都有一些害怕这个粗暴的人,"耸起耳朵",因为是当地当日的新闻,大家都爱听。——那花白胡子去问康大叔的时候,"低声下气的"㉑,也是两方面都有点儿。这样,场面便不散漫,便不漏了。但是谈话平平的进行下去,未免显得单调。这儿便借着"可怜可怜"那句话的歧义引出一番波折来。康大叔"冷笑着"对花白胡子说明以后,"听着的人的眼光,忽然有些板滞;话也停顿了"㉕。这是讨了没趣;是满座,不止那三个人。可是花白胡子和那二十多岁的人"恍然大悟",将罪名推到那革命党身上以后,大家便又轻松了,——不是他们没有"听清"康大叔的话,是那革命党"发了疯了",才会说那样出人意外的话。于是"店里的坐客,便又现出活气,谈笑起来"。但这个话题也就到此而止。那悟得慢一些的驼背五少爷"点着头说"的半句"疯了",恰巧是个尾声,结束了这番波折,也结束了这场谈话。

　　词句方面,上文已经提到不少,还有几处该说明的。第一段末尾,"太阳也出来了;在他面前,显出一条大道,直到他家中,后面也照见丁字街头破匾上'古□亭口'这四个黯淡的金字"。这些并不是从老栓眼里看出,这是借他回家那一条大道描写那小城市。匾已破了,那四个金字也黯淡了,其中第二个字已经黯淡到认不出。这象征着那小城市也是个黯淡衰颓的古城市;那些古旧的风俗的存在正是当然。第二段小栓吃下那馒头,"却全忘了什么味"⑮。他知道这是人血馒头,"与众不同",准备着有些异味,可是没有,和普通的烧馒头一样。烧馒头的味是熟习的,没有什么特别值得注意,所以觉得"全忘了什么味"。这儿小栓似乎有些失望似的。第三段"这康大叔却没有觉察"⑳,"康大叔"上加"这"字是特指。"康大叔"这称呼虽已见于华大妈的话里⑳,但在叙述中还是初次出现,加"这"字表示就是华大妈话里的那个人,一方面也表示就是那凶暴粗野的流浪汉刽子手。又,"夏三爷赏了二十五两雪白的银子",是官赏了他银子。第四段夏四奶奶"见华大妈坐在地上看他,便有些踌躇,惨白的脸上,现出些羞愧的颜色,但终于硬着头皮,走到左边的一座坟前,放下了篮子"㉙。这儿路的"右边是穷人的丛冢",小栓的坟便在其中,"左边,都埋着死刑和瘐毙的人"㉓。夏四奶奶穷,不能将儿子埋在别处,便只得埋在这块官地的左边坟场里。她可不愿意人家知道她儿子是个死刑的犯人。她"天明未久"㉘,就来上坟,原是避人的意思。想不到华大妈比她还早,而且已经上完了坟,"坐在地上看他"。

这一来她儿子和她可都得现底儿了。她踌躇，羞愧，便是为此。但既然"三步一歇的走"来了㉙，那有回去的道理，到底还是上坟要紧，面子上只好不管了；所以她"终于硬着头皮"走过去了。后来她"大声"说的一番话㉝，固然是给她儿子说的，可也未尝没有让华大妈听听的意思，——她儿子是让人家"冤枉了"、"坑了"，他实在不是一个会犯罪的人。第四段主要的是夏四奶奶的动作。这里也见出她的亲子之爱，她的（和华大妈的）迷信。但本段重心还在那个花圈上，鲁迅先生有意避免"花圈"这个词，只一步一步的烘托着。从夏四奶奶和华大妈的眼睛里看，"红白的花……也不很多，圆圆的排成一个圈，不很精神，倒也整齐"。又从夏四奶奶嘴里说，"这没有根，不象自己开的"。㉟这似乎够清楚了。可是有些读者总还猜不出是什么东西。也许在那时代那环境里，这东西的出现有些意外，读者心理上没有准备着，所以便觉得有点晦。若是将"花圈"这个词点明一下，也许更清楚些。夏四奶奶却看得那花圈有鬼气，两回"自言自语的说"，"这是怎么一回事呢？"㉝㉞但她的（和华大妈的）迷信终于只是迷信，那乌鸦并没有飞上她儿子的坟顶，却直向着远处的天空飞去了。

　　鲁迅先生关于亲子之爱的作品还有《明天》和《祝福》，都写了乡村的母亲。她们的儿子一个是病死了，一个是被狼衔去吃了，她们对于儿子的爱都是很单纯的。可是《明天》用亲子之爱做正题旨；《祝福》，却别有题旨，亲子之爱的故事只是材料。另有挪威别恩孙的《父亲》，有英译本和至少六个中译本。那篇写一个乡村的父亲对于他独生子的爱，从儿子受洗起到准备结婚止，二十四五年间，事事都给他打点最好的。儿子终于过湖淹死了。他打捞了整三日三夜，抱着尸首回去。后来他还让一个牧师用儿子的名字捐了一大笔钱出去。别恩孙用的是粗笔，句子非常简短，和鲁迅先生不同，可是不缺少力量。关于革命党的，鲁迅先生还有著名的《阿Q正传》，那篇后半写着光复时期乡村和小城市的人对于革命党的害怕和羡慕的态度，跟本篇是一个很好的对照。这些都可以参看。

论雅俗共赏

陶渊明有"奇文共欣赏,疑义相与析"的诗句,那是一些"素心人"的乐事,"素心人"当然是雅人,也就是士大夫。这两句诗后来凝结成"赏奇析疑"一个成语。"赏奇析疑"是一种雅事,俗人的小市民和农家子弟是没有份儿的。然而又出现了"雅俗共赏"这一个成语,"共赏"显然是"共欣赏"的简化,可是这是雅人和俗人或俗人跟雅人一同在欣赏,那欣赏的大概不会还是"奇文"罢。这句成语不知道起于什么时代,从语气看来,似乎雅人多少得理会到甚至迁就着俗人的样子,这大概是在宋朝或者更后罢。

原来唐朝的安史之乱可以说是我们社会变迁的一条分水岭。在这之后，门第迅速的垮了台，社会的等级不象先前那样固定了，"士"和"民"这两个等级的分界不象先前的严格和清楚了，彼此的分子在流通着，上下着。而上去的比下来的多，士人流落民间的究竟少，老百姓加入士流的却渐渐多起来。王侯将相早就没有种了，读书人到了这时候也没有种了；只要家里能够勉强供给一些，自己有些天分，又肯用功，就是个"读书种子"；去参加那些公开的考试，考中了就有官做，至少也落个绅士。这种进展经过唐末跟五代的长期的变乱加了速度，到宋朝又加上印刷术的发达，学校多起来了，士人也多起来了，士人的地位加强，责任也加重了。这些士人多数是来自民间的新的分子，他们多少保留着民间的生活方式和生活态度。他们一面学习和享受那些雅的，一面却还不能摆脱或蜕变那些俗的。人既然很多，大家是这样，也就不觉其寒尘；不但不觉其寒尘，还要重新估定价值，至少也得调整那旧来的标准与尺度。"雅俗共赏"似乎就是新提出的尺度或标准，这里并非打倒旧标准，只是要求那些雅士理会到或迁就些俗士的趣味，好让大家打成一片。当然，所谓"提出"和"要求"，都只是不自觉的看来是自然而然的趋势。

中唐的时期，比安史之乱还早些，禅宗的和尚就开始用口语记录大师的说教。用口语为的是求真与化俗，化俗就是争取群众。安史乱后，和尚的口语记录更其流行，于是乎有了"语录"这个名称，"语录"就成为一种著述体了。到了宋朝，道学家讲学，更广泛的留下了许多语录；他们用语录，也还是为了求真与化俗，还是为了争取群众。所谓求真的"真"，一面是如实和直接的意思。禅家认为第一义是不可说的，语言文字都不能表达那无限的可能，所以是虚妄的。然而实际上语言文字究竟是不免要用的一种"方便"，记录的文字自然越近实际的、直接的说话越好。在另一面这"真"又是自然的意思，自然才亲切，才让人容易懂，也就是更能收到化俗的功效，更能获得广大的群众。道学主要的是中国的正统的思想，道学家用了语录做工具，大大的增强了这种新的文体的地位，语录就成为一种传统了。比语录体稍稍晚些，还出现了一种宋朝叫做"笔记"的东西。这种作品记述有趣味的杂事，范围很宽，一方面发表作者自己的意见，所谓议论，也就是批评，这些批评往往也很有趣味。作者写这种书，只当做对客闲谈，并非一本正经，虽然以文言为主，可是很接近说话。这也是给大家看的，看了可以当做"谈助"，增加趣味。宋朝的笔记最发达，当时盛行，流传下来的也很多。目录家将这种笔记归在"小说"项下，近代书店汇印这些笔记，更直题为"笔记小说"；中国古代所谓"小说"，原是指记述杂事的趣味作品而言的。

那里我们得特别提到唐朝的"传奇"。"传奇"据说可以见出作者的"史才、诗、笔、议论"，是唐朝士子在投考进士以前用来送给一些大人先生看，介绍自己，求他们给自己宣传的。其中不外乎灵怪、艳情、剑侠三类故事，显然是以供给"谈助"，引起趣味为主。无论照传统的意念，或现代的意念，这些"传奇"无疑的是小说，一方面也和笔记的写作态度有相类之处。照陈寅恪先生的意见，这种"传奇"大概起于民间，文士是仿作，文字里多口语化的地方。陈先生并且说唐朝的古文运动就是从这儿开始。他指出古文运动的领导者韩愈的《毛颖传》，正是仿"传奇"而作。我们看韩愈的"气盛言宜"的理论和他的参差错落的文句，也正是多多少少在口语化。他的门下的"好难"、"好易"两派,似乎原来也都是在试验如何口语化。可是"好难"的一派过分强调了自己,过分想出奇制胜,不管一般人能够了解欣赏与否,终于被人看做"诡"和"怪"而失败,于是宋朝的欧阳修继承了"好易"的一派的努力而奠定了古文的基础。——以上说的种种,都是安史乱后几百年间自然的趋势,就是那雅俗共赏的趋势。

宋朝不但古文走上了"雅俗共赏"的路,诗也走向这条路。胡适之先生说宋诗的好处就在"做诗如说话",一语破的指出了这条路。自然,这条路上还有许多曲折,但是就象不好懂的黄山谷,他也提出了"以俗为雅"的主张,并且点化了许多俗语成为诗句。实践上"以俗为雅",并不从他开始,梅圣俞、苏东坡都是好手,而苏东坡更胜。据记载梅和苏都说过"以俗为雅"这句话,可是不大靠得住;黄山谷却在《再次杨明叔韵》一诗的"引"里郑重的提出"以俗为雅,以故为新",说是"举一纲而张万目"。他将"以俗为雅"放在第一,因为这实在可以说是宋诗的一般作风,也正是"雅俗共赏"的路。但是加上"以故为新",路就曲折起来,那是雅人自赏,黄山谷所以终于不好懂了。不过黄山谷虽然不好懂,宋诗却终于回到了"做诗如说话"的路,这"如说话",的确是条大路。

雅化的诗还不得不回向俗化,刚刚来自民间的词,在当时不用说自然是"雅俗共赏"的。别瞧黄山谷的有些诗不好懂,他的一些小词可够俗的。柳耆卿更是个通俗的词人。词后来虽然渐渐雅化或文人化,可是始终不能雅到诗的地位,它怎么着也只是"诗余"。词变为曲,不是在文人手里变,是在民间变的;曲又变得比词俗,虽然也经过雅化或文人化,可是还雅不到词的地位,它只是"词余"。一方面从晚唐和尚的俗讲演变出来的宋朝的"说话"就是说书,乃至后来的平话以及章回小说,还有宋朝的杂剧和诸宫调等等转变成功的元朝的杂剧和戏文,乃至后来的传奇,以及皮簧戏,更多半是些"不登大雅"的"俗文学"。这些除元杂剧和后来的传奇也算是"词余"以外,在过去的文学传统里简直没有地位;也就是说这些小说和戏剧在过去的文学传统里多半没有地位,有些有点地位,也不是正经地位。可是虽然俗,大体上却"俗不伤雅",虽然没有什么地位,却总是"雅俗共赏"的玩艺儿。

"雅俗共赏"是以雅为主的,从宋人的"以俗为雅"以及常语的"俗不伤雅",更可见出这种宾主之分。起初成群俗士蜂拥而上,固然逼得原来的雅士不得不理会到甚至迁就着他们的趣味,可是这些俗士需要摆脱的更多。他们在学习,在享受,也在蜕变,这样渐渐适应那雅化的传统,于是乎新旧打成一片,传统多多少少变了质继续下去。前面说过的文体和诗风的种种改变,就是新旧双方调整的过程,结果迁就的渐渐不觉其为迁就,学习的也渐渐习惯成了自然,传统的确稍稍变了质,但是还是文言或雅言为主,就算跟民众近了一些,近得也不太多。

至于词曲,算是新起于俗间,实在以音乐为重,文辞原是无关轻重的;"雅俗共赏",正是那音乐的作用。后来雅士们也曾分别将那些文辞雅化,但是因为音乐性太重,使他们不能完成那种雅化,所以词曲终于不能达到诗的地位。而曲一直配合着音乐,雅化更难,地位也就更低,还低于词一等。可是词曲到了雅化的时期,那"共赏"的人却就雅多而俗少了。真正"雅俗共赏"的是唐、五代、北宋的词，元朝的散曲和杂剧，还有平话和章回小说以及皮簧戏等。皮簧戏也是音乐为主，大家直到现在都还在哼着那些粗俗的戏词，所以雅化难以下手，虽然一二十年来这雅化也已经试着在开始。平话和章回小说，传统里本来没有，雅化没有合式的榜样，进行就不易。《三国演义》虽然用了文言，却是俗化的文言，接近口语的文言，后来的《水浒》、《西游记》、《红楼梦》等就都用白话了。不能完全雅化的作品在雅化的传统里不能有地位，至少不能有正经的地位。雅化程度的深浅，决定这种地位的高低或有没有，一方面也决定"雅俗共赏"的范围的小和大——雅化越深，"共赏"的人越少，越浅也就越多。所谓多少，主要的是俗人，是小市民和受教育的农家子弟。在传统里没有地位或只有低地位的作品，只算是玩艺儿；然而这些才接近民众，接近民众却还能教"雅俗共赏"，雅和俗究竟有共通的地方，不是不相理会的两橛了。

单就玩艺儿而论，"雅俗共赏"虽然是以雅化的标准为主，"共赏"者却以俗人为主。固然，这在雅方得降低一些，在俗方也得提高一些，要"俗不伤雅"才成；雅方看来太俗，以至于"俗不可耐"的，是不能"共赏"的。但是在甚么条件之下才会让俗人所"赏"的，雅人也能来"共赏"呢？我们想起了"有目共赏"这句话。孟子说过"不知子都之姣者，无目者也"，"有目"是反过来说，"共赏"还是陶诗"共欣赏"的意思。子都的美貌，有眼睛的都容易辨别，自然也就能"共赏"了。孟子接着说："口之于味也，有同嗜焉；耳之于声也，有同听焉；目之于色也，有同美焉。"这说的是人之常情，也就是所谓人情不相远。但是这不相远似乎只限于一些具体的、常识的、现实的事物和趣味。譬如北平罢，故宫和颐和园，包括建筑、风景和陈列的工艺品，似乎是"雅俗共赏"的，天桥在雅人的眼中似乎就有些太俗了。说到文章，俗人所能"赏"的也只是常识的，现实的。后汉的王充出身是俗人，他多多少少代表俗人说话，反对难懂而不切实用的辞赋，却赞美公文能手。公文这东西关系雅俗的现实利益，始终是不曾完全雅化了的。再说后来的小说和戏剧，有的雅人说《西厢记》诲淫，《水浒传》诲盗，这是"高论"。实际上这一部戏剧和这一部小说都是"雅俗共赏"的作品。《西厢记》无视了传统的礼教，《水浒传》无视了传统的忠德，然而"男女"是"人之大欲"之一，"官逼民反"，也是人之常情，梁山泊的英雄正是被压迫的人民所想望。俗人固然同情这些，一部分的雅人，跟俗人相距还不太远的，也未尝不高兴这两部书说出了他们想说而不敢说的。这可以说是一种快感，一种趣味，可并不是低级趣味；这是有关系的，也未尝不是有节制的。"诲淫"、"诲盗"只是代表统治者的利益的说话。

　　十九世纪二十世纪之交是个新时代，新时代给我们带来了新文化，产生了我们的知识阶级。这知识阶级跟从前的读书人不大一样，包括了更多的从民间来的分子，他们渐渐跟统治者拆伙而走向民间。于是乎有了白话正宗的新文学，词曲和小说戏剧都有了正经的地位。还有种种欧化的新艺术。这种文学和艺术却并不能让小市民来"共赏"，不用说农工大众。于是乎有人指出这是新绅士也就是新雅人的欧化，不管一般人能够了解欣赏与否。他们提倡"大众语"运动。但是时机还没有成熟，结果不显著。抗战以来又有"通俗化"运动，这个运动并已经在开始转向大众化。"通俗化"还分别雅俗,还是"雅俗共赏"的路,大众化却更进一步要达到那没有雅俗之分,只有"共赏"的局面。这大概也会是所谓由量变到质变罢。

(《观察》)

论百读不厌

前些日子参加了一个讨论会,讨论赵树理先生的《李有才板话》。座中一位青年提出了一件事实:他读了这本书觉得好,可是不想重读一遍。大家费了一些时候讨论这件事实。有人表示意见,说不想重读一遍,未必减少这本书的好,未必减少它的价值。但是时间匆促,大家没有达到明确的结论。一方面似乎大家也都没有重读过这本书,并且似乎从没有想到重读它。然而问题不但关于这一本书,而是关于一切文艺作品。为什么一些作品有人"百读不厌",另一些却有人不想读第二遍呢?是作品的不同吗?是读的人不同吗？如果是作品不同，"百读不厌"是不是作品评价的一个标准呢？这些都值得我们思索一番。

苏东坡有《送章惇秀才失解西归》诗，开头两句是：

> 旧书不厌百回读，
> 熟读深思子自知。

"百读不厌"这个成语就出在这里。"旧书"指的是经典，所以要"熟读深思"。《三国·魏书·王肃传·注》：

> 人有从（董遇）学者，遇不肯教，而云"必当先读百遍"，言"读书百遍而义自见"。

经典文字简短，意思深长，要多读，熟读，仔细玩味，才能了解和体会。所谓"义自见"，"子自知"，着重自然而然，这是不能着急的。这诗句原是安慰和勉励那考试失败的章惇秀才的话，劝他回家再去安心读书，说"旧书"不嫌多读，越读越玩味越有意思。固然经典值得"百回读"，但是这里着重的还在那读书的人。简化成"百读不厌"这个成语，却就着重在读的书或作品了。这成语常跟另一成语"爱不释手"配合着，在读的时候"爱不释手"，读过了以后"百读不厌"。这是一种赞词和评语，传统上确乎是一个评价的标准。当然，"百读"只是"重读"、"多读"、"屡读"的意思，并不一定一遍接着一遍的读下去。

经典给人知识，教给人怎样做人，其中有许多语言的、历史的、修养的课题，有许多注解，此外还有许多相关的考证，读上百遍，也未必能够处处贯通，教人多读是有道理的。但是后来所谓"百读不厌"，往往不指经典而指一些诗，一些文，以及一些小说；这些作品读起来津津有味，重读，屡读也不腻味，所以说"不厌"；"不厌"不但是"不讨厌"，并且是"不厌倦"。诗文和小说都是文艺作品，这里面也有一些语言的和历史的课题，诗文也有些注解和考证；小说方面呢，却直到近代才有人注意这些课题，于是也有了种种考证。但是过去一般读者只注意诗文的注解，不大留心那些课题，对于小说更其如此。他们集中在本文的吟诵或浏览上。这些人吟诵诗文是为了欣赏，甚至于只为了消遣，浏览或阅读小说更只是为了消遣，他们要求的是趣味，是快感。这跟诵读经典不一样。诵读经典是为了知识，为了教训，得认真，严肃，正襟危坐的读，不象读诗文和小说可以马马虎虎的，随随便便的，在床上，在火车轮船上都成。这么着可还能够教人"百读不厌"，那些诗文和小说到底是靠了什么呢？

在笔者看来，诗文主要是靠了声调，小说主要是靠了情节。过去一般读者大概都会吟诵，他们吟诵诗文，从那吟诵的声调或吟诵的音乐得到趣味或快感，意义的关系很少；只要懂得字面儿，全篇的意义弄不清楚也不要紧的。梁启超先生说过李义山的一些诗，虽然不懂得究竟是什么意思，可是读起来还是很有趣味（大意）。这种趣味大概一部分在那些字面儿的影象上，一部分就在那七言律诗的音乐上。字面儿的影象引起人们奇丽的感觉；这种影象所表示的往往是珍奇，华丽的景物，平常人不容易接触到的,所谓"七宝楼台"之类。民间文艺里常常见到的"牙床"等等,也正是这种作用。民间流行的小调以音乐为主,而不注重词句,欣赏也偏重在音乐上,跟吟诵诗文也正相同。感觉的享受似乎是直接的,本能的,即使是字面儿的影象所引起的感觉,也还多少有这种情形;至于小调和吟诵,更显然直接诉诸听觉,难怪容易唤起普遍的趣味和快感。至于意义的欣赏,得靠综合诸感觉的想象力,这个得有长期的教养才成。然而就象教养很深的梁启超先生,有时也还让感觉领着走,足见感觉的力量之大。

小说的"百读不厌",主要的是靠了故事或情节。人们在儿童时代就爱听故事,尤其爱奇怪的故事。成人也还是爱故事,不过那情节得复杂些。这些故事大概总是神仙、武侠、才子、佳人,经过种种悲欢离合,而以大团圆终场。悲欢离合总得不同寻常,那大团圆才足奇。小说本来起于民间,起于农民和小市民之间。在封建社会里,农民和小市民是受着重重压迫的,他们没有多少自由,却有做白日梦的自由。他们寄托他们的希望于超现实的神仙,神仙化的武侠,以及望之若神仙的上层社会的才子佳人;他们希望有朝一日自己会变成了这样的人物。这自然是不能实现的奇迹,可是能够给他们安慰、趣味和快感。他们要大团圆,正因为他们一辈子是难得大团圆的,奇情也正是常情啊。他们同情故事中的人物,"设身处地"的"替古人担忧",这也因为事奇人奇的原故。过去的小说似乎始终没有完全移交到士大夫的手里。士大夫读小说,只是看闲书,就是作小说,也只是游戏文章,总而言之,消遣而已。他们得化装为小市民来欣赏,来写作;在他们看,小说奇于事实,只是一种玩艺儿,所以不能认真、严肃,只是消遣而已。

封建社会渐渐垮了,五四时代出现了个人,出现了自我,同时成立了新文学。新文学提高了文学的地位;文学也给人知识,也教给人怎样做人,不是做别人的,而是做自己的人。可是这时候写作新文学和阅读新文学的,只是那变了质的下降的士和那变了质的上升的农民和小市民混合成的知识阶级,别的人是不愿来或不能来参加的。而新文学跟过去的诗文和小说不同之处,就在它是认真的负着使命。早期的反封建也罢,后来的反帝国主义也罢,写实的也罢,浪漫的和感伤的也罢,文学作品总是一本正经的在表现着并且批评着生活。这么着文学扬弃了消遣的气分,回到了严肃——古代贵族的文学如《诗经》,倒本来是严肃的。这负着严肃的使命的文学,自然不再注重"传奇",不再注重趣味和快感,读起来也得正襟危坐,跟读经典差不多,不能再那么马马虎虎,随随便便的。但是究竟是形象化的,诉诸情感的,跟经典以冰冷的抽象的理智的教训为主不同,又是现代的白话,没有那些语言的和历史的问题,所以还能够吸引许多读者自动去读。不过教人"百读不厌"甚至教人想去重读一遍的作品,的确是很少了。

新诗或白话诗,和白话文,都脱离了那多多少少带着人工的、音乐的声调,而用着接近说话的声调。喜欢古诗、律诗和骈文、古文的失望了,他们尤其反对这不能吟诵的白话新诗;因为诗出于歌,一直不曾跟音乐完全分家,他们是不愿扬弃这个传统的。然而诗终于转到意义中心的阶段了。古代的音乐是一种说话,所谓"乐语",后来的音乐独立发展,变成"好听"为主了。现在的诗既负上自觉的使命,它得说出人人心中所欲言而不能言的,自然就不注重音乐而注重意义了。——一方面音乐大概也在渐渐注重意义,回到说话罢?——字面儿的影象还是用得着,不过一般的看起来,影象本身,不论是鲜明的,朦胧的,可以独立的诉诸感觉的,是不够吸引人了;影象如果必需得用,就要配合全诗的各部分完成那中心的意义,说出那要说的话。在这动乱时代,人们着急要说话,因为要说的话实在太多。小说也不注重故事或情节了,它的使命比诗更见分明。它可以不靠描写,只靠对话,说出所要说的。这里面神仙、武侠、才子、佳人,都不大出现了,偶然出现,也得打扮成平常人;是的,这时代的小说的人物,主要的是些平常人了,这是平民世纪啊。至于文,长篇议论文发展了工具性,让人们更如意的也更精密的说出他们的话,但是这已经成为诉诸理性的了。诉诸情感的是那发展在后的小品散文,就是那标榜"生活的艺术",抒写"身边琐事"的。这倒是回到趣味中心,企图着教人"百读不厌"的,确乎也风行过一时。然而时代太紧张了,不容许人们那么悠闲;大家嫌小品文近乎所谓"软性",丢下了它去找那"硬性"的东西。

　　文艺作品的读者变了质了,作品本身也变了质了,意义和使命压下了趣味,认识和行动压下了快感。这也许就是所谓"硬"的解释。"硬性"的作品得一本正经的读,自然就不容易让人"爱不释手","百读不厌"。于是"百读不厌"就不成其为评价的标准了,至少不成其为主要的标准了。但是文艺是欣赏的对象,它究竟是形象化的,诉诸情感的,怎么"硬"也不能"硬"到和论文或公式一样。诗虽然不必再讲那带几分机械性的声调,却不能不讲节奏,说话不也有轻重高低快慢吗?节奏合式，才能集中，才能够高度集中。文也有文的节奏，配合着意义使意义集中。小说是不注重故事或情节了，但也总得有些契机来表现生活和批评它；这些契机得费心思去选择和配合，才能够将那要说的话，要传达的意义，完整的说出来，传达出来。集中了的完整了的意义，才见出情感，才让人乐意接受，"欣赏"就是"乐意接受"的意思。能够这样让人欣赏的作品是好的，是否"百读不厌"，可以不论。在这种情形之下，笔者同意：《李有才板话》即使没有人想重读一遍，也不减少它的价值，它的好。

但是在我们的现代文艺里，让人"百读不厌"的作品也有的。例如鲁迅先生的《阿Q正传》，茅盾先生的《幻灭》、《动摇》、《追求》三部曲，笔者都读过不止一回，想来读过不止一回的人该不少罢。在笔者本人，大概是《阿Q正传》里的幽默和三部曲里的几个女性吸引住了我。这几个作品的好已经定论，它们的意义和使命大家也都熟悉，这里说的只是它们让笔者"百读不厌"的因素。《阿Q正传》主要的作用不在幽默，那三部曲的主要作用也不在铸造几个女性，但是这些却可能产生让人"百读不厌"的趣味。这种趣味虽然不是必要的，却也可以增加作品的力量。不过这里的幽默决不是油滑的，无聊的，也决不是为幽默而幽默，而女性也决不就是色情，这个界限是得弄清楚的。抗战期中，文艺作品尤其是小说的读众大大的增加了。增加的多半是小市民的读者，他们要求消遣，要求趣味和快感。扩大了的读众，有着这样的要求也是很自然的。长篇小说的流行就是这要求的反应，因为篇幅长，故事就长，情节就多，趣味也就丰富了。这可以促进长篇小说的发展，倒是很好的。

可是有些作者却因为这样的要求，忘记了自己的边界，放纵到色情上，以及粗劣的笑料上，去吸引读众，这只是迎合低级趣味。而读者贪读这一类低级的软性的作品，也只是沉溺，说不上"百读不厌"。"百读不厌"究竟是个赞词或评语，虽然以趣味为主，总要是纯正的趣味才说得上的。

（《文讯》月刊）

鲁迅先生的杂感

最近写了一篇短文讨论"百读不厌"那个批评用语,照笔者分析的结果,所谓"百读不厌",注重趣味与快感,不适用于我们的现代文学。可是现代作品里也有引人"百读不厌"的,不过那不是作品的主要的价值。笔者根据自己的经验,举出鲁迅先生的《阿Q正传》做例子,认为引人"百读不厌"的是幽默,这幽默是严肃的,不是油腔滑调的,更不只是为幽默而幽默。鲁迅先生的《随感录》,先是出现在《新青年》上后来收在《热风》里的,还有一些"杂感",在笔者也是"百读不厌"的。这里吸引我的,一方面固然也是幽默,一方面却还有别的,就是那传统的称为"理趣",现在我们可以说是"理智的结晶"的,而这也就是诗。

冯雪峰先生在《鲁迅论》里说到鲁迅先生"在文学上独特的特色":

> 首先,鲁迅先生独创了将诗和政论凝结于一起的"杂感"这尖锐的政论性的文艺形式。这是匕首,这是投枪,然而又是独特形式的诗;这形式,是鲁迅先生所独创的,是诗人和战士的一致的产物。自然,这种形式,在中国旧文学里是有它类似的存在的,但我们知道旧文学中的这种形式,有的只是形式和笔法上有可取之点,精神上是完全不成的;有的则在精神上也有可取之点,却只是在那里自生自长的野草似的一点萌芽。鲁迅先生,以其战斗的需要,才独创了这在其本身是非常完整的,而且由鲁迅先生自己达到了那高峰的独特的形式。
>
> (见《过来的时代》)

所谓"中国文学里是有它类似的存在的",大概指的古文里短小精悍之作,象韩柳杂说的罢?冯先生说鲁迅先生"也同意对于他的杂感散文在思想意义之外又是很高的而且独创的艺术作品的评价","并且以为(除何凝先生外)还没有说出这一点来"(《关于鲁迅在文学上的地位》的《附记》,见同书)。这种"杂感"在形式上的特点是"简短",鲁迅先生就屡次用"短评"这名称,又曾经泛称为"简短的东西"。"简短"而"凝结",还能够"尖锐"得象"匕首"和"投枪"一样;主要的是他在用了这

"匕首"和"投枪"战斗着。"狭巷短兵相接处,杀人如草不闻声",这是诗,鲁迅先生的"杂感"也是诗。

《热风》的《题记》的结尾:

> 但如果凡我所写,的确都是冷的呢?则它的生命原来就没有,更谈不到中国的病证究竟如何。然而,无情的冷嘲和有情的讽刺相去本不及一张纸,对于周围的感受和反应,又大概是所谓"如鱼饮水冷暖自知"的;我却觉得周围的空气太寒冽了,我自说我的话,所以反而称之曰《热风》。

鲁迅先生是不愿承受"冷静"那评价的,所以有这番说话。他确乎不是个"冷静"的人,他的憎正由于他的爱;他的"冷嘲"其实是"热讽"。这是"理智的结晶",可是不结晶在冥想里,而结晶在经验里;经验是"有情的",所以这结晶是有"理趣"的。开始读他的《随感录》的时候,一面觉得他所嘲讽的愚蠢可笑,一面却又往往觉得毛骨悚然——他所指出的"中国病证",自己没有犯过吗,不在犯着吗?可还是"百读不厌"的常常去翻翻看看,吸引我的是那笑,也是那"笑中的泪"罢。

这种诗的结晶在《野草》里"达到了那高峰"。《野草》被称为散文诗,是很恰当的。《题辞》里说:

> 过去的生命已经死亡。我对于这死亡有大欢喜,因为我借此知道它曾经存活。死亡的生命已经朽腐。我对于这朽腐有大欢喜,因

为我借此知道它还非空虚。

又说：

> 我自爱我的野草，但我憎恶这以野草作装饰的地面。地火在地下运行，奔突；熔岩一旦喷出，将烧尽一切野草，以及乔木，于是并且无可朽腐。

又说：

> 我以这一丛野草在明与暗，生与死，过去与未来之际，献于友与仇，人与兽，爱者与不爱者之前作证。

最后是：

> 去罢，野草，连着我的题辞！

这写在一九二七年，正是大革命的时代。他彻底地否定了"过去的生命"，连自己的《野草》连着这《题辞》，也否定了，但是并不否定他自己。他"希望"地下的火火速喷出，烧尽过去的一切；他"希望"的是中国的新生！在《野草》里比在《狂人日记》里更多的用了象征，用了重叠，来"凝结"来强调他的声音，这是诗。

他一面否定，一面希望，一面在战斗着。《野草》里的一篇《希望》，是一九二五年一月一日写的，他说：

> 我只得由我来肉薄这空虚中的暗夜了，纵使寻不到身外的青春，也总得自己来一掷我身中的迟暮。但暗夜又在那里呢？现在没有星，没有月光，以至笑的渺茫和爱的翔舞；青年们很平安，而我的面前又竟至于并且没有真的暗夜。

然而就在这一年他感到青年们动起来了，感到"真的暗夜"露出来了，这一年他写了特别多的"杂感"，就是收在《华盖集》里的。这一年"十二月三十一日之夜"写的《题记》里给了这些"短评"一个和《随感录》略有分别的名字，就是"杂感"。他说这些"杂感""往往执滞在几件小事情上"，也就是从一般的"中国的病证"转到了个别的具体的事件上。虽然他还是将这种个别的事件"作为社会上的一种典型"（见前引冯雪峰先生那篇《附记》里引的鲁迅先生自己的话）来处理，可是这些"杂感"比起《热风》中那些《随感录》确乎是更其现实的了；他是从诗回向散文了。换上"杂感"这个新名字，似乎不是随随便便的无所谓的。

散文的杂感增加了现实性，也增加了尖锐性。"一九三二年四月二十四日之夜"写的《三闲集》的《序言》里说到：

> 恐怕这"杂感"两个字，就使志趣高超的作者厌恶，避之惟恐不远了。有些人们，每当意在奚落我的时候，就往往称我为"杂感家"。

这正是尖锐性的证据。他这时在和"真的暗夜""肉薄"了，武器是越尖锐越好，他是不怕"'不满于现状'的'杂感家'"这一个"恶谥"的。一方面如冯雪峰先生说的，"他又常痛惜他的小说和他的文章中的曲笔常被一般读者误解"。所以"更倾向于直剖明示的尖利的批判武器的创造"（见《鲁迅先生计划而未完成的著作》，也在《过去的时代》中）了。这种"直剖明示"的散文作风伴着战斗发展下去，"杂感"就又变为"杂文"了。"一九三二年四月三十日之夜"写的《二心集》的《序言》里开始就说：

> 这里是一九三〇与三一年两年间的杂文的结集。

末尾说：

> 自从一九三一年一月起，我写了较上年更多的文章，但因为揭载的刊物有些不同，文字必得和它们相称，就很少做《热风》那样简短的东西了；而且看看对于我的批评文字，得了一种经验，好象评论做得太简括，是极容易招得无意的误解，或有意的曲解似的。

又说：

> 这回连较长的东西也收在这里面。

"简单"改为不拘长短，配合着时代的要求，"杂文"于是乎成了大家都能用,尖利而又方便的武器了。这个创造是值得纪念的;虽然我们损失了一些诗,可是这是个更需要散文的时代。

(《燕京新闻》副叶)

论逼真与如画

——关于传统的对于自然和艺术的态度的一个考察

"逼真"与"如画"这两个常见的批评用语,给人一种矛盾感。"逼真"是近乎真,就是象真的。"如画"是象画,象画的。这两个语都是价值的批评,都说是"好"。那么,到底是真的好呢?还是画的好呢?更教人迷糊的,象清朝大画家王鉴说的:

> 人见佳山水,辄曰"如画",见善丹青,辄曰"逼真"。(《染香庵跋画》)

丹青就是画。那么,到底是"如画"好呢?还是"逼真"好呢?照历来的用例,似乎两个都好,两个都好而不冲突,怎么会的呢？这两个语出现在我们的中古时代，沿用得很久，也很广，表现着这个民族对于自然和艺术的重要的态度。直到白话文通行之后，我们有了完备的成套的批评用语，这两个语才少见了，但是有时还用得着，有时也翻成白话用着。

这里得先看看这两个语的历史。照一般的秩序，总是先有"真"，后才有"画"，所以我们可以顺理成章的说"逼真与如画"——将"逼真"排在"如画"的前头。然而事实上似乎后汉就有了"如画"这个语，"逼真"却大概到南北朝才见。这两个先后的时代，限制着"画"和"真"两个词的意义，也就限制着这两个语的意义；不过这种用语的意义是会跟着时代改变的。《后汉书·马援传》里说他：

为人明须（鬚）发，眉目如画。

唐朝李贤注引后汉的《东观记》说：

援长七尺五寸，色理发肤眉目容貌如画。

可见"如画"这个语后汉已经有了，南朝范晔作《后汉书·马援传》，大概就根据这类记载；他沿用"如画"这个形容语，没有加字，似乎直到南朝这个语的意义还没有什么改变。但是"如画"到底是什么意义呢？

我们知道直到唐初，中国画是以故事和人物为主的，《东观记》里的"如画"，显然指的是这种人物画。早期的人物画由于工具的简单和幼稚，只能做到形状匀称与线条分明的地步,看武梁祠的画像就可以知道。画得匀称分明是画得好;人的"色理发肤眉目容貌如画",是相貌生得匀称分明,也就是生得好。但是色理发肤似乎只能说分明,不能说匀称,范晔改为"明须发,眉目如画",是很有道理的。匀称分明是常识的评价标准,也可以说是自明的标准,到后来就成了古典的标准。类书里还举出三国时代诸葛亮的《黄陵庙记》,其中叙到"乃见江左大山壁立,林麓峰峦如画",上文还有"睹江山之胜"的话。清朝严可均编辑的《全三国文》里说"此文疑依托",大概是从文体或作风上看。笔者也觉得这篇记是后人所作。"江山之胜"这个意念到东晋才逐渐发展,三国时代是不会有的;而文体或作风又不象。文中"如画"一语,承接着"江山之胜",已经是变义,下文再论。

"如画"是象画,原义只是象画的局部的线条或形体,可并不说象一个画面;因为早期的画还只以个体为主,作画的人对于整个的画面还没有清楚的意念。这个意念似乎到南北朝才清楚的出现。南齐谢赫举出画的六法,第五是"经营位置",正是意识到整个画面的存在的证据。就在这个时代,有了"逼真"这个语,"逼真"是指的整个形状。如《水经注·沔水篇》说:

上粉县……堵水之旁……有白马山,山石似马,望之逼真。

这里"逼真"是说象真的白马一般。但是山石象真的白马又有什么好呢?这就牵连到这个"真"的意义了。这个"真"固然指实物,可是一方面也是《老子》、《庄子》里说的那个"真",就是自然,另一方面又包含谢赫的六法的第一项"气韵生动"的意思,惟其"气韵生动"才能自然,才是活的不是死的。死的山石象活的白马,有生气,有生意,所以好。"逼真"等于俗语说的"活脱"或"活象",不但象是真的,并且活象是真的。如果这些话不错,"逼真"这个意念主要的还是跟着画法的发展来的。这时候画法已经从匀称分明进步到模仿整个儿实物了。六法第二"骨法用笔"似乎是指的匀称分明,第五"经营布置"是进一步的匀称分明。第三"应物象形",第四"随类傅彩",第六"传模移写",大概都在说出如何模仿实物或自然;最重要的当然是"气韵生动",所以放在第一。"逼真"也就是近于自然,象画一般的模仿着自然,多多少少是写实的。

唐朝张怀瓘的《书断》里说:

太宗……尤善临古帖,殆于逼真。

这是说唐太宗模仿古人的书法,差不多活象,活象那些古人。不过这似乎不是模仿自然。但是书法是人物的一种表现,模仿书法也就是模仿人物;而模仿人物,如前所论,也还是模仿自然。再说我国书画同源,基本的技术都在乎"用笔",书法模仿书法,跟画的模仿自然也有相通的地方。不过从模仿书法到模仿自然,究竟得拐上个弯儿。老是拐弯儿就不免只看见那作品而忘掉了那整个儿的人,于是乎"貌同心异",模仿就成了死板板的描头画角了。书法不免如此,画也不免如此。这就不成其为自然。郭绍虞先生曾经指出道家的自然有"神化"和"神遇"两种境界。而"气韵生动"的"气韵",似乎原是音乐的术语借来论画的,这整个语一方面也接受了"神化"和"神遇"的意念,综合起来具体的说出,所以作为基本原则,排在六法的首位。但是模仿成了机械化,这个基本原则显然被忽视。为了强调它,唐朝人就重新提出那"神"的意念,这说是复古也未尝不可。于是张怀瓘开始将书家分为"神品"、"妙品"、"能品",朱景元又用来论画,并加上了"逸品"。这神、妙、能、逸四品,后来成了艺术批评的通用标准,也是一种古典的标准。但是神、妙、逸三品都出于道家的思想,都出于玄心和达观,不出于常识,只有能品才是常识的标准。

重神当然就不重形,模仿不妨"貌异心同";但是这只是就间接模仿自然而论。模仿别人的书画诗文,都是间接模仿自然,也可以说是艺术模仿艺术。直接模仿自然,如"山石似马",可以说是自然模仿自然,就还得"逼真"才成。韩愈的《春雪间早梅》诗说:

那是俱疑似,
须知两逼真!

春雪活象早梅,早梅活象春雪,也是自然模仿自然,不过也是象画一般模仿自然。至于韩偓的诗:

纵有才难咏,

宁无画逼真!

说是虽然诗才薄弱,形容不出,难道不能画得活象!这指的是女子的美貌,又回到了人物画,可以说是艺术模仿自然。这也是直接模仿自然,要求"逼真",跟"山石似马"那例子一样。

到了宋朝,苏轼才直截了当的否定了"形似",他《书鄢陵王主簿所画折枝》的诗里说:

论画以形似,
见与儿童邻。……
边鸾雀写生,
赵昌花传神。……

"写生"是"气韵生动"的注脚。后来董逌的《广川画跋》里更提出"生意"这个意念。他说:

世之评画者曰,妙于生意,能不失真如此矣。至是为能尽其技。尝问如何是当处生意?曰,殆谓自然。问自然,则曰能不异真者斯得之矣。且观天地生物,特一气运化尔,其功用秘移,与物有宜,莫知为之者。故能成于自然。今画者信妙矣,方且晕形布色,求物比之,似而效之,序以成者,皆人力之后失也,岂能以合于自然者哉!

"生意"是真,是自然,是"一气运化"。"晕形布色",比物求似,只是人工,不合自然。他也在否定"形似",一面强调那气化或神化的"生意"。这些都见出道家"得意忘言"以及禅家"参活句"的影响。不求"形似",当然就无所谓"逼真";因为"真"没有定形,逼近与否是很难说的。我们可以说"神似",也就是"传神",却和"逼真"有虚实之分。不过就画论画,人物、花鸟、草虫,到底以形为本,常识上还只要求这些画"逼真"。跟苏轼差不多同时的晁以道的诗说得好:

> 画写物外形,
> 要于形不改。

就是这种意思。但是山水画另当别论。

东晋以来士大夫渐渐知道欣赏山水,这也就是风景,也就是"江山之胜"。但是在画里山水还只是人物的背景,《世说新语》记顾恺之画谢鲲在岩石里,就是一个例证。那时却有个宗炳,将自己游历过的山水,画在墙壁上,"卧以游之"。这是山水画独立的开始,但是这种画无疑的多多少少还是写实的。到了唐朝,山水画长足的发展,北派还走着近乎写实的路,南派的王维开创了文人画,却走上了象征的路。苏轼说他"诗中有画,画中有诗",文人画的特色就在"画中有诗"。因为要"有诗",有时就出了常识常理之外。张彦远说"王维画物多不问四时,如画花,往往以桃杏芙蓉莲花同画一景"。宋朝沈括的《梦溪笔谈》也说他家

藏得有王氏的"《袁安卧雪图》,有雪中芭蕉"。但是沈氏却说:

> 此乃得心应手,意到便成,故造理入神,迥得天意。此难可与俗人论也。

这里提到了"神"、"天"就是自然,而"俗人"是对照着"文人"说的。沈氏在上文还说"书画之妙,当以神会","神会"可以说是象征化。桃杏芙蓉莲花虽然不同时,放在同一个画面上,线条、形体、颜色却有一种特别的和谐,雪中芭蕉也如此。这种和谐就是诗。桃杏芙蓉莲花等只当作线条、形体、颜色用着,只当作象征用着,所以就可以"不问四时"。这也可以说是装饰化,图案化,程式化。但是最容易程式化的最能够代表文人画的是山水画,苏轼的评语,正指王维的山水画而言。

桃杏芙蓉莲花等等是个别的实物,形状和性质各自分明,"同画一景",俗人或常人用常识的标准来看,马上觉得时令的矛盾,至于那矛盾里的和谐,原是在常识以外的,所以容易引起争辩。山水,文人欣赏的山水,却是一种境界,来点儿写实固然不妨,可是似乎更宜于象征化。山水里的草木鸟兽人物,都吸收在山水里,或者说和山水合为一气;兽与人简直可以没有,如元朝倪瓒的山水画,就常不画人,据说如此更高远,更虚静,更自然。这种境界是画,也是诗,画出来写出来是的,不画出来不写出来也是的。这当然说不上"象",更说不上"活象"或"逼真"了。"如画"倒可以解作象这种山水画。

但是唐人所谓"如画",还带有写实的意味,例如李商隐的诗:

> 茂苑城如画,
> 阊门瓦欲流。

皮日休的诗:

> 楼台如画倚霜空。

虽然所谓"如画"指的是整个画面,却似乎还是北派的山水画。上文《黄陵庙记》里的"如画",也只是这个意思。到了宋朝,如林逋的诗:

> 白公睡阁幽如画。

这个"幽"就全然是境界,象的当然是南派的画了。"如画"可以说是属于自然模仿艺术一类。

上文引过王鉴的话,"人见佳山水,辄曰'如画'",这"如画"是说象南派的画。他又说,"见善丹青,辄曰'逼真'",这丹青却该是人物、花鸟、草虫,不是山水画。王鉴没有弄清楚这个分别,觉得这两个语在字面上是矛盾的,要解决这个矛盾,他接着说:

> 则知形影无定法,真假无滞趣,惟在妙悟人得之;不尔,虽工

未为上乘也。

形影无定，真假不拘，求"形似"也成，不求"形似"也成，只要妙悟，就能够恰到好处。但是"虽工未为上乘"，"形似"到底不够好。他这些话并不曾解决了他想象中的矛盾，反而越说越糊涂。照"真假无滞趣"那句话，似乎画是假的；可是既然不拘真假，假而合于自然，也未尝不可以说是真的。其实他所谓假，只是我们说的境界，与实物相对的境界。照我们看，境界固然与实物不同，却也不能说是假的。同是清朝大画家的王时敏在一处画跋里说过：

> 石谷所作雪卷，寒林积素，江村寥落，一一皆如真境，宛然辋川笔法。

辋川指的王维，"如真境"是说象自然的境界，所谓"得心应手，意到便成"，"莫知为之者"。自然的境界尽管与实物不同，却还不妨是真的。

"逼真"与"如画"这两个语借用到文学批评上，意义又有些变化。这因为文学不同于实物，也不同于书法的点画，也不同于画法的"用笔"、"象形"、"傅彩"。文学以文字为媒介，文字表示意义，意义构成想象；想象里有人物，花鸟，草虫，及其他，也有山水——有实物，也有境界。但是这种实物只是想象中的实物；至于境界，原只存在于想象中，倒是只此一家，所以"诗中有画，画中有诗"。向来评论诗文以及小说戏曲，常说"神态逼真"，"情景逼真"，指的是描写或描画。写神态写情景写得活象,并非诉诸直接的感觉,跟"山石似马,望之逼真"以及"宁无画逼真"的直接诉诸视觉不一样,这是诉诸想象中的视觉的。宋朝梅尧臣说过"状难写之景,如在目前","如"字很确;这种"逼真"是使人如见。可是向来也常说"口吻逼真",写口气写得活象,是使人如闻,如闻其声。这些可以说是属于艺术模仿自然一类。向来又常说某人的诗"逼真老杜",某人的文"逼真昌黎",这是说在语汇,句法,声调,用意上,都活象,也就是在作风与作意上都活象,活象在默读或朗诵两家的作品,或全篇,或断句。这儿说是"神似老杜"、"神似昌黎"也成,想象中的活象本来是可实可虚两面儿的。这是属于艺术模仿艺术一类。文学里的模仿,不论模仿的是自然或艺术,都和书画不相同;倒可以比建筑,经验是材料,想象是模仿的图样。

  向来批评文学作品,还常说"神态如画","情景如画","口吻如画",也指描写而言。上文"如画"的例句,都属于自然模仿艺术一类。这儿是说"写神态如画","写情景如画","写口吻如画",可以说是属于艺术模仿自然一类。在这里"如画"的意义却简直和"逼真"是一样,想象的"逼真"和想象的"如画"在想象里合而为一了。这种"逼真"与"如画"都只是分明、具体、可感觉的意思,正是常识对于自然和艺术所要求的。可是说"景物如画"或"写景物如画",却是例外。这儿"如画"的"画",可以是北派山水,可以是南派山水,得看所评的诗文而定;若是北派,"如画"就只是匀称分明,若是南派,就是那诗的境界,都与"逼真"不能合一。不过传统的诗文里写景的地方并不很多,小说戏剧里尤其如此,写景而有境界的更少,因此王维的"诗中有画"

才见得难能可贵,模仿起来不容易。他创始的"画中有诗"的文人画,却比那"诗中有画"的诗直接些,具体些,模仿的人很多,多到成为所谓南派。我们感到"如画"与"逼真"两个语好象矛盾,就由于这一派文人画的影响。不过这两个语原来既然都只是常识的评价标准,后来意义虽有改变,而除了"如画"在作为一种境界解释的时候变为玄心妙赏以外,也都还是常识的标准。这就可见我们的传统的对于自然和艺术的态度,一般的还是以常识为体,雅俗共赏为用的。那些"难可与俗人论"的,恐怕到底不是天下之达道罢。

(天津《民国日报》文艺副刊)

论书生的酸气

读书人又称书生。这固然是个可以骄傲的名字,如说"一介书生"、"书生本色",都含有清高的意味。但是正因为清高,和现实脱了节,所以书生也是嘲讽的对象。人们常说"书呆子"、"迂夫子"、"腐儒"、"学究"等,都是嘲讽书生的。"呆"是不明利害,"迂"是绕大弯儿,"腐"是顽固守旧,"学究"是指一孔之见。总之,都是知古不知今,知书不知人,食而不化的读死书或死读书,所以在现实生活里老是吃亏、误事、闹笑话。总之,书生的被嘲笑是在他们对于书的过分的执着上;过分的执着书,书就成了话柄了。

但是还有"寒酸"一个话语，也是形容书生的。"寒"是"寒素"，对"膏粱"而言，是魏晋南北朝分别门第的用语。"寒门"或"寒人"并不限于书生，武人也在里头；"寒士"才指书生。这"寒"指生活情形，指家世出身，并不关涉到书；单这个字也不含嘲讽的意味。加上"酸"字成为连语，就不同了，好象一副可怜相活现在眼前似的。"寒酸"似乎原作"酸寒"。韩愈《荐士》诗，"酸寒溧阳尉"，指的是孟郊；后来说"郊寒岛瘦"，孟郊和贾岛都是失意的人，作的也是失意诗。"寒"和"瘦"映衬起来，够可怜相的，但是韩愈说"酸寒"，似乎"酸"比"寒"重。可怜别人说"酸寒"，可怜自己也说"酸寒"，所以苏轼有"故人留饮慰酸寒"的诗句。陆游有"书生老瘦转酸寒"的诗句。"老瘦"固然可怜相，感激"故人留饮"也不免有点儿。范成大说"酸"是"书生气味"，但是他要"洗尽书生气味酸"，那大概是所谓"大丈夫不受人怜"罢？

为什么"酸"是"书生气味"呢？怎么样才是"酸"呢？话柄似乎还是在书上。我想这个"酸"原是指读书的声调说的。晋以来的清谈很注重说话的声调和读书的声调。说话注重音调和辞气，以朗畅为好。读书注重声调，从《世说新语·文学篇》所记殷仲堪的话可见；他说，"三日不读《道德经》，便觉舌本闲强"，说到舌头，可见注重发音，注重发音也就是注重声调。《任诞篇》又记王孝伯说，"名士不必须奇才，但使常得无事，痛饮酒，熟读《离骚》，便可称名士"。这"熟读《离骚》"该也是高声朗诵，更可见当时风气。《豪爽篇》记"王司州（胡之）在谢公

（安）坐，咏《离骚·九歌》'入不言兮出不辞，乘回风兮载云旗'，语人云，'当尔时，觉一坐无人。'"正是这种名士气的好例。读古人的书注重声调，读自己的诗自然更注重声调。《文学篇》记着袁宏的故事：

> 袁虎（宏小名虎）少贫，尝为人佣载运租。谢镇西经船行，其夜清风朗月，闻江渚间估客船上有咏诗声，甚有情致，所诵五言，又其所未尝闻，叹美不能已。即遣委曲讯问，乃是袁自咏其所作咏史诗。因此相要，大相赏得。

从此袁宏名誉大盛，可见朗诵关系之大。此外《世说新语》里记着"吟啸"，"啸咏"，"讽咏"，"讽诵"的还很多，大概也都是在朗诵古人的或自己的作品罢。

这里最可注意的是所谓"洛下书生咏'或简称"洛生咏"。《晋书·谢安传》说：

> 安本能为洛下书生咏。有鼻疾，故其音浊。名流爱其咏而弗能及，或手掩鼻以效之。

《世说新语·轻诋篇》却记着：

> 人问顾长康"何以不作洛生咏？"答曰，"何至作老婢声！"

刘孝标注,"洛下书生咏音重浊,故云'老婢声'"。所谓"重浊",似乎就是过分悲凉的意思。当时诵读的声调似乎以悲凉为主。王孝伯说"熟读《离骚》,便可称名士",王胡之在谢安坐上咏的也是《离骚·九歌》,都是《楚辞》。当时诵读《楚辞》,大概还知道用楚声楚调,乐府曲调里也正有楚调,而楚声楚调向来是以悲凉为主的。当时的诵读大概受到和尚的梵诵或梵唱的影响很大,梵诵或梵唱主要的是长吟,就是所谓"咏"。《楚辞》本多长句,楚声楚调配合那长吟的梵调,相得益彰,更可以"咏"出悲凉的"情致"来。袁宏的咏史诗现存两首,第一首开始就是"周昌梗概臣"一句,"梗概"就是"慷慨","感慨";"感慨悲歌"也是一种"书生本色"。沈约《宋书·谢灵运传论》所举的五言诗名句,钟嵘《诗品·序》里所举的五言诗名句和名篇,差不多都是些"慷慨悲歌"。《晋书》里还有一个故事。晋朝曹摅的《感旧》诗有"富贵他人合,贫贱亲戚离"两句。后来殷浩被废为老百姓,送他的心爱的外甥回朝,朗诵这两句,引起了身世之感,不觉泪下。这是悲凉的朗诵的确例。但是自己若是并无真实的悲哀,只去学时髦,捏着鼻子学那悲哀的"老婢声"的"洛生咏"那就过了分,那也就是赵宋以来所谓"酸"了。

唐朝韩愈有《八月十五夜赠张功曹》诗,开头是:

纤云四卷天无河,
清风吹空月舒波,
沙平水息声影绝,
一杯相属君当歌。

接着说：

> 君歌声酸辞且苦，
> 不能听终泪如雨。

接着就是那"酸"而"苦"的歌辞：

> 洞庭连天九疑高，
> 蛟龙出没猩鼯号。
> 十生九死到官所，
> 幽居默默如藏逃。
> 下床畏蛇食畏药，
> 海气湿蛰熏腥臊。
> 昨者州前槌大鼓，
> 嗣皇继圣登夔皋。
> 赦书一日行万里，
> 罪从大辟皆除死。
> 迁者追回流者还，
> 涤瑕荡垢朝清班。
> 州家申名使家抑，
> 坎轲只得移荆蛮。
> 判司卑官不堪说，

> 未免捶楚尘埃间。
> 同时辈流多上道,
> 天路幽险难追攀!

张功曹是张署,和韩愈同被贬到边远的南方,顺宗即位,只奉命调到近一些的江陵做个小官儿,还不得回到长安去,因此有了这一番冤苦的话。这是张署的话,也是韩愈的话。但是诗里却接着说:

> 君歌且休听我歌,
> 我歌今与君殊科。

韩愈自己的歌只有三句:

> 一年明月今宵多,
> 人生由命非由他,
> 有酒不饮奈明何!

他说认命算了,还是喝酒赏月罢。这种达观其实只是苦情的伪装而已。前一段"歌"虽然辞苦声酸,倒是货真价实,并无过分之处。由那"声酸"知道吟诗的确有一种悲凉的声调,而所谓"歌"其实只是讽咏。大概汉朝以来不象春秋时代一样,士大夫已经不会唱歌,他们大多数是书生出身,就用讽咏或吟诵来代替唱歌。他们——尤其是失意的书生——

的苦情就发泄在这种吟诵或朗诵里。

战国以来,唱歌似乎就以悲哀为主,这反映着动乱的时代。《列子·汤问篇》记秦青"抚节悲歌,声振林木,响遏行云",又引秦青的话,说韩娥在齐国雍门地方"曼声哀哭,一里老幼悲愁垂涕相对,三日不食",后来又"曼声长歌,一里老幼,善跃抃舞,弗能自禁"。这里说韩娥虽然能唱悲哀的歌,也能唱快乐的歌,但是和秦青自己独擅悲歌的故事合看,就知道还是悲歌为主。再加上齐国杞梁殖的妻子哭倒了城的故事,就是现在还在流行的孟姜女哭倒长城的故事,悲歌更为动人,是显然的。书生吟诵,声酸辞苦,正和悲歌一脉相传。但是声酸必须辞苦,辞苦又必须情苦;若是并无苦情,只有苦辞,甚至连苦辞也没有,只有那供人酸鼻的声调,那就过了分,不但不能动人,反要遭人嘲弄了。书生往往自命不凡,得意的自然有,却只是少数,失意的可太多了。所以总是叹老嗟卑,长歌当哭,哭丧着脸,一副可怜相。朱子在《楚辞辩证》里说汉人那些模仿的作品"诗意平缓,意不深切,如无所疾痛而强为呻吟者"。"无所疾痛而强为呻吟"就是所谓"无病呻吟"。后来的叹老嗟卑也正是无病呻吟。有病呻吟是紧张的,可以得人同情,甚至叫人酸鼻;无病呻吟,病是装的,假的,呻吟也是装的,假的,假装可以酸鼻的呻吟,酸而不苦象是丑角扮戏,自然只能逗人笑了。

苏东坡有《赠诗僧道通》的诗:

雄豪而妙苦而腴,
只有琴聪与蜜殊。

> 语带烟霞从古少,
>
> 气含蔬笋到公无。
>
> ……

查慎行注引叶梦得《石林诗话》说:

> 近世僧学诗者极多,皆无超然自得之趣,往往掇拾摹仿士大夫所残弃,又自作一种体,格律尤俗,谓之"酸馅气"。子瞻……尝语人云,"颇解'蔬笋'语否?为无'酸馅气'也。"闻者无不失笑。

东坡说道通的诗没有"蔬笋"气,也就没有"酸馅气",和尚修苦行,吃素,没有油水,可能比书生更"寒"更"瘦";一味反映这种生活的诗,好象酸了的菜馒头的馅儿,干酸,吃不得,闻也闻不得,东坡好象是说,苦不妨苦,只要"苦而腴",有点儿油水,就不至于那么扑鼻酸了。这酸气的"酸"还是从"声酸"来的。而所谓"书生气味酸"该就是指的这种"酸馅气"。和尚虽苦,出家人原可"超然自得",却要学吟诗,就染上书生的酸气了。书生失意的固然多,可是叹老嗟卑的未必真的穷苦到他们嗟叹的那地步;倒是"常得无事",就是"有闲",有闲就无聊,无聊就作成他们的"无病呻吟"了。宋初西昆体的领袖杨亿讥笑杜甫是"村夫子",大概就是嫌他叹老嗟卑的太多。但是杜甫"窃比稷与契",嗟叹的其实是天下之大,决不止于自己的鸡虫得失。杨亿是个得意的人,未免忘其所以,才说出这样不公道的话。可是象陈师道的诗,叹老嗟卑,吟来吟去，只关一己，的确叫人腻味。这就落了套子，落了套子就不免有些"无病呻吟"，也就是有些"酸"了。

道学的兴起表示书生的地位加高，责任加重，他们更其自命不凡了，自嗟自叹也更多了。就是眼光如豆的真正的"村夫子"或"三家村学究"，也要哼哼唧唧的在人面前卖弄那背得的几句死书，来嗟叹一切，好搭起自己的读书人的空架子。鲁迅先生笔下的"孔乙己"，似乎是个更破落的读书人，然而"他对人说话，总是满口之乎者也，教人半懂不懂的"。人家说他偷书，他却争辩着，"窃书不能算偷……窃书！……读书人的事，能算偷么？""接连便是难懂的话，什么'君子固穷'，什么'者乎'之类，引得众人都哄笑起来"。孩子们看着他的茴香豆的碟子。

> 孔乙己着了慌，伸开五指将碟子罩住，弯下腰去说道，"不多了，我已经不多了。"直起身又看一看豆，自己摇头说，"不多不多！'多乎哉？不多也。'"于是这一群孩子都在笑声里走散了。

破落到这个地步，却还只能"满口之乎者也"，和现实的人民隔得老远的，"酸"到这地步真是可笑又可怜了。"书生本色"虽然有时是可敬的，然而他的酸气总是可笑又可怜的。最足以表现这种酸气的典型，似乎是戏台上的文小生，尤其是昆曲里的文小生，那哼哼唧唧、扭扭捏捏、摇摇摆摆的调调儿，真够"酸"的！这种典型自然不免夸张些，可是许差不离儿罢。

向来说"寒酸"、"穷酸"，似乎酸气老聚在失意的书生身上。得意之后,见多识广,加上"一行作吏,此事便废",那时就会不再执着在书上,至少不至于过分的执着在书上,那"酸气味"是可以多多少少"洗"掉的。而失意的书生也并非都有酸气。他们可以看得开些,所谓达观,但是达观也不易,往往只是伪装。他们可以看远大些,"梗概而多气"是雄风豪气,不是酸气。至于近代的知识分子,让时代逼得不能读死书或死读书,因此也就不再执着那些古书。文言渐渐改了白话,吟诵用不上了;代替吟诵的是又分又合的朗诵和唱歌。最重要的是他们看清楚了自己,自己是在人民之中,不能再自命不凡了。他们虽然还有些闲,可是要"常得无事"却也不易。他们渐渐丢了那空架子,脚踏实地向前走去。早些时还不免带着感伤的气分,自爱自怜,一把眼泪一把鼻涕的;这也算是酸气,虽然念诵的不是古书而是洋书。可是这几年时代逼得更紧了,大家只得抹干了鼻涕眼泪走上前去。这才真是"洗尽书生气味酸"了。

(《世纪评论》)

论严肃

新文学运动的开始，斗争的对象主要的是古文，其次是"礼拜六"派或鸳鸯蝴蝶派的小说，又其次是旧戏，还有文明戏。他们说古文是死了。旧戏陈腐，简单，幼稚，嘈杂，不真切，武场更只是杂耍，不是戏。而鸳鸯蝴蝶派的小说意在供人们茶余酒后消遣，不严肃，文明戏更是不顾一切的专迎合人们的低级趣味。白话总算打倒了古文，虽然还有些肃清的工作，话剧打倒了文明戏，可是旧戏还直挺挺的站着，新歌剧还在难产之中。鸳鸯蝴蝶派似乎也打倒了，但是又有所谓"新鸳鸯蝴蝶派"。这严肃与消遣的问题够复杂的,这里想特别提出来讨论。

照传统的看法,文章本是技艺,本是小道,宋儒甚至于说"作文害道"。新文学运动接受了西洋的影响,除了解放文体以白话代古文之外,所争取的就是这文学的意念,也就是文学的地位。他们要打倒那"道",让文学独立起来。所以对"文以载道"说加以无情的攻击。这"载道"说虽然比"害道"说温和些,可是文还是道的附庸。照这一说,那些不载道的文就是"玩物丧志"。玩物丧志是消遣,载道是严肃。消遣的文是技艺,没有地位,载道的文有地位了,但是那地位是道的,不是文的——若单就文而论,它还只是技艺,只是小道。新文学运动所争的是,文学就是文学,不干道的事,它是艺术,不是技艺,它有独立存在的理由。

在中国文学的传统里,小说和词曲(包括戏曲)更是小道中的小道,就因为是消遣的,不严肃。不严肃也就是不正经,小说通常称为"闲书",不是正经书。词为"诗余",曲又是"词余",称为"余"当然也不是正经的了。鸳鸯蝴蝶派的小说意在供人们茶余酒后消遣,倒是中国小说的正宗。中国小说一向以"志怪"、"传奇"为主。"怪"和"奇"都不是正经的东西。明朝人编的小说总集有所谓"三言二拍"。"二拍"是初刻和二刻的《拍案惊奇》,重在"奇"得显然。"三言"是《喻世明言》、《警世通言》、《醒世恒言》,虽然重在"劝俗",但是还是先得使人们"惊奇",才能收到"劝俗"的效果,所以后来有人从"三言二拍"里选出若干篇另编一集,就题为《今古奇观》,还是归到"奇"上。这个"奇"正是供人们茶余酒后消遣的。

明清的小说渊源于宋朝的"说话","说话"出于民间。词曲（包括戏曲）原也出于民间。民间文学是被压迫的人民苦中作乐，忙里偷闲的表现，所以常常扮演丑角，嘲笑自己或夸张自己，因此多带着滑稽和诞妄的气分，这就不正经了。在中国文学传统自己的范围里，只有诗文（包括赋）算是正经的，严肃的，虽然放在道统里还只算是小道。词经过了高度的文人化，特别是清朝常州派的努力，总算带上一些正经面孔了，小说和曲（包括戏曲）直到新文学运动的前夜，却还是丑角打扮，站在不要紧的地位。固然，小说早就有劝善惩恶的话头，明朝人所谓"喻世"等等，更特别加以强调。这也是在想"载道"，然而"奇"胜于"正"，到底不成。明朝公安派又将《水浒》比《史记》，这是从文章的"奇变"上看，可是文章在道统里本不算什么，"奇变"怎么能扯得上"正经"呢？然而看法到底有些改变了。到了清朝末年，梁启超先生指出了"小说与群治之关系"，并提倡实践他的理论的创作。这更是跟新文学运动一脉相承了。

新文学运动以斗争的姿态出现，它必然是严肃的。他们要给白话文争取正宗的地位，要给文学争取独立的地位。而鲁迅先生的第一篇小说《狂人日记》里喊出了"吃人的礼教"和"救救孩子"，开始了反封建的工作。他的《随感录》又强烈的讽刺着老中国的种种病根子。一方面人道主义也在文学里普遍的表现着。文学担负起新的使命，配合了五四运动，它更跳上了领导的地位，虽然不是唯一的领导的地位。于是文学有了独立存在的理由，也有了新的意念。在这情形下，词曲升格为诗，小说和戏曲也升格为文学。这自然接受了"外国的影响"，然而这也未尝不是"载道",不过载的是新的道,并且与这个新的道合为一体,不分主从。所以从传统方面看来,也还算是一脉相承的。一方面攻击"文以载道",一方面自己也在载另一种道。这正是相反相成,所谓矛盾的发展。

创造社的浪漫的感伤的作风,在反封建的工作之下要求自我的解放,也是自然的趋势。他们强调"动的精神",强调"灵肉冲突",是依然在严肃的正视着人生的。然而礼教渐渐垮了,自我在第一次世界大战带给中国的暂时的繁荣里越来越大了,于是乎知识分子讲究生活的趣味,讲究个人的好恶,讲究身边琐事,文坛上就出现了"言志派",其实是玩世派。更进一步讲究幽默,为幽默而幽默,无意义的幽默。幽默代替了严肃,文坛一片空虚。一方面色情的作品也抬起了头,凭着"解放"的名字跨过了"健康"的边界,自然也跨过了"严肃"的边界。然而这空虚只是暂时的,正如那繁荣是暂时的。五卅事件掀起了反帝国主义的大潮,时代又沉重起来了。

接着是国民革命,接着是左右折磨,时代需要斗争,闲情逸致只好偷偷摸摸的。这时候鲁迅先生介绍了"一面是严肃与工作,一面是荒淫与无耻"这句话。这是时代的声音。可是这严肃是更其严肃了,单是态度的严肃,艺术的严肃不成,得配合工作,现实的工作。似乎就在这当儿有了"新鸳鸯蝴蝶派"的名目,指的是那些尽在那玩味自我的作家。他们自己并不觉得在消遣自己,跟旧鸳鸯蝴蝶派不同。更不同的是时代,是时代缩短了那"严肃"的尺度。这尺度还在争议之中,劈头来了抗战;一切是抗战,抗战自然是极度严肃的。可是八年的抗战太沉重了,这中间不免要松一口气,这一松,尺度就放宽了些,文学带着消消遣,似乎也是应该的。

　　胜利突然而来,时代却越见沉重了。"人民性"的强调,重行紧缩了"严肃"那尺度。这"人民性"也是一种道。到了现在,要文学来载这种道,倒也是"势有必至,理有固然"。不过太紧缩了那尺度,恐怕会犯了宋儒"作文害道"说的错误,目下黄色和粉色刊物的风起云涌,固然是动乱时代的颓废趋势,但是正经作品若是一味讲究正经,只顾人民性,不管艺术性,死板板的长面孔教人亲近不得,读者恐怕更会躲向那些刊物里去。这是运用"严肃"的尺度的时候值得平心静气算计算计的。

("中国作家",三十六年)

论通俗化

文体通俗化运动起于清朝末年。那时维新的士人急于开通民智,一方面创了报章文体,所谓"新文体",给受过教育的人说教,一方面用白话印书办报,给识得些字的人说教,再一方面推行官话字母等给没有受过教育的人说教。前两种都是文体的通俗化,后一种虽然注重在新的文字,但就写成的文体而论,也还是通俗化。

这种用字母拼写的文体,在当时所能表现的题材大概是有限的。据记载,这种字母的确曾经深入农村,农民曾用字母来写便条,那大概是些很简单的话。最复杂的自然的"新文体",可是通俗性大概也就比较的最小。居中的是那些白话书报。这种白话我看到的不多,就记得的来说,好像明白详尽,老老实实,直来直去。好像从语录和白话小说化出,我们这些人读起来大概没有什么味儿。

原来这种白话只是给那些识得些字的人预备的,士人们自己是不屑用的。他们还在用他们的"雅言",就是古文,最低限度也得用"新文体",俗语的白话只是一种慈善文体罢了。然而革命了,民国了,新文学运动了,胡适之先生和陈独秀先生主张白话是正宗的文学用语,大家该一律用白话作文,不该有士和民的分别。五四运动加速了新文学运动的成功,白话真的成为正宗的文学用语。而"新文体"也渐渐的在白话化,留心报纸的文体就可以知道。"一律用白话来作文"的日子大概也不远了。

胡先生等提倡的白话,大概还是用语录和白话小说等做底子,只是这时代的他们接受了西化,思想精密了,文章也简洁了。他们将雅俗一元化,而注重在"明白"或"懂得性"上,这也可以说是平民化。然而"欧化"来了,"新典主义"来了。这配合着第一次世界大战给中国带来的暂时的繁荣,和在这繁荣里知识阶级生活欧化或现代化的趋向,也是"势有必至,理有固然"。于是乎已故的宋阳先生指出这是绅士们的白话,他提倡"大众语",这当儿更有人提倡拼音的"新文字"。这不是通俗化而是大众化。而大众就是大众,再没有"雅"的分儿。

然而那时候这还只能够是理想,大众不能写作,写作的还只是些知识分子。于是乎先试验着从利用民间的旧形式下手,抗战后并且有过一回民族形式的讨论。讨论的结果似乎是，民族形式可以利用，但是还接受五四的文学传统，还容许相当的欧化。这时候又有人提倡"通俗文学"，就是利用民族形式的文学。不但提倡，并且写作。参加的人有些的确熟悉民族形式，认真的做去。但是他们将通俗文学和一般文学分开，不免落了"雅俗"的老套子。于是有人指出，通俗文学的目标该是一元的，扬弃知识阶级的绅士身分，提高大众的鉴赏水准，这样打成一片，平民化，大众化。

但是说来容易做来难。民间文学虽然有天真、朴素、健康等长处，却也免不了丑角气氛，套语烂调，琐屑啰嗦等毛病。这是封建社会麻痹了民众才如此的。利用旧形式而要免去这些毛病，的确很难。除非民众的生活大大的改变，他们自己先在旧瓶里装上新酒，那么用起旧形式来意义才会不同。这自然还是从知识分子方面看，因为从民众里培养出作家，现在还只是理想。不过就是民众生活改变了，知识分子还得和他们共同生活一个时期，多少打成一片，用起旧形式来，才能有血有肉。所以真难。

再说普通所谓旧形式，大概指的是韵文，散文似乎只是说书，这就是说散文是比较的不发达的。原来民众欣赏文艺，一向以音乐性为主，所以对韵文的要求大。他们要故事，但是情节得简单，得有头有尾。描写不要精细曲折，可是得详尽，得全貌。这两种要求并不冲突，因为情节尽管简单，每一个情节或人物还不妨详尽的描写。至于整个故事组织不匀称，他们倒不在乎的。韵文故事如此，散文的更得如此，这就难。

然而有些地方的民众究竟大变了，他们自己先在旧瓶里装上新酒，例如赵树理先生《李有才板话》里的那些段"快板"的语句。这些快板也许多少经过赵先生的润色，但是相信他根据的，原来就已经是旧瓶里的新酒。有了那种生活，才有那种农民，才有那种快板，才有快板里那种新的语言。赵先生和那些农民共同生活了很久，也才能用新的语言写出书里的那些新的故事。这里说"新的语言"，因为快板和那些故事的语言或文体都尽量扬弃了民族形式的封建气氛，而采取了改变中的农民的活的口语。自己正在觉醒的人民，特别宝爱自己的语言，但是李有才这些人还不能自己写作，他们需要赵先生这样的代言人。

书里的快板并不多，是以散文为主。朴素，而不过火，确算得新写实主义的作风。故事简单，有头有尾，有血有肉。描写差不多没有，偶然有，也只就那农村生活里取喻，简截了当，可是新鲜有味。另有长篇《李家庄的变迁》，也是赵先生写的。周扬先生认为赶不上《板话》里那些短篇完整。这里有了比较详尽的描写，故事也有头有尾，虽然不太简单，可是作者利用了重复的手法，就觉得也还单纯。这重复的手法正是主要的民族形式，作者能够活用，就不腻味。而全书文体或语言还能够庄重，简明，不啰嗦。这也就不易了。这的确是在结束通俗化而开始了大众化。

(《燕京新闻》，三十六年)

低级趣味

从前论人物，论诗文，常用雅俗两个词来分别。有所谓雅致，有所谓俗气。雅该原是都雅，都是城市，这个雅就是成都人说的"苏气"。俗该原是鄙俗，鄙是乡野，这个俗就是普通话里的"土气"。城里人大方，乡下人小样，雅俗的分别就在这里。引申起来又有文雅，古雅，闲雅，淡雅等等。例如说话有书卷气是文雅，客厅里摆设些古董是古雅，临事从容不迫是闲雅，打扮素净是淡雅。那么，粗话村话就是俗，美女月份牌就是俗，忙着开会应酬就是俗，重重的胭脂厚厚的粉就是俗。人如此，诗文也如此。

雅俗由于教养。城里人生活优裕的多些，他们教养好，见闻多，乡下人自然比不上。雅俗却不是呆板的。教养高可以化俗为雅。宋代诗人如苏东坡，诗里虽然用了俗词俗语，却新鲜有意思，正是淡雅一路。教养不到家而要附庸风雅，就不免做作，不能自然。从前那些斗方名士终于"雅得这样俗"，就在此。苏东坡常笑话某些和尚的诗有蔬笋气，有酸馅气。蔬笋气，酸馅气不能不算俗气。用力去写清苦求淡雅，倒不能脱俗了。雅俗是人品，也是诗文品，称为雅致，称为俗气，这"致"和"气"正指自然流露，做作不得。虽是自然流露，却非自然生成。天生的雅骨，天生的俗骨其实都没有，看生在什么人家罢了。

现在讲平等不大说什么雅俗了，却有了低级趣味这一个语。从前雅俗对待，但是称人雅的时候多，骂人俗的时候少。现在有低级趣味，却不说高级趣味，更不敢说高等趣味。因为高等华人成了骂人的话，高得那么低，谁还敢说高等趣味！再说趣味这词也带上了刺儿，单讲趣味就不免低级，那么说高级趣味岂不自相矛盾？但是趣味究竟还和低级趣味不一样。"低级趣味"很像是日本名词，现在用在文艺批评上，似乎是指两类作品而言。一类是色情的作品，一类是顽笑的作品。

色情的作品引诱读者纵欲，不是一种"无关心"的态度，所以是低级。可是带有色情的成分而表现着灵肉冲突的，却当别论。因为灵肉冲突是人生的根本课题，作者只要认真在写灵肉冲突，而不像历来的猥亵小说在头尾装上一套劝善惩恶的话做幌子，那就虽然有些放纵，也还可以原谅。顽笑的作品油嘴滑舌，像在做双簧说相声，这种作者成了小丑，成了帮闲，有别人，没自己。他们笔底下的人生是那么轻飘飘的，所谓骨头没有四两重。这个可跟真正的幽默不同。真正的幽默含有对人生的批评,这种油嘴滑舌的顽笑,只是不择手段打哈哈罢了。这两类作品都只是迎合一般人的低级趣味来骗钱花的。

与低级趣味对待着的是纯正严肃。我们可以说趣味纯正,但是说严肃却说态度严肃,态度比趣味要广大些。单讲趣味似乎总有点轻飘飘的,说趣味纯正却大不一样。纯就是不杂,写作或阅读都不杂有什么实际目的,只取"无关心"的态度,就是纯。正是正经,认真,也就是严肃。严肃和真的幽默并不冲突,例如《阿Q正传》,而这种幽默也是纯正的趣味。色情的和顽笑的作品都不纯正,不严肃,所以是低级趣味。

(北平《新生报》,三十五年)

论标语口号

许多人讨厌标语口号，笔者也是一个。可是从北伐到现在二十多年了，标语口号一直流行着，虽然小有盛衰，可是一直流行着。现在标语口号是显然又盛起来了。这值得我们想想，为什么会如此呢？是一般人爱起哄吗？还是标语口号的确有用，非用不可呢？

标语口号的办法虽然是外来的，然而在我们的文化传统里也未尝没有根据。我们说"登高一呼，群山四应"，说"大声疾呼"，说"发聋振聩"，都指先知先觉或志士仁人而言。近代又说"唤醒人民"、"唤起民众"，更强调了人民或民众。这里的"呼"和"唤",正是一种口号,为的是"发聋振聩",是"群山四应"(这是一个比喻,就是众人四应),是人民的觉醒与起来。这"呼"和"唤"是一种领导作用,领导着人们行动,向着某一些目的。这是由上而下的。孟子引《尚书》的《汤誓》篇,说夏桀的时候,人民怨恨那暴政,喊出"时日害丧?予及汝皆亡!"孟子说"民欲与之皆亡",是不错的。用现在的话,就是"太阳啊,你灭亡罢!我们一块儿灭亡罢!"这是反抗的口号,是由下而上的。

我们向来没有"标语"这个名称,但是有格言,有名言。格言常常用作修养的标准,就是为学与做人的标准,如"一寸光阴一寸金"(抗战期中"一滴汽油一滴血"的标语就是套的这个调子)之类。"名言"这个名称是笔者暂定的,指的是"饿死事小,失节事大"乃至"天下兴亡,匹夫有责"这一类的话,这些话常常用作批评的标准,就是论人论事的标准。格言偏重个人的修养,名言的作用似乎广泛些,所以另给加上这个"名言"的名目。格言也罢,名言也罢,作用其实都在指示人们行动,向着某一些目的。现在的标语也正是如此,格言常常写来贴在墙上,更和标语近些。但是格言和名言似乎都只是由上而下的。封建时代在下的农民地位是那么低,知识是那么浅,他们的话难得见于记载,更不必提入"格"和成"名"了,没有他们的份儿,也是自然的。

然而先知先觉或志士仁人是寥寥可数的,就是近代,说清末罢,在做唤醒或唤起人民的工作的也还不算多。一方面格言名言都经过相当的时间的淘汰,才见出分量,也就不会太多。更重要的是,这一切都拿一个个的人做对象。"群山四应"是一个峰一个峰也就是一个人一个人在那儿应,"唤醒"或"唤起"的,是一个个的人民或民众的一个个人,总之还没有明朗的集体的意念。现代标语口号却以集体为主,集体的贴标语喊口号,拿更大的集体来做对象。不但要唤醒集体的人群或民众起来行动,并且要帮助他们组织起来。标语口号往往就是这种集体运动的纲领。集体的力量渐渐发展,广大的下层民众也渐渐有了地位。标语口号有些是代他们说的,也未尝没有他们自己说的。于是乎标语口号多起来了,也就不免滥起来了。

集体的力量的表现,往往不免骚动或动乱,足以打搅多少时间的平静,而对于个人,这种力量又往往是一种压迫,足以妨碍自由。知识分子一般是爱平静爱自由的个人主义者,一时自然不容易接受这种表现,因此对目见耳闻的标语口号就不免厌烦起来。再说格言和名言是理智的结晶,作用在"渐",标语口号多而且滥,以激动情感为主,作用在"顿",跟所谓"登高一呼"、"大声疾呼"也许相近些。冷静惯了的知识分子不免觉得这是起哄,这是叫嚣,这是符咒,这是语文的魔术。然而这里正见出了标语口号的力量。人们要求生存,要求吃饭,怎么能单怪他们起哄或叫嚣呢?"符咒"也罢,"魔术"也罢,只要有效,只要能够达到人们的要求,达成人们的目的,也未尝不好。况且标语口号是有意义可解的,跟符咒和魔术的全凭迷信的究竟不同。古语说"口诛笔伐",口和笔本来可以用来做战斗的武器,标语口号正是战斗的武器啊。

但是标语口号既然多而且滥,就不免落套子,就不免公式化,因此让人们觉得没分量,不值钱。公式化足以麻痹集体的力量,但是在集体的表现里,这也是不可免的。这个需要有经验的领导,有经验的宣传家来指示、来帮助。标语口号虽然要激动情感,可是标语的提出和制造,不该只是情感的爆发,该让理智控制着。标语口号要简单直截,如"打倒军阀"、"打倒帝国主义"、"抗战到底"乃至现在流行的"我们要吃饭"等。这些还有一层好处,就是贴出也成,喊出也成。真简截的标语口号,该都可以两用。但是像"饿死事小,失节事大"那句过了时的名言,一面讽刺了道学家,一面强调了饥饿的现实性,也足以让知识分子大家仔细想想。

标语口号用在战斗当中,有现实性是必然的,但是由于认识的足够与否,表达出来的现实性也有多有少。不过标语口号有些时候竟用来装点门面,在当事人随意的写写叫叫,只图个好看好听。其实这种不由衷的语句,这种口是心非的呼声,终于是不会有人去看去听的,看了听了也只是个讨厌。古人说"修辞立其诚",标语口号要发生领导群众的作用,众目所视,众手所指,有一丝一毫的不诚都是遮掩不住的。大家最讨厌的其实就是这种已经失掉标语口号性的标语口号,却往往连累了别种标语口号,也不分皂白的讨厌起来,这是不公道的。我们这些知识分子现在虽然还未必能够完全接受标语口号这办法,但是标语口号有它们存在的理由,我们是该去求了解的。

(《知识与生活》,三十六年)

论诵读

最近魏建功先生举行了一回"中国语文诵读方法座谈会",参加的有三十人左右,座谭了三小时,大家发表的意见很多。我因为去诊病,到场的时候只听到一些尾声。但是就从这短短的尾声,也获得不少的启示。昨天又在《北平时报》上读到李长之先生的《致魏建功先生书》,觉得很有兴味。自己在接到开会通知的时候也曾写过一篇短文,说明诵读教学可以促进"文学的国语"的成长,现在还有些补充的意见,写在这里。

抗战以来大家提倡朗诵,特别提倡朗诵诗。这种诗歌朗读战前就有人提倡。那时似乎是注重诗歌的音节的试验，要试验白话诗是否也有音乐性，是否也可以悦耳，要试验白话诗用那一种音节更听得入耳些。这种朗诵运动为的要给白话诗建立起新的格调，证明它的确可以替代旧诗。战后的诗歌朗诵运动比战前扩大得多，目的也扩大得多。这时期注重的是诗歌的宣传作用，教育作用，也许尤其是团结作用，这是带有政治性的。而这种朗诵，边诵边表情，边动作，又是带有戏剧性的。这实在是将诗歌戏剧化。戏剧化了的诗歌总增加了些什么，不全是诗歌的本来面目。而许多诗歌不适于戏剧化，也就不适于这种朗诵。所以有人特别写作朗诵诗。战前战后的朗诵运动当然也包括小说散文和戏剧，但是特别注重诗；因为诗是精炼的语言，弹性大，朗诵也最难。

朗诵的发展可以帮助白话诗文的教学，也可以帮助白话诗文的上口，促进"文学的国语"成长。但是两个时期的朗诵运动，都并不以语文教学为目标，语文教学实际上也还没有受到很大的影响。现在魏建功先生，还有黎锦熙先生，都在提倡诵读教学，提倡向这一方面的自觉的努力，这是很好的。这不但与朗诵运动并行不悖，而且会相得益彰。黎先生提倡的诵读教学，据报上他的谈话，似乎注重白话，魏先生的座谭，却包括文言。这种诵读教学自然是以文为主，不以诗为主，因为教材是文多，习作也是文多，应用还是文多。这就和朗诵运动的出发点不一样。

诵读是一种教学过程，目的在培养学生的了解和写作的能力。教学的时候先由教师范读，后由学生跟着读，再由学生自己练习着读，有时还得背诵。除背诵外却都可以看着书。诵读只是诵读，看着书自己读，看着书听人家读,只要做过预习的工夫,当场读得又得法,就可以了解的,用不着再有面部表情和肢体动作。这和战前的朗诵差不多,只是朗诵时听众看不到原作,和战后的朗诵却就差得多。朗诵是艺术,听众在欣赏艺术。诵读是教学,读者和听者在练习技能。这两件事目的原不一样。但是朗诵和诵读都是既非吟,也非唱,都只是说话的调子,这可是一致的。

吟和唱都将文章音乐化,而朗诵和诵读却注重意义,音乐化可以将意义埋起来,或使意义滑过去。战前的朗诵固然可以说是在发现白话诗的音乐性,但是有音乐性不就是音乐化。例如一首律诗,平仄的安排是音乐性,吟起来才是音乐化,读下去就不是的。现在我们注重意义,所以不要音乐化,不要吟和唱。我在别处说过"读"该照宣读文件那样,但是这句话还未显明甚。李长之先生说的才最干脆,他说"所谓诵读一事,也便只有用话的语调(平常说话的语调)去读的一途了"。宣读文件其实就用的是说话的语调。

诵读虽然该用说话的调子,可究竟不是说话。诵读赶不上说话的流畅,多少要比说话做作一些。诵读第一要口齿清楚,吐字分明。唱曲子讲究咬字,诵读也得字字清朗,尽管抑扬顿挫,清朗总得清朗的。李长之先生注重词汇的读出,也就是这个意思。座谈会里潘家洵先生指出私塾儿童读书固然有两字一顿的,却也有一字一顿的;如"孟—子—见—梁—惠—王"之类的读法,我们是常常可以听到的。大概两字一顿是用在整齐的句法上,如读《千字文》、《百家姓》、《龙文鞭影》、《幼学琼林》、《千家诗》之类,一字一顿是用在参差的句法上,如读《四书》等。

前者是音乐化,后者逐字用同样强度读出,是让儿童记清每一个字的形和音,像是强调的说话。这后一种诵读,机械性却很大,不像说话那样可以含胡几个字甚至吞咽几个字而反有恣态,有味儿。我们所要的字字清朗的诵读,性质上就近于这后一种,不过顿的字数不一定,再加上抑扬顿挫,跟说话多相像一些罢了。

用说话的调子诵读白话文,自然该最像说话,虽然因为言文总有些分别,不能等于说话。但是现在的白话文是欧化了的,诵读起来也还不能很像说话。相信诵读教学切实施行若干时后,诵读可以帮助变化说话的调子,那时白话文的诵读虽然还是不能等于说话,总该差不离儿了。诵读白话诗,现在是更不像说话,因为诗是精炼的说话,跟随心信口的说话本差着些程度,加上欧化,自然就差得更多。用说话的调子读文言,不论是诗是文,是骈是散,自然还要差得多,但是比吟或唱总近于说话些。从前学习文言乃至欣赏文言,好像非得能吟会唱不可。我想吟唱固然有益,但是诵读也许帮助更大。大概诗词曲和骈文,音乐性本来大些,音乐化的去吟唱可以获得音乐方面的受用,但是在了解和欣赏意义上,吟唱是不如诵读的。至于所谓古文,本来基于平常说话的调子,虽然因为究竟不是口头的语言,不妨音乐化的去吟唱,然而受用似乎并不大,倒是诵读能见出这种古文的本色。所以就是文言,也还该以说话调的诵读为主。但是诵读总得多读熟读,才有效用,"曲不离口",诵读也是一样道理。

诵读口语体的白话文(这种也可以称为白话),还有诵读小说里的一些对话和话剧,应该就像说话一样,虽然也还未必等于说话。说是未必等于说话,因为说话有声调,又多少总带着一些面部表情和肢体动作,写出来的说话虽然包含着这些,却不分明。诵读这种写出来的说话,得从意义里去揣摩,得从字里行间去揣摩。而写的人虽然想着包含那些,却也未必能包罗一切,揣摩的人也未必真能尽致。这就未必相等了。所以认真的演出话剧,得有戏谱,详细注明声调等等。李长之先生提到的赵元任先生的"最后五分钟"就是这种戏谱。有了这种戏谱,还得再加揣摩。但是舞台上的台词也还是不等于平常的说话。因为台词不但是戏中人在对话,并且是给观众听的对话,固然得流畅,同时也得清朗。所以演戏需要专业的训练,比诵读难。

写的白话不等于说话,写的白话文更不等于说话。写和说到底是两回事。文言时代诵读帮助写的学习,却不大能够帮助说的学习,反过来说话也不大能够帮助写的学习。这时候有些教育程度很高的人会写却说不好,或者会说却写不好,原不足怪。可是,现下白话时代,诵读不但可以帮助写,还可以帮助说,而说话也可以帮助写,可是会写不会说和会说不会写的人还是有。这就见得写和说到底是两回事了。大概学写主要得靠诵读,文言白话都是如此。单靠说话学不成文言,也学不好白话。现在许多学生很能说话,却写不通白话文,就因为他们诵读太少,不懂得如何将说话时的声调等等包含在白话文里。他们的作文让他们自己念给别人听,满对,可是让别人看就看出不通来了。他们会说话到一种程度,能以在诵读自己作文的时候,加进那些并没有能够包含在作文里的成分去,所以自己和别人听起来都合式,他们自己看的时候,也还能够如此。等到别人看,别人凭一般诵读的习惯，只能发挥那些作文包含得有的，却不能无中生有，这就漏了。至于学说话，主要的得靠说话，多读熟白话文，多少有些帮助，多少能够促进，可是主要的还得靠说话。只注重诵读和写作而忽略了说话，自然容易成为会写而说不好的人。至于李长之先生提到鲁迅先生，又当别论。鲁迅先生是会说话的，不过不大会说北平话。他写的是白话文，不是白话。长之先生赞美座谈会中顾随先生读的《阿Q正传》，说是"觉得鲁迅运用北平的口语实在好极了"。我当时不在场，想来那恐怕一半应该归功于顾先生的诵读的。

再说用说话的调子诵读白话诗那是比诵读白话文更不等于说话。如上文所说诗是精炼的语言，跟平常的说话自然差得多些。精炼靠着暗示和重叠。暗示靠新鲜的比喻和经济的语句，重叠不是机械的，得变化，得多样。这就近乎歌而带有音乐性了。这种音乐性为的是集中注意的力量，好像电影里特别的镜头。集中了注意力，才能深入每一个词汇和语句，发挥那蕴藏着的意义，这也就是诗之所以为诗。白话诗却不要音乐化，音乐化曾掩住了白话诗的个性，磨损了它的曲折处。白话诗所以不会有固定的声调谱，我看就是为此。白话诗所以该用说话调诵读，也是为此。一方面白话诗也未尝不可以全不带音乐性而直用平常说话的调子写作。但是只宜于短篇如此。因为短篇的精炼可以不靠重叠，长些的就不成。苏俄的玛耶可夫斯基的诗，按说就只用平常说话的调子，却宜于朗诵。他的诗就是短篇多，国内也有向这方面努力的，田间先生就是一位。这种诗不用说更该用说话调诵读，诵读起来也许跟口语体的白话文差不多，但要强调些。因为篇幅短，要是读得太流畅,一下子就完了,没有了,所以得滞实些才成。其实诗的诵读一般的都得滞实些。一方面有弹性,一方面要滞实,所以难。两次朗诵运动都以诗为主,在艺术上算是攻坚。但是诵读只是训练技能,还该从容易的文的诵读下手。

(《大公报》,三十五年)

论诗学门径

本文所谓诗,专指中国旧体诗而言;所谓诗学,专指关于旧诗的理解与鉴赏而言。

据我数年来对于大学一年生的观察,推测高中学生学习国文的情形,觉得他们理解与鉴赏旧诗比一般文言困难,但对于诗的兴味却比文大。这似乎是一个矛盾,其实不然。他们的困难在意义,他们的兴味在声调;声调是诗的原始的也是主要的效用,所以他们虽觉难懂,还是乐意。他们更乐意读近体诗;近体诗比古体诗大体上更难理解,可是声调也更谐和,便于吟诵,他们的兴味显然在此。

这儿可以看出吟诵的重要来。这是诗的兴味的发端，也是诗学的第一步。但偶然的随意的吟诵是无用的；足以消遣，不足以受用或成学。那得下一番切实的苦工夫，便是记诵。学习文学而懒于记诵是不成的，特别是诗。一个高中文科的学生，与其囫囵吞枣或走马观花地读十部诗集，不如仔仔细细地背诵三百首诗。这三百首诗虽少，是你自己的；那十部诗集虽多，看过就还了别人。我不是说他们不应该读十部诗集，我是说他们若不能仔仔细细读这些诗集，读了还不和没读一样！

中国人学诗向来注重背诵。俗语说得好："熟读唐诗三百首，不会吟诗也会吟。"我现在并不劝高中的学生作旧诗，但这句话却有道理。"熟读"不独能领略声调的好处，并且能熟悉诗的用字、句法、章法。诗是精粹的语言，有它独具的表现法式。初学觉得诗难懂，大半便因为这些法式太生疏之故。学习这些法式最有效的方法是综合，多少应该象小儿学语一般；背诵便是这种综合的方法。也许有人想，声调的好处不须背诵就可领略，仔细说也不尽然，因为声调不但是平仄的分配，还有四声的讲究，不但是韵母的关系，还有声母的关系。这些条目有人说是枷锁，可是要说明旧诗的技巧，便不能不承认它们的存在。这些我们现在其实也还未能完全清楚，一个中学生当然无须详细知道；但他会从背诵里觉出一些细微的分别，虽然不能指名。他会觉出这首诗调子比另一首好，即使是平仄一样的律诗或绝句，这在随便吟诵的人是不成的。

现在的中学生大都不能辨别四声，他们也没有"韵"的观念。这样便不能充分领略诗的意味。四声是平、上、去、入四种字调，最好幼时学习，长大了要难得多。这件事非理论所能帮助，只能用诵读《四声等韵图》（如东、董、冻、笃之类；《康熙字典》卷首有此图）或背诵近体诗两法学习。诵读四声图最好用自己方音；全读或反复读一行（如东、董、冻、笃）都可。但须常读，到任举一字能辨其声为止。这方法在成人也是有效的，有人用过；不过似乎太机械些。背诵近体诗要有趣得多，而且是一举两得的办法。近体诗的平仄有一定的谱；从那调匀的声调里，你可渐渐地辨别。这方法也有人用过见效；但我想怕只能辨别平仄，要辨别四声，还是得读四声图的。所以若能两法并用最好。至于"韵"的观念，比较容易获得，方法仍然是背诵近体诗，可是得有人给指出韵的位置和韵书的用法。这是容易说明的，与平仄之全凭天籁不同。不过单是说明，没有应用，不能获得确实的观念，所以还要靠背诵。固然旧诗的韵有时与我们的口音不合：我们以为不同韵的字，也许竟是同韵，我们以为同韵的字，也许竟会不同韵，但这可以预先说明。好在大部分不致差得很远，我们只要明白韵的观念，并非要辨别各字的韵部，这样也就行了。我只举近体诗，因为古体诗用韵较不整齐，又往往换韵，而所用韵字的音与现在相差也更远。至于韵即今日所谓母音或元音，同韵字即同母音或元音的字，押韵即将此类字用在相"当"的地位，这些想是中学生诸君所已知道的。

记诵只是诗学的第一步。单记诵到底不够的，须能明白诗的表现方式，记诵的效果才易见。诗是特种的语言，它因音数（四五七言是基本音数）的限制，便有了特种的表现法。它须将一个意思或一层意思或几层意思用一定的字数表现出来，它与自然的散文的语言有时相近，有时相远，但决不是相同的。它需要艺术的工夫。近体诗除长律外，句数有定，篇幅较短，有时还要对偶，所以更其是如此。固然，这种表现法，记诵的诗多了，也可比较同异，渐渐悟出，但为时既久，且未必能鞭辟入里。因此便需要说诗的人。说诗有三种：注明典实，申述文义，评论作法。这三件就是说，用什么材料，表什么意思，使什么技巧。上两件似乎与表现方式无涉；但不知道这些，又怎能看出表现方式？也有些诗是没什么典实的，可是文义与技巧总有待说明处，初学者单靠自己捉摸，究竟不成。我常想，最好有"诗例"这种书，略仿俞曲园《古书疑义举例》的体裁，将诗中各种句法或辞例，一一举证说明。坊间《诗学入门》一类书，也偶然注意及此，但太略、太陋，无甚用处。比较可看而又易得的，只有李锳《诗法易简录》（有铅印本）、朱宝莹《诗式》（中华书局铅印）。《诗法易简录》于古体诗，应用王士祯、赵执信诸家之说，侧重声调一面，所论颇多精到处。于近体诗专重章法，简明易晓，不作悄怳迷离语，也不作牵强附会语。《诗式》专取五七言近体，皆唐人清新浅显之作，逐首加以评语注释。注释太简陋，且不免错误；评语详论句法章法，很明切，便于初学。书中每一体（指绝句、律句）前有一段说明，论近体声调宜忌，能得要领。初学读此书及前书后半部，可增进对于近体诗的理解力与赏鉴力。至于前书古体一部分，却宜等明白四声后再读；早读一定莫明其妙。

此外宜多读注本，评本。注本易芜杂，评本易肤泛笼统，选择甚难。我是主张中学生应多读选本的，姑就选本说罢。唐以前的五言诗与乐府，自然用《文选》李善注（仿宋胡刻《文选》有影印本）；刘履的《选诗补注》（有石印本）和于光华的《文选集评》（石印本名《评注〈昭明文选》》）也可参看。《玉台新咏》（吴兆宜笺注，有石印本）的重要仅次于《文选》，有些著名的乐府只见于此书，又编者徐陵在昭明太子之后，所以收的作家多些。沈德潜《古诗源》也可用，有王莼父笺注本（崇古书社铅印），但笺注颇有误处。唐诗可用沈氏《唐诗别裁集》（有石印本），此书有俞汝昌引典备注（刻本），是正统派选本。另有五代韦縠《才调集》，以晚唐为宗，有冯舒、冯班评语，简当可看（有石印本）；殷元勋、宋邦绥作笺注，石印本无之。以上二书，兼备众体。元好问的《唐诗鼓吹》专选中晚唐七律，元是金人，当然受宋诗的影响，他是别出手眼去取的。此书有郝天挺注，廖文炳解，钱谦益、何焯评（文明书局石印。有人说这是伪书，钱谦益曾作序辨之；我得见姚华先生所藏元刊本诸序，觉得钱氏所说不误）。另有徐增《而庵说唐诗》（刻本），颇能咬嚼文字，启人心思，也是各体都有。宋诗选本有注者似甚少。七古可看闻人倓《古诗笺》（王士禛原选），七律可看赵彦博《宋今体诗钞注略》（姚鼐有《今体诗钞》，此书只注宋代诸作）。但前书价贵些，后书又少见。张景星《宋诗百一选》（石印本，在《五朝诗别裁集》中）备各体，可惜没有注。选集的评本，除前已提及的外，最多最著的要算纪昀《瀛奎律髓刊误》。纪氏论诗虽不免过苛，但剖析入微，耐人寻味，值得细看。又文明书局有《历代诗评注读本》（分古诗、唐诗、宋元明诗、清诗），也还简明可看。至于汉以前的诗，自然该读《诗经》、《楚辞》。《诗经》可全读，用朱熹《集传》就行；《楚辞》只须读屈、宋诸篇，也可用朱熹《集注》。

　　诗话可以补注本、评本之不及，大抵片段的多，系统的少。章学诚分诗话为论诗及事与及辞两种，最为明白。成书最早的诗话，要推梁钟嵘的《诗品》（许文玉《诗品释》最佳，北京大学出版部代售），将汉以来五言诗作者分为上中下三品，所论以辞为主。到宋代有"诗话"之名，诗话也是这时才盛。我只举魏庆之《诗人玉屑》及严羽《沧浪诗话》两种。前者采撷南宋诸家诗话，分类编成，能引人入胜；后者始创"诗有别材、别趣"之说，影响后世甚大（均有石印本，后者并有注）。袁枚的《诗法丛话》（有石印本）也与《诗人玉屑》同类，但采撷的范围直至清代。至于专论诗话的，有郭绍虞先生的《诗话丛话》，见《小说月报》二十卷一、二、四诸号中，可看。诗话之外，若还愿意知道一些诗的历史，我愿意介绍叶燮《原诗》（见《清诗话》，文明书局发行）；《原诗》中论诗学及历代诗大势，都有特见。黄节先生《诗学》要言不烦，只是已绝版。陆侃如先生《中国诗史》听说已由大江书铺付印，那将是很好的一部诗史，我念过其中一部分。此外邵祖平《唐诗通论》（《学衡》十二期）总论各节都有新意；许文玉《唐诗综论》（北京大学出版部代售）虽琐碎而切实，均可供参考。宋诗有庄蔚心《宋诗研究》（大东书局），材料不多，但多是有用的原料；较《小说月报》"中国文学研究"中陈延杰《宋诗的派别》一文要好些。再有，胡适先生《白话文学史》和《国语文学史》中论诗诸章，以白话的立场说旧诗趋势，也很值得一读的。

附注 文中忘记说及顾实的《诗法捷要》一书（上海医学书局印）。这本书杂录前人之说（如方回《瀛奎律髓》、周弼《三体唐诗》等），没有什么特见，但因所从出的书有相当价值，所以可看。书分三编：前编论绝句，中编论律诗，均先述声律，次列作法，终举作例；后编专论古诗声韵。初学可先看前两编。

(《中学生》第十五号，二十年)

《古诗十九首释》前言

诗是精粹的语言。因为是"精粹的",便比散文需要更多的思索,更多的吟味;许多人觉得诗难懂,便是为此。但诗究竟是"语言",并没有真的神秘;语言,包括说的和写的,是可以分析的;诗也是可以分析的。只有分析,才可以得到透彻的了解;散文如此,诗也如此。有时分析起来还是不懂,那是分析得还不够细密,或者是知识不够,材料不足,并不是分析这个方法不成。这些情形,不论文言文、白话文、文言诗、白话诗,都是一样,不过在一般不大熟悉文言的青年人,文言文,特别是文言诗,也许更难懂些罢了。

我们设"诗文选读"这一栏，便是要分析古典和现代文学的重要作品，帮助青年诸君的了解，引起他们的兴趣，更注意的是要养成他们分析的态度。只有能分析的人，才能切实欣赏；欣赏是在透彻的了解里。一般的意见将欣赏和了解分成两橛，实在是不妥的。没有透彻的了解，就欣赏起来，那欣赏也许会驴唇不对马嘴，至多也只是模糊影响。一般人以为诗只能综合的欣赏，一分析诗就没有了。其实诗是最错综的，最多义的，非得细密的分析工夫，不能捉住它的意旨。若是囫囵吞枣的读去，所得着的怕只是声调词藻等一枝一节，整个儿的诗会从你的口头眼下滑过去。

本文选了《古诗十九首》作对象，有两个缘由。一来《十九首》可以说是我们最古的五言诗，是我们诗的古典之一。所谓"温柔敦厚"、"怨而不怒"的作风，《三百篇》之外，《十九首》是最重要的代表。直到六朝，五言诗都以这一类古诗为标准，而从六朝以来的诗论，还都以这一类诗为正宗。《十九首》影响之大，从此可知。

二来《十九首》既是诗的古典，说解的人也就很多。古诗原来很不少，梁代昭明太子（萧统）的《文选》里却只选了这《十九首》。《文选》成了古典，《十九首》也就成了古典；《十九首》以外，古诗流传到后世的，也就有限了。唐代李善和"五臣"给《文选》作注，当然也注了《十九首》。嗣后历代都有说解《十九首》的，但除了《文选》注家和元代刘履的《选诗补注》，整套作解的似乎没有。清代笺注之学很盛，独立说解《十九首》的很多。近人隋树森先生编有《古诗十九首集释》一书

（中华版），搜罗历来《十九首》的整套的解释，大致完备，很可参看。

这些说解，算李善的最为谨慎，切实；虽然他释"事"的地方多，释"义"的地方少。"事"是诗中引用的古事和成辞，普通称为"典故"。"义"是作诗的意思或意旨，就是我们日常说话里的"用意"。有些人反对典故，认为诗贵自然，辛辛苦苦注出诗里的典故，只表明诗句是有"来历"的，作者是渊博的，并不能增加诗的价值。另有些人也反对典故，却认为太麻烦，太琐碎，反足为欣赏之累。

可是，诗是精粹的语言，暗示是它的生命。暗示得从比喻和组织上作工夫，利用读者联想的力量。组织得简约紧凑，似乎断了，实在连着。比喻或用古事成辞，或用眼前景物；典故其实是比喻的一类。这首诗那首诗可以不用典故，但是整个儿的诗是离不开典故的。旧诗如此，新诗也如此，不过新诗爱用外国典故罢了。要透彻的了解诗，在许多时候，非先弄明白诗里的典故不可。陶渊明的诗，总该算"自然"了，但他用的典故并不少。从前人只囫囵读过，直到近人古直先生的《靖节诗笺定本》，才细细的注明。我们因此增加了对于陶诗的了解；虽然我们对于古先生所解释的许多篇陶诗的意旨并不敢苟同。李善注《十九首》的好处，在他所引的"事"都跟原诗的文义和背景切合，帮助我们的了解很大。

别家说解，大都重在意旨。有些是根据原诗的文义和背景，却忽略了典故，因此不免望文生义，模糊影响。有些并不根据全篇的文义、典故、背景，却只断章取义，让"比兴"的信念，支配一切。所谓"比兴"的信念，是认为作诗必关教化；凡男女私情，相思离别的作品，必有寄托的意旨——不是"臣不得于君"，便是"士不遇知己"。这些人似乎觉得相思、离别等等私情不值得作诗；作诗和读诗必须能见其大。但是原作里却往往不见那大处。于是，他们便抓住一句两句，甚至一词两词，曲解起来，发挥开去，好凑合那个传统的信念。这不但不切合原作，并且常常不能自圆其说，只算是无中生有，驴唇不对马嘴罢了。

据近人的考证，《十九首》大概作于东汉末年，是建安（献帝）诗的前驱。李善就说过，诗里的地名象"宛"、"洛"、"上东门"，都可以见出有一部分是东汉人作的，但他还相信其中有西汉诗。历来认为《十九首》里有西汉诗，只有一个重要的证据，便是第七首里"玉衡指孟冬"一句话。李善说，这是汉初的历法。后来人都信他的话，同时也就信《十九首》中一部分是西汉诗。不过李善这条注并不确切可靠，俞平伯先生有过详细讨论，载在《清华学报》里。我们现在相信这句诗还是用的夏历。此外，梁启超先生的意见，《十九首》作风如此相同，不会分开在相隔几百年的两个时代（《美文及其历史》）。徐中舒先生也说，东汉中叶，文人的五言诗还是很幼稚的；西汉若已有《十九首》那样成熟的作品，怎么会有这种现象呢！（《古诗十九首考》，《中大语言历史研究所周刊》六十五期）

《十九首》没有作者，但并不是民间的作品，而是文人仿乐府作的诗。乐府原是入乐的歌谣，盛行于西汉。到东汉时，文人仿作乐府辞的极多；现存的乐府古辞，也大都是东汉的。仿作乐府，最初大约是依原调，用原题；后来便有只用原题的。再后便有不依原调，不用原题，只取乐府原意，作五言诗的了。这种作品，文人化的程度虽然已经很高，题材可还是民间的，如人生不常，及时行乐，离别，相思，客愁，等等。这时代作诗人的个性还见不出，而每首诗的作者，也并不限于一个人；

所以没有主名可指。《十九首》就是这类诗,诗中常用典故,正是文人的色彩。但典故并不妨害《十九首》的"自然",因为这类诗究竟是民间味,而且只是浑括的抒叙,还没到精细描写的地步,所以就觉得"自然"了。

(《国文月刊》一卷六期,三十年)

诗与话

胡适之先生说过宋诗的好处在"做诗如说话",他开创白话诗,就是要更进一步的做到"做诗如说话"。这"做诗如说话"大概就是说,诗要明白如话。这一步胡先生自己是做到了,初期的白话诗人也多多少少的做到了。可是后来的白话诗越来越不象说话,到了受英美近代诗的影响的作品而达到极度。于是有朗诵诗运动,重新强调诗要明白如话,朗诵出来大家懂。不过胡先生说的"如说话",只是看起来如此,朗诵诗也只是又进了一步做到朗诵起来象说话,都还不象日常嘴里说的话。陆志韦先生却要诗说出来象日常嘴里说的话。他的《再谈谈白话诗的用韵》（见燕京大学新诗社主编的《创世曲》）的末尾说：

> 我最希望的，写白话诗的人先说白话，写白话，研究白话。写的是不是诗倒还在其次。

这篇文章开头就提到他的《杂样的五拍诗》，那发表在《文学杂志》二卷四期里，是用北平话写出的。要象日常嘴里说的话，自然非用一种方言不可。陆先生选了北平话，是因为赵元任先生说过"北平话的重音的配备最象英文不过"，而"五拍诗"也就是"无韵体"，陆先生是"要摹仿沙士比亚的神韵"。

陆先生是最早的系统的试验白话诗的音节的诗人，试验的结果有本诗叫做《渡河》，出版在民国十二年。记得那时他已经在试验无韵体了。以后有意的试验种种西洋诗体的，要数徐志摩和卞之琳两位先生。这里要特别提出徐先生，他用北平话写了好些无韵体的诗，大概真的在摹仿沙士比亚，在笔者看来是相当成功的，又用北平话写了好些别的诗，也够味儿。他的散文也在参用着北平话。他是浙江硖石人，集子里有硖石方言的诗，够道地的。他笔底下的北平话也许没有本乡话道地，不过活泼自然，而不难懂。他的北平话大概象陆先生在《用韵》那篇文里说的，"是跟老百姓学"的，可是学的只是说话的腔调，他说的多半还是知识分子自己的话。陆先生的五拍诗里的北平话，更看得出"是跟老百姓学"的，因为用的老百姓的词汇更多，更道地了。可是他说的更只是自己的话。他的五拍诗限定六行，与无韵体究竟不一样。这"是用国语写的"，"得用国语来念"，陆先生并且"把重音圈出来"，指示读者该怎样念。这一点也许算得是在"摹仿沙士比亚"的无韵体罢。可是这二十三首诗，每首象一个七巧图，明明是英美近代诗的作风，说是摹仿近代诗的神韵，也许更确切些。

近代诗的七巧图，在作者固然费心思，读者更得费心思，所以"晦涩"是免不了的。陆先生这些诗虽然用着老百姓的北平话的腔调，甚至有些词汇也是老百姓的，可并不能够明白如话，更不象日常嘴里说的话。他在《用韵》那篇文里说"罚咒以后不再写那样的诗"，"因为太难写"，在《杂样的五拍诗》的引言里又说"有几首意义晦涩"，于是他"加上一点注解"。这些都是老实话。但是注解究竟不是办法。他又说"经验隔断，那能引起共鸣"。这是晦涩的真正原因。他又在《用韵》里说：

> 中国的所谓新人物，依然是老脾气。那怕连《千家诗》、《唐诗三百首》都没有见过的人，一说起这东西是"诗"，就得哼哼。一哼就把真正的白话诗哼毁了。

"真正的白话诗"是要"念"或说的。我们知道陆先生是最早的系统的试验白话诗的音节的诗人，又是音乐鉴赏家，又是音韵学家，他特别强调那"念"的"真正的白话诗"，是可以了解的；就因为这些条件，他的二十三首五拍诗，的确创造了一种"真正的白话诗"。可是他说"不会写大众诗"，"经验隔断，那能引起共鸣"，也是真的。

用老百姓说话的腔调来写作,要轻松不难,要活泼自然,也不太难,要沉着却难;加上老百姓的词汇,要沉着更难。陆先生的五拍诗能够达到沉着的地步,的确算得是奇作。笔者自己很爱念这些诗,已经念过好几遍,还乐意念下去,念起来真够味。笔者多多少少分有陆先生的经验,虽然不敢说完全懂得这些诗,却能够从那自然而沉着的腔调里感到亲切。这些诗所说的,在笔者看来,可以说是爱自由的知识分子的悲哀。我们且来念念这些诗。开宗明义是这一首:

> 是一件百家衣,矮窗上的纸
> 苇子杆上稀稀拉拉的雪
> 松香琥珀的灯光为什么凄凉?
> 几千年,几万年,隔这一层薄纸
> 天气温和点,还有人认识我
> 父母生我在没落的书香门第

有一条注解:

> 一辈子没有种过地,也没有收过租,只挨着人家碗边上吃这一口饭。我小的时候,乡下人吃白米,豆腐,青菜,养几只猪,一大窝鸡。现在吃糠,享四大皆空自由。老觉得这口饭是赊来吃的。

诗里的"百家衣",就是"这口饭是赊来吃的"。纸糊在"苇子杆子"

上，矮矮的窗，雪落在窗上，屋里是黄黄的油灯光。读书人为什么这样"凄凉"呢？他老在屋里跟街上人和乡下人隔着；出来了，人家也还看待他是特殊的一类人。他孤单，他寂寞，他是在命定的"没落"了。这够多"凄凉"呢！

但是他并非忘怀那些比自己苦的人。请念第十九首：

在乡下，我们把肚子贴在地上
糊涂的天就压在我们的背上
老呱说："天你怎么那么高呀？"
抬头一看，他果然比树还高
树上有山头，山头上还有树
老天爷，多给点儿好吃吃的吧。

这一首没有注解，确也比较好懂。"肚子贴在地上"是饿瘪了，"天高皇帝远"，谁来管你！但是还只有求告"老天爷"多给点儿吃的！——北平话似乎不说"好吃吃的"，"好吃的"也跟"吃的"不同。读书人，知识分子，也想到改革上，这是第三首：

明天到那儿？大路的尽头在那儿？
这一排杨树，空心的，腆着肚子，
扬起破烂的衣袖，把路遮断啦
纸灯儿摇摆，小驴儿，咦，拐弯啦。

> 黑朦朦的踏着癞蛤蟆求婚的拍子
> 走到岔路上，大车呢，许是往西啦

注解是：

> 十年前，芦沟桥还没有听到枪声，我仿佛已经想到现在的局面。在民族求生存的途径上，我宁愿象老戆赶大车，不开坦克车。

诗里"明天"和"大路"自然就是"民族求生存的途径"，"把路遮断"的"一排杨树"大概是在阻碍着改革的那些家伙罢。"纸灯儿"，黑暗里一点光明；"小驴儿"拐弯抹角的慢慢的走着夜路，"癞蛤蟆想吃天鹅肉"，"知其不可而为之"，大概会跟着"大车"的"往西"的，"往西"就是西化。"往西"是西化，得看注解才想得到，单靠诗里的那个"西"字的暗示是不够的。这首诗似乎只说到个人的自由的努力；但是诗里念不出那"宁愿"的味儿。个人的自由的努力的最高峰是"创造"。第六首的后三行是：

> 脚底下的地要跳；象水煮开啦
> 鱼刚出水，毒龙刚醒来抖擞
> 活火的刀山上跳舞，我要创造

注解里引易卜生的话，"在美里死"。陆先生慨叹着"书香门第"的自己，慨叹着"乡下"的人，讥刺着"帮闲的"，怜惜着"孩子"，终于强调个人的"创造"，这是"明天"的"大路"。这条"路"也许就是将"大众"的和他"经验隔断"的罢？

《杂样的五拍诗》正是"创造"，"创造"了一种"真正的白话诗"。照陆先生自己声明的而论，他是成功了的。但是在一般的读者，这些诗恐怕是晦涩难懂的多；即使看了注解，恐怕还是不成罢。"难写"，不错，这比别的近代作风的诗更难，因为要巧妙的运用老百姓的腔调。但是麻烦的还在难懂。当然这些诗可以诉诸少数人，可是"跟老百姓学"而只诉诸少数人，似乎又是矛盾。这里"经验隔断"说明了一切。现在是有了不容忽视的"大众"，"大众"的经验跟个人的是两样。什么是"大众诗"，我们虽然还不知道，但是似乎已经在试验中，在创造中。大概还是得"做诗如说话"，就是明白如话。不过倒不必象一种方言，因为方言的词汇和调子实在不够用；明白如话的"话"该比嘴里说的丰富些，而且该不断的丰富起来。这就是已经在"大众"里成长的"活的语言"；比起这种话来，方言就显得呆板了。至于陆先生在《用韵》那篇文里说的轻重音，韵的通押，押韵形式，句尾韵等，是还值得大家参考运用的。

（北平《华北日报》文学副刊）

歌谣里的重叠

歌谣以重叠为生命，脚韵只是重叠的一种方式。从史的发展上看，歌谣原只要重叠，这重叠并不一定是脚韵；那就是说，歌谣并不一定要用韵。韵大概是后起的，是重叠的简化。现在的歌谣有又用韵又用别种重叠的，更可见出重叠的重要来。重叠为了强调，也为了记忆。顾颉刚先生说过：

> 对山歌因问作答，非复沓不可。……儿歌注重于说话的练习，事物的记忆与滑稽的趣味，所以也有复

沓的需要。(《论〈诗经〉所录全为乐歌》上)

"复沓"就是重叠。说"对山歌因问作答，非复沓不可"，是说重叠由于合唱；当然，合唱不止于对山歌。这可说是为了强调。说"儿童注重于说话的练习，事物的记忆……也有复沓的需要"，是为了记忆；但是这也不限于儿歌。至于滑稽的趣味，似乎与重叠无关，绕口令或拗口令里的滑稽的趣味，是从词语的意义和声音来的，不是从重叠来的。

现在举几首近代的歌谣为例，意在欣赏，但是同时也在表示重叠的作用。美国何德兰的《孺子歌图》（收录的以北平儿歌为主）里有一首《足五趾歌》：

> 这个小牛儿吃草。
> 这个小牛儿吃料。
> 这个小牛儿喝水儿。
> 这个小牛儿打滚儿。
> 这个小牛儿竟卧着，
> 我们打他。

这是一首游戏歌，一面念，一面用手指点着，末了儿还打一下。这首歌的完整全靠重叠，没有韵。将五个足趾当作五个"小牛儿"，末一个不做事，懒卧着，所以打他。这是变化。同书另一首歌：

玲珑塔,

塔玲珑,

玲珑宝塔十三层。

这首歌主要的是"玲珑"一个词。前两行是颠倒的重叠,后一行还是重叠前两行,但是颠倒了"玲珑"这个词,又加上了"宝"和"十三层"两个词语,将句子伸长,其实还只是"玲珑"的意思。这些都是变化。这首歌据说现在还在游艺场里唱着,可是编得很长很复杂了。

邱峻先生辑的《情歌唱答》里有两首对山歌,是客家话:

女唱:
一日唔见涯心肝,
唔见心肝心不安。
唔见心肝心肝脱,
一见心肝脱心肝。
男答:
闲来么事想心肝,
紧想心肝紧不安。
我想心肝心肝想,
正是心肝想心肝。

两首全篇各自重叠,又彼此重叠,强调的是"心肝",就是情人。还有北京大学印的《歌谣纪念增刊》里有刘达九先生记的四川的两首对山歌，是两个牧童在赛唱：

唱：
你的山歌没得我的山歌多，
我的山歌几箩篼。
箩篼底下几个洞，
唱的没得漏的多。

答：
你的山歌没得我的山歌多，
我的山歌牛毛多。
唱了三年三个月，
还没有唱完牛耳朵。

两首的头两句各自重叠，又彼此重叠，各自夸各自的"山歌多"；比喻都是本地风光，活泼，新鲜，有趣味。重叠的方式多得很，这里只算是"牛耳朵"罢了。

（北平《华北日报》俗文学副刊）

解　诗

今年上半年，有好些位先生讨论诗的传达问题。有些说诗应该明白清楚，有些说，诗有时候不能也不必象散文一样明白清楚。关于这问题，朱孟实先生《心理上个别的差异与诗的欣赏》（二十五年十一月一日《大公报·文艺》）确是持平之论。但我所注意的是他们举过的传达的例子。诗的传达，和比喻及组织关系甚大。诗人的譬喻要新创，至少变故为新，组织也总要新，要变。因此就觉得不习惯，难懂了。其实大部分的诗，细心看几遍，也便可明白的。

譬如灵雨先生在《自由评论》十六期所举林徽音女士

《别丢掉》一诗（原诗见二十五年三月十五日天津《大公报》）：

别丢掉

这一把过往的热情，

现在流水似的，

轻轻

在幽冷的山泉底，

在黑夜，在松林，

叹息似的渺茫，

你仍要保存着那真！

一样是月明，

一样是隔山灯火，

满天的星，

只有人不见，

梦似的挂起，

你问黑夜要回

那一句话——

你仍得相信

山谷中留着

有那回音！

这是一首理想的爱情诗，托为当事人的一造向另一造的说话；说你"别丢掉"、"过往的热情",那热情"现在"虽然"渺茫"了,可是"你仍要保存着那真"。三行至七行是一个显喻,以"流水"的"轻轻""叹息"比"热情"的"渺茫";但诗里"渺茫"似乎是形容词。下文说"月明"(明月),"隔山灯火","满天的星",和往日两人同在时还是"一样",只是你却不在了,这"月",这些"灯火",这些"星",只"梦似的挂起"而已。你当时说过"我爱你"这一句话,虽没第三人听见,却有"黑夜"听见;你想"要回那一句话",你可以"问黑夜要回那一句话"。但是"黑夜"肯了,"山谷中留着有那回音",你的话还是要不回的。总而言之,我还恋着你。"黑夜"可以听话,是一个隐喻。第一二行和第八行本来是一句话的两种说法,只因"流水"那个长比喻,又带着转了个弯儿,便容易把读者绕住了。"梦似的挂起"本来指明月灯火和星,却插了"只有人不见"一语,也容易教读者看错了主词。但这一点技巧的运用,作者是应该有权利的。

邵洵美先生在《人言周刊》三卷二号里举过的《距离的组织》一首诗,最可见出上文说的经济的组织方法。这是卞之琳先生《鱼目集》中的一篇。《鱼目集》里有几篇诗的确难懂,象《圆宝盒》,曾经刘西渭先生和卞先生往复讨论,我大胆说,那首诗表现的怕不充分。至于《距离的组织》,却想试为解说,因为这实在是个合适的例子。

想独上高楼读一遍"罗马兴亡史",
忽有罗马灭亡星出现在报上。
报纸落。地图开,因想起远人的嘱咐。

寄来的风景也暮色苍茫了。

（醒来天欲暮，无聊，一访友人罢。）

灰色的天。灰色的海。灰色的路。

哪儿了？我又不会向灯下验一把土。

忽听得一千重门外有自己的名字。

好累呵！我的盆舟没有人戏弄吗？

友人带来了雪意和五点钟。

这诗所叙的事只是午梦。平常想着中国情形有点象罗马衰亡的时候，一般人都醉生梦死的；看报，报上记着罗马灭亡时的星，星光现在才传到地球上（原有注）。睡着了，报纸落在地下，梦中好象在打开"远"方的罗马地图来看，忽然想起"远"方（外国）友人来了，想起他的信来了。他的信附寄着风景片，是"灰色的天，灰色的海，灰色的路"的暮色图；这时候自己模模糊糊的好象就在那"灰色的天，灰色的海，灰色的路"里走着。天黑了，不知到了哪儿，却又没有《大公报》所记王同春的本事，只消抓一把土向灯一瞧就知道什么地方（原有注）。忽然听见有人叫自己名字，由远而近，这一来可醒了。好累呵，却不觉得是梦，好象自己施展了法术，在短时间渡了大海来着；这就想起了《聊斋志异》里记白莲教徒的事，那人出门时将草舟放在水盆里，门人戏弄了一下，他回来就责备门人，说过海时翻了船（原有注）。这里说：太累了，别是过海时费力驶船之故罢。等醒定了，才知道有朋友来访。这朋友也午睡来着，"醒来天欲暮，无聊，一访友人罢。"这就来访问了。来了就叫自己的名字,叫醒了自己。"醒来天欲暮"一行在括弧里,表明是另一人,也就是末行那"友人"。插在第四六两行间,见出自己直睡到"天欲暮",而风景片中也正好象"欲暮"的"天",这样梦与真实便融成一片;再说这一行是就醒了的缘由,插在此处,所谓蛛丝马迹。醒时是五点钟,要下雪似的,还是和梦中景色,也就是远人寄来的风景片一样。这篇诗是零乱的诗境,可又是一个复杂的有机体,将时间空间的远距离用联想组织在短短的午梦和小小的篇幅里。这是一种解放,一种自由,同时又是一种情思的操练,是艺术给我们的。

(二十五年)

诗与感觉

诗也许比别的文艺形式更依靠想象；所谓远，所谓深，所谓近，所谓妙，都是就想象的范围和程度而言。想象的素材是感觉，怎样玲珑飘渺的空中楼阁都建筑在感觉上。感觉人人有，可是或敏锐，或迟钝，因而有精粗之别。而各个感觉间交互错综的关系，千变万化，不容易把捉，这些往往是稍纵即逝的。偶尔把捉着了，要将这些组织起来，成功一种可以给人看的样式，又得有一番工夫，一副本领。这里所谓可以给人看的样式便是诗。

从这个立场看新诗，初期的作者似乎只在大自然和人生的悲剧里去寻找诗的感觉。大自然和人生的悲剧是诗的丰富的泉源，而且一向如此，传统如此。这些是无尽藏，只要眼明手快，随时可以得到新东西。但是花和光固然是诗，花和光以外也还有诗，那阴暗，潮湿，甚至霉腐的角落儿上，正有着许多未发现的诗。实际的爱固然是诗，假设的爱也是诗。山水田野里固然有诗，灯红酒酽里固然有诗，任一些颜色，一些声音，一些香气，一些味觉，一些触觉，也都可以有诗。惊心怵目的生活里固然有诗，平淡的日常生活里也有诗。发现这些未发现的诗，第一步得靠敏锐的感觉，诗人的触角得穿透熟悉的表面向未经人到的底里去。那儿有的是新鲜的东西。闻一多、徐志摩、李金发、姚蓬子、冯乃超、戴望舒各位先生都曾分别向这方面努力。而卞之琳、冯至两位先生更专向这方面发展；他们走得更远些。

假如我们说冯先生是在平淡的日常生活里发现了诗，我们可以说卞先生是在微细的琐屑的事物里发现了诗。他的《十年诗草》里处处都是例子，但这里只能举一两首：

> 淘气的孩子，有办法：
> 叫游鱼啮你的素足，
> 叫黄鹂啄你的指甲，
> 野蔷薇牵你的衣角……
>
> 白蝴蝶最懂色香味，
> 寻访你午睡的口脂。

我窥候你渴饮泉水,
取笑你吻了你自己。

我这八阵图好不好?
你笑笑,可有点不妙,
我知道你还有花样!

哈哈!到底算谁胜利?
你在我对面的墙上
写下了"我真是淘气"。

(《淘气》,《装饰集》)

这是十四行诗。三四段里活泼的调子。这变换了一般十四行诗的严肃,却有它的新鲜处。这是情诗,蕴藏在"淘气"这件微琐的事里。游鱼的啮,黄鹂的啄,野蔷薇的牵,白蝴蝶的寻访,"你吻了你自己",便是所谓"八阵图";而游鱼,黄鹂,野蔷薇,白蝴蝶都是"我""叫"它们去做这样那样的,"你吻了你自己",也是"我"在"窥候"着的,"我这八阵图"便是治"淘气的孩子"——"你"——的"办法"了。那"啮",那"啄",那"牵",那"寻访",甚至于那"吻",都是那"我"有意安排的,那"我"其实在分享着这些感觉。陶渊明《闲情赋》里道:

愿在丝而为履,附素足以周旋;

>   悲行止之有节，空委弃于床前。
>
>   愿在昼而为影，常依形而西东；
>
>   悲高树之多阴，慨有时而不同。

感觉也够敏锐的。那亲近的愿心其实跟本诗一样，不过一个来得迫切，一个来得从容罢了。"你吻了你自己"也就是"你的影子吻了你"；游鱼、黄莺、野蔷薇、白蝴蝶也都是那"你"的影子。凭着从游鱼等等得到的感觉去想象"你"；或从"你"得到的感觉叫"我"想象游鱼等等；而"我"又"叫"游鱼等等去做这个那个，"我"便也分享这个那个。这已经是高度的交互错综，而"我"还分享着"淘气"。"你""写下了""我真是淘气"，是"你""真是淘气"，可是"我对面"读这句话，便成了"'我'真是淘气"了。那治"淘气的孩子"——"你"——的"八阵图"，到底也治了"我"自己。"到底算谁胜利？"瞧"我"为了"你"这么颠颠倒倒的！这一个回环复沓不是钟摆似的来往，而是螺旋似的钻进人心里。

《白螺壳》诗（《装饰集》）里的"你""我"也是交互错综的一例。

>   空灵的白螺壳，你，
>
>   孔眼里不留纤尘，
>
>   漏到了我的手里，
>
>   却有一千种感情：
>
>   掌心里波涛汹涌，

我感叹你的神工,

你的慧心啊,大海,

你细到可以穿珠!

可是我也禁不住:

你这个洁癖啊,唉!

(第一段)

玲珑,白螺壳,我?

大海送我到海滩,

万一落到人掌握,

愿得原始人喜欢,

换一只山羊还差

三十分之二十八;

倒是值一只蟠桃。

怕给多思者检起,

空灵的白螺壳,你

卷起了我的愁潮!

(第三段)

这是理想的人生(爱情也在其中),蕴藏在一个微琐的白螺壳里。"空灵的白螺壳""却有一千种感情",象征着那理想的人生——"你"。"你的神工","你的慧心"的"你"是"大海","你细到可以穿珠"的"你"又是"慧心";而这些又同时就是那"你"。"我"?"大海送我到海滩"的

"我",是代白螺壳自称,还是那"你"。最愿老是在海滩上;"万一落到人掌握",也只"愿得原始人喜欢",因为自己一点用处没有——换山羊不成,"值一只蟠桃",只是说一点用处没有。原始人有那股劲儿,不让现实纠缠着,所以不在乎这个。只"怕给多思者检起",怕落到那"我的手里"。可是那"多思者"的"我""检起"来了,于是乎只有叹息:"你卷起了我的愁潮!""愁潮"是现实和理想的冲突;而"潮"原是属于"大海"的。

> 请看这一湖烟雨
> 水一样把我浸透,
> 象浸透一片鸟羽。
> 我仿佛一所小楼
> 风穿过,柳絮穿过,
> 燕子穿过象穿梭,
> 楼中也许有珍本,
> 书叶给银鱼穿织
> 从爱字通到哀字——
> 出脱空华不就成!
>
> (第二段)
>
> 我梦见你的阑珊:
> 檐溜滴穿的石阶,
> 绳子锯缺的井栏……

时间磨透于忍耐!
黄色还诸小鸡雏,
青色还诸小碧梧,
玫瑰色还诸玫瑰,
可是你回顾道旁,
柔嫩的蔷薇刺上
还挂着你的宿泪。

(第四段完)

　　从"波涛汹涌"的"大海"想到"一湖烟雨",太容易"浸透"的是那"一片鸟羽"。从"一湖烟雨"想到"一所小楼",从"穿珠"想到"风穿过,柳絮穿过,燕子穿过象穿梭",以及"书叶给银鱼穿织";而"珍本"又是从藏书楼想到的。"从爱字通到哀字","一片鸟羽"也罢,"一所小楼"也罢,"楼中也许有"的"珍本"也罢,"出脱空华(花)",一场春梦!虽然"时间磨透于忍耐",还只"梦见你的阑珊"。于是"黄色还诸小鸡雏……","你"是"你",现实是现实,一切还是一切。可是"柔嫩的蔷薇刺上"带着宿雨,那是"你的宿泪"。"你""有一千种感情",只落得一副眼泪;这又有什么用呢?那"宿泪"终于会干枯的。这首诗和前一首都不显示从感觉生想象的痕迹,看去只是想象中一些感觉,安排成功复杂的样式。——"黄色还诸小鸡雏"等三行可以和冯至先生的

> 铜炉在向往深山的矿苗,
> 瓷壶在向往江边的陶泥,
> 它们都象风雨中的飞鸟
> 各自东西。
>
> (《十四行集》,二一)

对照着看,很有意思。

《白螺壳》诗共四段,每段十行,每行一个单音节,三个双音节,共四个音节。这和前一首都是所谓"匀称"、"均齐"的形式。卞先生是最努力创造并输入诗的形式的人,《十年诗草》里存着的自由诗很少,大部分是种种形式的试验,他的试验可以说是成功的。他的自由诗也写得紧凑,不太参差,也见出感觉的敏锐来,《距离的组织》便是一例。他的《三秋草》里还有一首《过路居》,描写北平一间人力车夫的茶馆,也是自由诗,那些短而精悍的诗行由会话组成,见出平淡的生活里蕴藏着的悲喜剧。那是近乎人道主义的诗。

(三十二年)

诗与哲理

新诗的初期，说理是主调之一。新诗的开创人胡适之先生就提倡以诗说理，《尝试集》里说理诗似乎不少。俞平伯先生也爱在诗里说理；胡先生评他的诗，说他想兼差作哲学家。郭沫若先生歌颂大爱，歌颂"动的精神"，也带哲学的意味；不过他的强烈的情感能够将理融化在他的笔下，是他的独到处。那时似乎只有康白情先生是个比较纯粹的抒情诗人。一般青年以诗说理的也不少，大概不出胡先生和郭先生的型式。

那时是个解放的时代。解放从思想起头，人人对于一切传统都有意见，都爱议论，作文如此，作诗也如此。他们关心人生，大自然，以及被损害的人。关心人生，便阐发自我的价值；关心大自然，便阐发泛神论；关心被损害的人，便阐发人道主义。泛神论似乎只见于诗；别的两项，诗文是一致的。但是文的表现是抽象的，诗的表现似乎应该和文不一样。胡先生指出诗应该是具体的。他在《谈新诗》里举了些例子，说只是抽象的议论，是文不是诗。当时在诗里发议论的确是不少，差不多成了风气。胡先生所提倡的"具体的写法"固然指出一条好路。可是他的诗里所用具体的譬喻似乎太明白，譬喻和理分成两橛，不能打成一片；因此，缺乏暗示的力量，看起来好象是为了那理硬找一套譬喻配上去似的。别的作者也多不免如此。

民国十四年以来，诗才专向抒情方面发展。那里面"理想的爱情"的主题，在中国诗实在是个新的创造；可是对于一般读者不免生疏些。一般读者容易了解经验的爱情；理想的爱情要沉思，不耐沉思的人不免隔一层。后来诗又在感觉方面发展，以敏锐的感觉为抒情的骨子，一般读者只在常识里兜圈子，更不免有隔雾看花之憾。抗战以后的诗又回到议论和具体的譬喻，也不是没有理由的。当然，这时代诗里的议论比较精切，譬喻也比较浑融，比较二十年前进步了；不过趋势还是大体相同的。

另一方面，也有从敏锐的感觉出发，在日常的境界里体味出精微的哲理的诗人。在日常的境界里体味哲理，比从大自然体味哲理更进一步。因为日常的境界太为人们所熟悉了，也太琐屑了，它们的意义容易被忽略过去；只有具着敏锐的手眼的诗人才能把捉得住这些。这种体味和大自然的体味并无优劣之分，但确乎是进了一步。我心里想着的是冯至先生的《十四行集》。这是冯先生去年一年中的诗，全用十四行体，就是商籁体，写成。十四行是外国诗体，从前总觉得这诗体太严密，恐怕不适于中国语言。但近年读了些十四行，觉得似乎已经渐渐圆熟；这诗体还是值得尝试的。冯先生的集子里，生硬的诗行便很少；但更引起我注意的还是他诗里耐人沉思的理，和情景融成一片的理。

这里举两首作例。

我们常常度过一个亲密的夜
在一间生疏的房里，它白昼时
是什么模样，我们都无从认识，
更不必说它的过去未来。原野

一望无边地在我们窗外展开，
我们只依稀地记得在黄昏时
来的道路，便算是对它的认识，
明天走后，我们也不再回来。

闭上眼罢！让那些亲密的夜
和生疏的地方织在我们心里：
我们的生命象那窗外的原野，

> 我们在朦胧的原野上认出来
> 一棵树,一闪湖光;它一望无际
> 藏着忘却的过去,隐约的将来。

(一八)

旅店的一夜是平常的境界。可是亲密的,生疏的,"织在我们心里"。房间有它的过去未来,我们不知道。"来的道路"是过去,只记得一点儿;"明天走"是未来,又能知道多少?我们的生命象那"一望无边的""朦胧的"原野,"忘却的过去","隐约的将来",谁能"认识"得清楚呢?——但人生的值得玩味,也就在这里。

> 我们听着狂风里的暴雨
> 我们在灯光下这样孤单,
> 我们在这小小的茅屋里
> 就是和我们用具的中间
>
> 也生了千里万里的距离:
> 铜炉在向往深山的矿苗,
> 瓷壶在向往江边的陶泥,
> 它们都象风雨中的飞鸟
> 各自东西。我们紧紧抱住,
> 好象自身也都不能自主。

狂风把一切都吹入高空

暴雨把一切又淋入泥土。
只剩下这点微弱的灯红
在证实我们生命的暂住。

（二一）

  茅屋里风雨的晚上也只是平常的境界。可是自然的狂暴映衬出人们的孤单和微弱；极平常的用具铜炉和瓷壶，也都"向往"它们的老家，"象风雨中的飞鸟，各自东西"。这样"孤单"，却是由敏锐的感觉体味出来的，得从沉思里去领略——不然，恐怕只会觉得怪诞罢。闻一多先生说我们的新诗好象尽是些青年，也得有一些中年才好。

  冯先生这一集大概可以算是中年了。

（三十二年）

诗与幽默

旧诗里向不缺少幽默。南宋黄彻《䂬溪诗话》云：

> 子建称孔北海文章多杂以嘲戏；子美亦"戏效俳谐体"，退之亦有"寄诗杂诙俳"，不独文举为然。自东方生而下，祢处士、张长史、颜延年辈往往多滑稽语。大体材力豪迈有余而用之不尽，自然如此。……《坡集》类此不可胜数。《寄蕲簟与蒲传正》云，"东坡病叟长羁旅，冻卧饥吟似饥鼠。倚赖东风洗破衾，一夜雪寒披故絮。"《黄州》云，"自惭无补丝毫事，尚费

官家压酒囊。"《将之湖州》云,"吴儿脸缕薄欲飞,未去先说馋涎垂。"又,"寻花不论命,爱雪长忍冻。天公非不怜,听饱即喧哄。"……皆斡旋其章而弄之,信恢刃有余,与血指汗颜者异矣。

这里所谓滑稽语就是幽默。近来读到张骏祥先生《喜剧的导演》一文(《学术季刊》文哲号),其中论幽默很简明:"幽默既须理知,亦须情感。幽默对于所笑的人,不是绝对的无情;反之,如西万提斯之于吉诃德先生,实在含有无限的同情。因为说到底,幽默所笑的不是第三者,而是我们自己。……幽默是温和的好意的笑。"黄彻举的东坡诗句,都在嘲弄自己,正是幽默的例子。

新文学的小说、散文、戏剧各项作品里也不缺少幽默,不论是会话体与否;会话体也许更便于幽默些。只诗里幽默却不多。我想这大概有两个缘由。一是一般将诗看得太严重了,不敢幽默,怕亵渎了诗的女神。二是小说、散文、戏剧的语言虽然需要创造,却还有些旧白话文,多少可以凭借;只有诗的语言得整个儿从头创造起来。诗作者的才力集中在这上头,也就不容易有余暇创造幽默。这一层只要诗的新语言的传统建立起来,自然会改变的。新诗已经有了二十多年的历史,看现在的作品,这个传统建立的时间大概快到来了。至于第一层,将诗看得那么严重,倒将它看窄了。诗只是人生的一种表现和批评;同时也是一种语言,不过是精神的语言。人生里短不了幽默,语言里短不了幽默,诗里也该不短幽默,才是自然之理。黄彻指出的情形,正是诗的自然现象。

新诗里纯粹的幽默的例子,我只能举出闻一多先生的《闻一多先生的书桌》一首：

忽然一切的静物都讲话了，
忽然书桌上怨声腾沸：
墨盒呻吟道"我渴得要死！"
字典喊雨水渍湿了他的背；

信笺忙叫道弯痛了他的腰；
钢笔说烟灰闭塞了他的嘴，
毛笔讲火柴燃秃了他的须，
铅笔抱怨牙刷压了他的腿；

香炉咕喽着"这些野蛮的书
早晚定规要把你挤倒了！"
大钢表叹息快睡锈了骨头；
"风来了！风来了！"稿纸都叫了；

笔洗说他分明是盛水的，
怎么吃得惯臭辣的雪茄灰；
桌子怨一年洗不上两回澡，
墨水壶说"我两天给你洗一回"。

"什么主人？谁是我们的主人？"
一切的静物都同声骂道。
"生活若果是这般的狼狈，
倒还不如没有生活的好！"

主人咬着烟斗迷迷的笑，
"一切的众生应该各安其位。
我何曾有意的糟蹋你们，
秩序不在我的能力之内。"

《死水》

这里将静物拟人，而且使书桌上的这些静物"都讲话"：有的是直接的话，有的是间接的话，互相映衬着。这够热闹的。而不止一次的矛盾的对照更能引人笑。墨盒"渴得要死"，字典却让雨水湿了背；笔洗不盛水，偏吃雪茄灰；桌子怨"一年洗不上两回澡"，墨水壶却偏说两天就给他洗一回。"书桌上怨声腾沸"，"一切的静物都同声骂"，主人却偏"迷迷的笑"；他说"一切的众生应该各安其位"，可又缩回去说"秩序不在我的能力之内"。这些都是矛盾的存在，而最后一个矛盾更是全诗的极峰。热闹，好笑，主人嘲弄自己，是的；可是"一切的众生应该各安其位"，见出他的抱负，他的身分——他不是一个小丑。

俞平伯先生的《忆》，都是追忆儿时心理的诗。亏他居然能和成年的自己隔离，回到儿时去。这里面有好些幽默。我选出两首：

有了两个橘子,

一个是我底,

一个是我姊姊底。

把有麻子的给了我,

把光脸的她自有了。

"弟弟你底好,

绣花的呢。"

真不错!

好橘子,我吃了你罢。

真正是个好橘子啊!

（第一）

亮汪汪的两根灯草的油盏,

摊开一本《礼记》,

且当它山歌般的唱。

乍听间壁又是说又是笑的,

"她来了罢?"

《礼记》中尽是些她了。

"娘,我书已读熟了。"

（第二十二）

这里也是矛盾的和谐。第一首中"有麻子的"却变成"绣花的";"绣花的"的"好"是看的"好","好橘子"和"好橘子"的"好"却是可吃的"好"和吃了的"好",次一首中《礼记》却"当它山歌般唱",而且后来"《礼记》中尽是些她了";"当它山歌般唱",却说"娘,我书已读熟了"。笑就蕴藏在这些别人的,自己的,别人和自己的矛盾里。但儿童自己觉得这些只是自然而然,矛盾是从成人的眼中看出的。所以更重要的,笑是蕴藏在儿童和成人的矛盾里。这种幽默是将儿童(儿时的自己和别的儿童)当作笑的对象,跟一般的幽默不一样;但不失为健康的。《忆》里的诗都用简短的口语,儿童的话原是如此;成人却更容易从这种口语里找出幽默来。

用口语或会话写成的幽默的诗,还可举出赵元任先生贺胡适之先生四十生日的一首:

> 适之说不要过生日,
> 生日偏又到了。
> 我们一般爱起哄的,
> 又来跟你闹了。
> 今年你有四十岁了都,
> 我们有的要叫你老前辈了都:
> 天天听见你提倡这样,提倡那样,
> 觉得你真有点儿对了都!
>
> 你是提倡物质文明的咯,

> 所以我们就来吃你的面;
>
> 你是提倡整理国故的咯,
>
> 所以我们都进了研究院;
>
> 你是提倡白话诗人的咯,
>
> 所以我们就罗罗唆唆写上了一大片。
>
> 我们且别说带笑带吵的话,
>
> 我们且别说胡闹胡搞的话,
>
> 我们并不会说很巧妙的话,
>
> 我们更不会说"倚少卖老"的话;
>
> 但说些祝颂你们健康的话——
>
> 就是送给你们一家子大大小小的话。
>
> （《北平晨报》,十九,十二,十八）

全诗用的是纯粹的会话；象"都"字（读音象"兜"字）的三行只在会话里有（"今年你有四十岁了都"就是"今年你都有四十岁了",余类推）。头二段是仿胡先生的"了"字韵；头两行又是仿胡先生的

> 我本不要儿子
>
> 儿子自来了。

那两行诗。三四段的"多字韵"（胡先生称为"长脚韵"）也可以说是"了"

字韵的引申。因为后者是前者的一例。全诗的游戏味也许重些,但说的都是正经话,不至于成为过分夸张的打油诗。胡先生在《尝试集》自序里引过他自己的白话游戏诗,说"虽是游戏诗,也有几段庄重的议论";赵先生的诗,虽带游戏味,意思却很庄重,所以不是游戏诗。

赵先生是长于滑稽的人,他的《国语留声机片课本》,《国音新诗韵》,还有翻译的《阿丽斯漫游奇境记》,都可以见出。张骏祥先生文中说滑稽可分为有意的和无意的两类,幽默属于前者。赵先生似乎更长于后者,《奇境记》真不愧为"魂译"(丁西林先生评语,见《现代评论》)。记得《新诗韵》里有一个"多字韵"的例子:

你看见十个和尚没有?
他们坐在破锣上没有?

无意义,却不缺少趣味。无意的滑稽也是人生的一面,语言的一端,歌谣里最多,特别是儿歌里。——歌谣里幽默却很少,有的是诙谐和讽刺。这两项也属于有意的滑稽。张先生文中说我们通常所谓话说得俏皮,大概就指诙谐。"诙谐是个无情的东西","多半伤人;因为诙谐所引起的笑,其对象不是说者而是第三者"。讽刺是"冷酷,毫不留情面","不只挞伐个人,有时也攻击社会"。我们很容易想起许多嘲笑残废的歌谣和"娶了媳妇忘了娘"一类的歌谣,这便是歌谣里诙谐和讽刺多的证据。

(三十二年)

真 诗

二十年前新诗开始发展的时候，胡适之先生写了《北京的平民文学》一篇短文，介绍北京的歌谣（《文存》二集）。文中引义国卫太尔男爵编的《北京歌唱》（一八六九）《自序》，说这些歌谣中有些"真诗"，并且说："根据在这些歌谣之上，根据在人民的真感情之上，一种新的'民族的诗'也许能产生出来呢。"胡先生接着道：

现在白话诗起来了，然而做诗的人似乎还不曾晓得俗歌里有许多可以供我们取法的风格与方法，所以他们宁可学那不容易读又不容易懂的生硬文句,却不屑研究那自然流利的民歌风格。这个似乎是今日诗国的一种缺陷罢?

胡先生提倡"活文学"的白话诗,要真,要自然流利;卫太尔的话足以帮助他的理论。他所谓"生硬文句",指的过分欧化的文句。

但是新文学运动实在是受外国的影响。胡先生自己的新诗,也是借镜于外国诗,一翻《尝试集》就看得出。他虽然一时兴到的介绍歌谣,提倡"真诗",可是并不认真的创作歌谣体的新诗。他要真,要自然流利,不过似乎并不企图"真"到歌谣的地步,"自然流利"到歌谣的地步。那些时搜集歌谣运动虽然甚嚣尘上,只是为了研究和欣赏,并非供给写作的范本。有人还指出白话诗的音调要不象歌谣,才是真新诗。其实这倒代表一般人的意见。当时刘半农先生曾经仿作江阴船歌(《瓦釜集》),俞平伯先生也曾仿作吴歌(见《我们的七月》);他们只是仿作歌谣,不是在作新诗。仿的很逼真,很自然,但他们自己和别人都不认为新诗。——俞先生在《欢愁底歌》(《冬夜》)那首新诗里却有两段在尝试小调(俗曲)的音节;不过也只是兴到偶一为之,并没有尝试第二次。

"九一八"前后,一度有所谓大众语运动;这运动的一个支流便是诗的歌谣化。那时有些人尝试着将所谓农民大众的意识装进山歌的形式里——工人的意识似乎就装不进去。这个新的歌谣或新诗只出现在书刊上,并不能下乡,达到农民的耳朵里,对于刊物的读者也没有能够引起兴味,因此没有甚么影响就过去了。大众语运动虽然热闹一时,不久也就消沉了下去。主要的原因大概可以说是不切实际罢。接着是通俗读物编刊运动，大规模的旧瓶装新酒，将爱国的意念装进各种民间文艺的形式里。这里面有俗曲，如大鼓调，但没有山歌和童谣，大约因为这两体短小的缘故。这运动的目标只在"通俗读物"，只在宣传，不在文艺，倒收到相当的效果，发生相当的影响。

抗战以来，大家注意文艺的宣传，努力文艺的通俗化。尝试各种民间文艺的形式的多起来了。民间形式渐渐变为"民族形式"。于是乎有长时期的"民族形式的讨论"。讨论的结果，大家觉得民族形式自然可以利用，但欧化也是不可避免的。就利用民族形式或文艺的通俗化而论，也有两种意见。一是整个文艺的通俗化，一面普及，一面提高；一是创作通俗文艺，只为了普及，提高却还是一般文艺（非通俗文艺）的责任。不管理论如何，事实似乎是走着第二条路。这时期民族形式的利用里，山歌和童谣两体还是没有用上。诗正向长篇和叙事体发展，自然用不到这些。大鼓调用得却不少，老舍先生的《剑北篇》就是好例子。柯仲平先生的《平汉铁路工人破坏大队的产生》参用唱本（就是俗曲）的形式写成那么长的诗（并没有完），也引起一般的注意。这种爱国的诗也可算作"民族的诗"。但卫太尔那时所谓"民族的诗"似乎只指表现一般民众的生活的诗，他不会想到现在的发展。再说他那本《北京歌唱》里收的全是儿歌或童谣，他所谓"真诗"和"民族的诗"都只"根据在这些歌谣之上"，跟现在主张和实行利用民族形式的人也大不相同的。

从新诗的发展来看，新诗本身接受的歌谣的影响很少。所谓歌谣，照我现在的意见，主要的可分为童歌（就是儿歌），山歌，俗曲（唱本）三类。新诗只在抗战后才开始接受一些俗曲的影响，如上文指出的——

"九一八"前后歌谣化的新诗,尝试的既不多,作品也有限(已故的蒲风先生颇在这方面努力,但成绩也不显著),可以不论。不过白话诗的通俗化却很早就开始。有一种"夸阳历"的新大鼓,记得民国十四年左右已经出现。更值得重提的是十七年《大公报》上的几首《民间写真》,作者是蜂子先生,已经死了十多年。现在抄一首《赵老伯出口》在这里:

赵老伯一辈子不懂什么叫作愁,
他老是微笑着把汗往下流。
　　他又有一个有趣惹人笑的脸,
　　鼻子翘起象只小母牛。

他的老婆死了很久很久,
儿子闺女都没有,
　　三亩园子两间屋,
　　还有一只大黄狗。

赵老伯近年太衰老,
自己的园地种不了。
　　从前种菜又种瓜,
　　现在长满了狗尾巴草。

夏天没得吃,冬天又没得穿,

三亩园子典了三十千。
　　　今年到期赎不出,
　　　李五爷催他赶快搬。

赵老伯这几天脸上没有了笑,
提起了搬家把泪掉:
　　"那里有啥家可搬?
　　"提上棍子去把饭来要!"

"这园子我种过四十年,
"才卖了这么几个钱!
　　"又舍不开东邻共西舍,
　　"逼我搬家真可怜!"

"从未走路先晃荡,
"说不定早晨和晚上,
　　"我死也要死在李家桥,
　　"天哪!我不能劳苦一生作了外丧!"
　　"快滚!快滚!快快滚!"
李五爷的管家发了狠。
　　"秃三爷的利害你该知道!
　　摸摸你吃饭的家伙稳不稳?"

赵老伯有个好人缘儿,
小孩子都喜欢同他玩儿。
因为李五爷赶他走,
大家只能把长气吸一口。

一瘸一拐奔了古北口,
山上山下几行衰柳。
晨曦里我远望见他同他的老伙伴,
赵老伯同着他的大黄狗。

(《大公报》,十七年十一月二十一日)

这够"自然流利"的,按卫太尔和胡先生的标准,该可以算是"真诗"。其中四个"把"字句和一些七字句大概是唱本的影响,但全篇还是一般白话的成分多。本篇描写农民的生活具体而贴切;虽然无所谓农民大众的意识,却不愧"民间写真"的名目。作为通俗的白话诗,这是出色当行之作;但按诗的一般标准说,似乎还欠经济些——原作者自己似乎也没有认为一般的新诗。

所谓"自然流利"的"真诗",如上文所论,是以童谣为根据的。童谣就是儿歌,并不限于儿童生活,歌咏成人生活的也尽有。"童谣"是历史上传下来的名字,似乎比儿歌能够表现这种歌谣的社会性些——我并不看重童谣的占验作用,而看重它的讽世作用。童谣是"诵"的,也可以算是"读"的。它全用口语，所谓"自然流利"；有时候压韵，也极自然，念下去还是流利的。但是童谣跟别种民间文艺一样，俳谐气太重而缺乏认真的严肃的态度；夸张和不切实更是它的本色。这是童谣的"自然"。"流利"的语调儿见出伶俐，但太轻快了便不免有点儿滑，沉不住气。这也许可以说是不认真的"真诗"罢？再说童谣复沓多，只能表现单纯和简单的情感，也跟一般的诗不同。新诗不取法于童谣，大概为了这些。

山歌是竹枝词一脉，中唐李益有诗道，"无奈孤舟夕，山歌闻竹枝"，可见，对山歌也该是的；刘禹锡《竹枝词》引中有"以曲多为贤"的话，似乎就指的相对竞歌，竹枝词原可以合乐，且有舞容；现在的山歌调也可以合乐，舞容却似乎没有。但现在的山歌以徒歌为主。竹枝词从刘禹锡依调创作以后，成为诗的一体；不过是特殊的一体，专咏风土，不避俗，跟一般的七绝诗总有些分别。后来搜集山歌的人称山歌为"风"，如李调元的《粤风》；"风"的名字虽然本于《国风》，其实只是"歌谣"的意思。这与一般的诗还是不能相提并论。现在的山歌以歌咏私情（恋爱）为主，最长于创造譬喻。在创造譬喻这一点上，是值得新诗取法的。山歌也尽量用白话，虽不象童谣的"自然"，比一般的诗却"自然"得多。可是因此也不免俳谐，洒脱，不认真。山歌是唱的，虽然空口唱，也有一定的调子，似乎说不上"流利"与否。又因为是唱的，声就比义重；在不唱而吟诵的时候，山歌的音调也还跟七绝诗一样。新诗是"读"的或"说"的，不是唱的，它又要从旧诗词曲的固定的形式解放，又认真，所以也没有取法于山歌。

俗曲的种类很多，往往因地而异？各有各的来历，这里无须详论。俗曲大多数印成唱本，普通就称为唱本。许多的小调和大鼓调都有唱本。唱本以七字句或十字句为基调；有些可以合乐，但长篇只为吟诵而作。唱本篇幅长，要句调整齐，得多参用文言，便不能很"自然"。它的"自然"还赶不上山歌，但比一般的诗总近于口语些就是了。它也无所谓"流利"与否。童谣的俳谐气、夸张和不切合的情形，唱本都有；它的不切合特别表现在套语里，如佳人、牙床等。加上白话文言的驳杂，叙述描写的繁琐，完美的作品极少。唱本多半是叙事歌，不象童谣和山歌以抒情为主。新诗原只向抒情方面发展，无须叙事的体裁，唱本又有许多和新诗不合的地方，新诗不取法于它是无足怪的。现在的诗一方面向叙事体发展，于是乎柯仲平先生斟酌唱本的形式，写成《平汉铁路工人破坏大队的产生》。那是准备朗读的，不是准备吟诵的；倒没有唱本的种种不合的地方，只是繁琐得可以，繁琐就埋没了精彩。

但是新诗不取法于歌谣，最主要的原因还是外国的影响；别的原因都只在这一个影响之下发生作用。外国的影响使我国文学向一条新路发展，诗也不能够是例外。按诗的发展的旧路，各体都出于歌谣，四言出于《国风》、《小雅》，五七言出于乐府诗。《国风》、《小雅》跟乐府诗在民间流行的时候，似乎有的合乐，有的徒歌。——词曲也出于民间，原来却都是乐歌。这些经过文人的由仿作而创作，渐渐的脱离民间脱离音乐而独立。这中间词曲的节奏不根据于自然匀称和均齐，而靠着乐调的组织，独立较难。词脱离了民间，脱离了音乐，脱离了俳谐气，但只挣得半独立的"诗余"地位。清代常州词派想提高它的地位，努力使它进一步的诗化,严肃化,可是目的并未达成。曲脱离了民间,没有脱离了音乐;剧曲的发展成功很大,散曲却还一向带着俳谐气,所以只得到"词余"的地位。新文学运动以来,这两体都升了格算是诗了;那是按外国诗的意念说的,也是外国的影响。

照诗的发展的旧路,新诗该出于歌谣。山歌七言四句,变化太少;新诗的形式也许该出于童谣和唱本。象《赵老伯出口》倒可以算是照旧路发展出来新诗的雏形。但我们的新诗早就超过这种雏形了。这就因为我们接受了外国的影响,"迎头赶上"的缘故。这是欧化,但不如说是现代化。"民族形式讨论"的结论不错,现代化是不可避免的。现代化是新路,比旧路短得多;要"迎头赶上"人家,非走这条新路不可。可是话说回来,新诗虽然不必取法于歌谣,却也不妨取法于歌谣,山歌长于譬喻,并且巧于复沓,都可学。童谣虽然不必尊为"真诗",但那"自然流利",有些诗也可斟酌的学;新诗虽说认真,却也不妨有不认真的时候。历来的新诗似乎太严肃了,不免单调些。卞之琳先生说得好:

可是松了,
不妨拉树枝摆摆。

(《慰劳信集》五)

我们现在不妨来点儿轻快的幽默的诗。只有唱本,除了一些句法外,值得学的很少。现在叙事诗虽然发展,唱本却不足以供模范。现在的叙事诗已经不是英雄与美人的史诗,散文的成分相当多;唱本的结构往往松散,若去学它,会增加叙事诗的散文化的程度,使读者觉得过分。我们主张新诗不妨取法歌谣,为的使它多带我们本土的色彩;这似乎也可以说是利用民族形式,也可以说是在创作"一种新的'民族的诗'"。

(三十二年)

朗读与诗

诗与文都出于口语;而且无论如何复杂,原都本于口语,所以都是一种语言。语言不能离开声调,诗文是为了读而存在的,有朗读,有默读;所谓"看书"其实就是默读,和看画看风景并不一样。但诗跟文又不同。诗出于歌,歌特别注重节奏;徒歌如此,乐歌更如此。诗原是"乐语",古代诗和乐是分不开的,那时诗的生命在唱。不过诗究竟是语言,它不仅存在在唱里,还存在在读里。唱得延长语音,有时更不免变化语音;为了帮助听者的了解,读有时是必需的。有了文字记录以后,读便更普遍了。《国语·楚语》记申叔时告诉士亹怎样做太子的师傅，曾说"教之诗……以耀明其志"。教诗明志，想来是要读的。《左传》记载言语，引诗的很多，自然也是读，不是唱。读以外还有所谓"诵"。《墨子》里记着儒家公孟子"诵《诗三百》"的话。《左传》襄公十四年记卫献公叫师曹"歌"《巧言》诗的末章给孙文子的使者孙蒯听。那时文子在国境上，献公叫"歌"这章诗，是骂他的，师曹和献公有私怨，想激怒孙蒯，怕"歌"了他听不清楚，便"诵"了一通。这"诵"是有节奏的。诵和读都比"歌"容易了解些。

《周礼》大司乐"以乐语教国子：兴、道、讽、诵、言、语"。郑玄注："以声节之曰诵。"诵是有腔调的；这腔调是"乐语"的腔调，该是从歌脱化而出。《汉书·艺文志》引《传》曰，"不歌而诵谓之赋"。而"赋者，古诗之流也"。（班固《两都赋》序）这"诵"就是师曹诵《巧言》诗的"诵"和公孟子说的"诵《诗三百》"的"诵"，都是"乐语"的腔调。这跟言语引诗是不同的。言语引诗，随说随引，固然不会是唱，也不会是"诵"，只是读，只是朗读——本文所谓读，兼指朗读、默读而言，朗读该是口语的腔调。现在儿童的读书腔，也许近乎古代的"诵"；而宣读文告的腔调，本于口语，却是朗读，不是"诵"。战国以来，《诗三百》和乐分了家，于是乎不能歌，不能诵，只能朗读和默读；四言诗于是乎只是存在着，不再是生活着。到了汉代，新的音乐又带来了新的诗，乐府诗，汉末便成立了五言诗的体制。这以后诗又和乐分家。五言诗四言诗不一样，分家后却还发展着，生活着。它不但能生活在唱里，并且能生活在读里。诗从此独立了；这是一个大变化。

四言变为五言，固然是跟着音乐发展，这也是语言本身在进展。因为语言本身也在进展，所以诗终于可以脱离音乐而独立，而只生活在读里。但是四言为什么停止进展呢？我想也许四言太呆板了，变化太少了，唱的时候有音乐帮衬，还不大觉得出；只读而不唱，便渐渐觉出它的单调了。不过四言却宜入文，东汉到六朝，四言差不多成了文的基本句式；后来又发展了六言，便成了所谓"四六"的体制。文句本多变化，又可多用虚助词，四言入文，不但不板滞，倒觉得整齐些。这也是语言本身的一种进展。语言本身的进展，靠口说，也靠朗读，而在言文分离象中国秦代以来的情形之下，诗文的进展靠朗读更多——文尤其如此。五言诗脱离音乐独立以后，句子的组织越来越凝练，词语的表现也越来越细密，原因固然很多，朗读是主要的一个。"读"原是"抽绎义蕴"的意思。只有朗读才能玩索每一词每一语每一句的义蕴，同时吟味它们的节奏。默读只是"玩索义蕴"的工作做得好。唱歌只是"吟味节奏"的工作做得好——却往往让义蕴滑了过去。

六朝时佛经"转读"盛行，影响诗文的朗读很大。一面沈约等发现了四声，于是乎朗读转变为吟诵。到了唐代，四声又归纳为平仄，于是乎有律诗。这时候的文也越见铿锵入耳。这些多半是吟诵的作用。律诗和铿锵的骈文，我们可以称为谐调，也是语言本身的一种进展。就诗而论，这种进展是要使诗不经由音乐的途径，而成功另一种"乐语"，就是不唱而谐。目的是达到了，靠了吟诵这个外来的影响。但是这种进展究竟偏畸而不大自然，所以盛唐诸家所作，还是五七言古诗比五七言律诗多（据施子愉《唐代科举制度与五言的关系》文中附表统计，文见《东方杂志》四十卷八号）。并且这些人作律诗，一面还是因为考试规定用律诗的缘故。后来韩愈也少作律诗，他更主持古文运动，要废骈用散，都是在求自然。那时古文运动已经开了风气；律诗却因可以悦耳娱目，又是应试必需，逐渐昌盛。晚唐人有"吟安一个字，捻断数茎髭"，"二句三年得，一吟双泪流"等诗句，特别见得对五律用力之专。而这种气力全用在"吟"上。律诗自然也可朗读，但它的生命在"吟"，从杜甫起就有"新诗改罢自长吟"的话。到了宋代，古文替代了骈文，诗也跟着散文化。七古七律特别进展；七律有意用不谐平仄的句子，所谓"拗调"。这一切表示重读而不重吟，回向口语的腔调。后世说宋诗以意为主，正是着重读的表现。

这时候，新的音乐又带来了一种新的诗体——词。因为歌唱的缘故，重行严别四声。但在宋亡以后词又不能唱了，只生活在仅辨平仄的"吟"里。后来有时连平仄也多少可以通融了。这又是朗读的影响；词也脱离音乐而独立了。元代跟新音乐并起的新诗体又有曲，直到现在还能唱；四声之外，更辨阴阳。因为未到朗读阶段，"看"起来总还不够分量似的。曲以后的新诗体就是我们现代的"新诗"——白话诗。新诗不出于音乐，不起于民间，跟过去各种诗体全异。过去的诗体都发源于民间乐歌，这却是外来的影响。因为不是根生土长，所以不容易让一般人接受它。新文学运动已经二十六年，白话文一般人已经接受了，但是白话诗怀疑的还是很多。不过从语言本身和诗本体的进展来看，这也是自然的趋势。诗趋向脱离音乐独立，趋向变化而近自然，如上文所论。过去每一诗体都依附音乐而起，然后脱离音乐而存。新诗不依附音乐而已活了二十六年，正所谓自力更生。一面在这二十六年里屡次有人提倡新诗采取民歌（徒歌和乐歌）的形式，并有人实地试验，特别在抗战以后。但是效果绝不显著。这见得那种简单的音乐已经不能配合我们现代人复杂的情思。现代是个散文的时代，即使是诗，也得调整自己，多少倾向散文化。而这又正是宋以来诗的主要倾向——求自然。再说六朝时外来的影响可以改变向来的传统，终于形成了律诗，直活到民国初年，这回外来的影响还近乎自然些，又何可限量呢？新诗不要唱，不要吟；它的生命在朗读，它得生活在朗读里。我们该从这里努力，才可以加速它的进展。

过去的诗体都是在脱离音乐独立之后才有长足的进展。就是四言诗也如此，象嵇康的四言诗，岂不比《三百篇》复杂而细密得多？五七言古近体的进展，我们看来更是显著；"取材广而命意新"（曹学佺《宋诗钞》序中语）一句话扼要的指出这种进展的方向。词的分量加重，也在清代常州词派以后；曲没有脱离音乐，进展就慢得多。这就是说，诗到了朗读阶段才能有独立的自由的进展，但是新诗一产生就在朗读阶段里，为甚么现在落在白话文后面老远呢？一来诗的传统力量比文的传统大得多，特别在形式上。新诗起初得从破坏旧形式下手，直到民十四，新形式才渐渐建设起来，但一般人还是怀疑着。而当时诗的兴味也已赶不上散文的兴味浓厚。再说新诗既全然生活在朗读里，而诗又比文更重声调，若能有意的训练朗读，进展也可以快些；可是这种训练直到抗战以后才多起来。不过新诗由破坏形式而建设形式，现在已有相当成绩，正见出朗读的效用。

新诗的语言不是民间的语言，而是欧化的或现代化的语言。因此朗读起来不容易顺口顺耳。固然白话文也有同样情形，但是文的篇幅大，不顺的地方容易掩藏，诗的篇幅小，和谐的朗读更是困难。这种和谐的朗读本非二三十年可以达成。律诗的孕育经过二百多年；我们的新诗是由旧的人工走向新自然，和律诗方向相反，当然不需那么长的时期，但也只能移步换形，不能希望一蹴而几。有意的朗读训练该可以将期间缩短些，缩得怎样短，得看怎样努力。所谓顺口顺耳，就是现在一般人说的"上口"。"上口"的意义，严格的说，该是"口语里有了的"；现在白话诗文中有好些句式和词汇，特别是新诗中的隐喻，就是在受过中等教育的人的口语里，也还没有，所以便不容易上口。

但照一般的用法，"不上口"好象只是拗口或不顺口，这当然没有明确的分野，不过若以受过现代中等教育的人为标准，出入也许不至于太大。第一意义的"上口"太严格了，按这个意义，白话诗文能够上口的恐怕不多；最重要的，这样限制足以阻碍白话诗文的进展，同时足以阻碍口语的进展。白话诗文和口语该是交互影响着而进展的，所谓"国语的文学——文学的国语"。

第二意义的"上口"，该可用作朗读的标准。这所谓"上口"，就是使我们不致歪曲我们一般的语调。如何算"歪曲"，还待分析的具体的研究，但从这些年的经验里，我们也可以知道大略。例如长到二三十字的句，十余字的读，中间若无短的停顿，便不能上口；国语每十字间总要有个停顿才好。又如国语中常用被动句，现在固然不妨斟酌加一些，但不斟酌而滥用，便觉刺耳。口语和白话文里不常用的译名，不容易上口；诗里最好不用，至少也须不多用——外国文更应该如此。他称代词"它"和"它们"，国语里极少，也当细酌。文言夹在白话里，不容易和谐；除非白话里的确缺少那种表现,或者熟语新用,但总是避免的好。至于新诗里的隐喻常是创造的,上口自然不易。

可是这种隐喻的发展也是诗的生长的主要的成分,所谓"形象化"。

旧日各种诗体里也有这个,不过也许没有新诗里多;而且,那些比较凝定的诗体可以掩藏新创的隐喻,使它得到平衡。所以我们得靠朗读熟悉这种表现,读惯了就可以上口了。其实除了一些句式,所谓不能上口的生硬的语汇,经过相当时间的流转,也许入了口语,或由于朗读,也会上口;这种"不上口"并不是绝对的。——我们所谓朗读,和宣读文告的宣读是一类,要见出每一词语每一句子的分量。这跟说话不同;新诗能够"说"的很少。

现时的诗朗诵运动,似乎用的是第一意义的"上口"的标准,并且用的是一般民众的口语的标准。这固然不失为诗的一体,但要将诗一概朗诵化就很难。文化的进展使我们朗读不全靠耳朵,也兼靠眼睛。这增加了我们的能力。现在的白话诗有许多是读出来不能让人全听懂的,特别是诗。新的词汇、句式和隐喻,以及不熟练的朗读的技术,都可能是原因;但除了这些,还有些复杂精细的表现,原不是一听就能懂的。这种诗文也有它们存在的理由。这种特别是诗,也还需要朗读,但只是读给自己听,读给几个看着原诗的朋友听;这种朗读是为了研究节奏与表现,自然也为了欣赏,受用。谁都可以去朗读并欣赏这种诗,只是这种诗不宜于大庭广众。卞之琳先生的一些诗,冯至先生的一些十四行,就有这种情形。近来读到鸥外鸥先生的一首诗,似乎也可作例。这首诗题为《和平的础石》,写在香港,歌咏的是香港老总督的铜像。现在节钞如下:

金属了的总督
是否怀疑巍巍高耸在亚洲风云下的
休战纪念坊呢?
奠和平的础石于此地吗?
那样想着而不瞑目的总督,
日夕踞坐在花岗石上永久的支着腮,
腮与指之间
生上了铜绿的苔藓了——
....
手永远支住了腮的总督,
何时可把手放下来呢?
那只金属了的手。

诗行也许太参差些。但"金属了的总督"、"金属了的手"里的"金属"这个名词用作动词,便创出了新的词汇,可以注意。这二语跟第六七行原都是描述事实,但是全诗将那僵冷的铜像灌上活泼的情思,前二语便见得如何动不了,动不了手,第三语也便见得如何"永久的支着腮"在"怀疑"。这就都带上了隐喻的意味。这些都比较生硬而复杂,只可朗读给自己听;要是教一般人听,恐怕不容易听懂。不过为己的朗读和为人的朗读却该同时并进,诗才能有独立的圆满的进展。

(三十二年,三十三年)

诗的形式

二十多年来写新诗的和谈新诗的都放不下形式的问题，直到现在。新诗的提倡从破坏旧诗词的形式下手。胡适之先生提倡自由诗，主张"自然的音节"。但那时的新诗并不能完全脱离旧诗词的调子，还有些利用小调的音节的。完全用白话调的自然不少，诗行多长短不齐，有时长到二十几个字，又多不押韵。这就很近乎散文了。那时刘半农先生已经提议"增多诗体"，他主张创造与输入双管齐下。不过没有什么人注意。十二年陆志韦先生的《渡河》出版，他试验了许多外国诗体，有相当的成功；有一篇《我的诗的躯壳》，说明他试验的情形。他似乎很注意押韵，但还是觉得长短句最好。那时正在盛行"小诗"——自由诗的极端——他的试验也没有什么人注意。这里得特别提到郭沫若先生，他的诗多押韵，诗行也相当整齐。他的诗影响很大，但似乎只在那泛神论的意境上，而不在形式上。

"自然的音节"近于散文而没有标准——除了比散文句子短些，紧凑些。一般人，不但是反对新诗的人，似乎总愿意诗距离散文远些，有它自己的面目。十四年北平《晨报·诗刊》提倡的格律诗能够风行一时，便是为此。《诗刊》主张努力于"新形式与新音节的发现"（《诗刊》弁言），代表人是徐志摩、闻一多两位先生。徐先生试验各种外国诗体，他的才气足以驾驭这些形式，所以成绩斐然。而"无韵体"的运用更能达到自然的地步。这一体可以说已经成立在中国诗里。但新理论的建立得靠闻先生。他在《诗的格律》一文里主张诗要有"建筑的美"；这包括"节的匀称"、"句的均齐"。要达到这种匀称和均齐，便得讲究格式、音尺、平仄、韵脚等。如他的《死水》诗的两头行：

这是　一沟　绝望的　死水，
清风　吹不起　半点　漪沦。

两行都由三个"二音尺"和一个"三音尺"组成，而安排不同。这便是"句的均齐"的一例。他也试验种种外国诗体，成绩也很好。后来又翻译白朗宁夫人十四行诗几十首，发表在《新月》杂志上；他给这种形式以"商籁体"的新译名。他是第一个使人注意"商籁"的人。

闻、徐两位先生虽然似乎只是输入外国诗体和外国诗的格律说,可是同时在创造中国新诗体,指示中国诗的新道路。他们主张的格律不象旧诗词的格律这样呆板;他们主张"相体裁衣",多创格式。那时的诗便多向"匀称"、"均齐"一路走。但一般似乎只注重诗行的相等的字数而忽略了音尺等,驾驭文字的力量也还不足;因此引起"方块诗"甚至"豆腐干诗"等嘲笑的名字。一方面有些诗行还是太长。这当儿李金发先生等的象征诗兴起了。他们不注重形式而注重词的色彩与声音。他们要充分发挥词的暗示的力量;一面创造新鲜的隐喻,一面参用文言的虚字,使读者不致滑过一个词去。他们是在向精细的地方发展。这种作风表面上似乎回到自由诗,其实不然;可是规律运动却暂时象衰歇了似的。一般的印象好象诗只须"相体裁衣",讲格律是徒然。

但格律运动实在已经留下了不灭的影响。只看抗战以来的诗,一面虽然趋向散文化,一面却也注意"匀称"和"均齐",不过并不一定使各行的字数相等罢了。艾青和臧克家两位先生的诗都可作例;前者似乎多注意在"匀称"上,后者却兼注意在"均齐"上。而去年出版的卞之琳先生的《十年诗草》,更使我们知道这些年里诗的格律一直有人在试验着。从陆志韦先生起始,有志试验外国种种诗体的,徐、闻两先生外,还该提到梁宗岱先生,卞先生是第五个人。他试验过的诗体大概不比徐志摩先生少。而因为有前头的人做镜子,他更能融会那些诗体来写自己的诗。第六个人是冯至先生,他的《十四行集》也在去年出版;这集子可以说建立了中国十四行的基础,使得向来怀疑这诗体的人也相信它可以在中国诗里活下去。无韵体和十四行(或商籁)值得继续发展;别种外国诗体也将融化在中国诗里。这是摹仿,同时是创造,到了头都会变成我们自己的。

无论是试验外国诗体或创造"新格式与新音节",主要的是在求得适当的"匀称"和"均齐"。自由诗只能作为诗的一体而存在,不能代替"匀称"、"均齐"的诗体,也不能占到比后者更重要的地位。外国诗如此,中国诗不会是例外。这个为的是让诗和散文距离远些。原来诗和散文的分界,说到底并不显明;象牟雷(Murry)甚至于说这两者并没有根本的区别(见《风格问题》一书)。不过诗大概总写得比较强烈些;它比散文经济些,一方面却也比散文复沓多些。经济和复沓好象相反,其实相成。复沓是诗的节奏的主要的成分,诗歌起源时就如此,从现在的歌谣和《诗经》的《国风》都可看出。韵脚跟双声叠韵也都是复沓的表现。诗的特性似乎就在回环复沓,所谓兜圈子;说来说去,只说那一点儿。复沓不是为了要说得少,是为了要说得少而强烈些。诗随时代发展,外在的形式的复沓渐减,内在的意义的复沓渐增,于是乎讲求经济的表现——还是为了说得少而强烈些。但外在的和内在的复沓,比例尽管变化,却相依为用,相得益彰。要得到强烈的表现,复沓的形式是有力的帮手。就是写自由诗,诗行也得短些,紧凑些;而且不宜过分参差,跟散文相混。短些,紧凑些,总可以让内在的复沓多些。

新诗的初期重在旧形式的破坏,那些白话调都趋向于散文化。陆志韦先生虽然主张用韵,但还觉得长短句最好,也可见当时的风气。其实就中外的诗体(包括词曲)而论,长短句都不是主要的形式;就一般人的诗感而论,也是如此。现在新诗已经发展到一个程度,使我们感觉到

"匀称"和"均齐"还是诗的主要的条件；这些正是外在的复沓的形式。但所谓"匀称"和"均齐"并不要象旧诗——尤其是律诗——那样凝成定型。写诗只须注意形式上的几个原则，尽可"相体裁衣"，而且必须"相体裁衣"。

归纳各位作家试验的成果，所谓原则也还不外乎"段的匀称"和"行的均齐"两目。段的匀称并不一定要各段形式相同。尽可甲段和丙段相同，乙段和丁段相同；或甲乙丙段依次跟丁戊己段相同。但间隔三段的复沓（就是甲乙丙丁段依次跟戊己庚辛段相同）便似乎太远或太琐碎些。所谓相同，指的是各段的行数，各行的长短，和韵脚的位置等。行的均齐主要在音节（就是音尺）。中国语在文言里似乎以单音节和双音节为主，在白话里似乎以双音节和三音节为主。顾亭林说过，古诗句最长不过十个字；据卞之琳先生的经验，新诗每行也只该到十个字左右，每行最多五个音节。我读过不少新诗，也觉得这是诗行最适当的长度，再长就拗口了。这里得注重轻音字，如"我的"的"的"字，"鸟儿"的"儿"字等。这种字不妨作为半个音，可以调整音节和诗行；行里有轻音字，就不妨多一个两个字的。点号却多少有些相反的作用；行里有点号，不妨少一两个字。这样，各行就不会象刀切的一般齐了。各行音节的数目，当然并不必相同，但得匀称的安排着。一行至少似乎得有两个音节。韵脚的安排有种种式样，但不外连韵和间韵两大类，这里不能详论。此外句中韵（内韵），双声叠韵，阴声阳声，开齐合撮四呼等，如能注意，自然更多帮助。这些也不难分辨。一般人难分辨的是平仄声；但平仄声的分别在新诗里并不占什么地位。

新诗的白话，跟白话文的白话一样，并不全合于口语，而且多少趋向欧化或现代化。本来文字也不能全合于口语，不过现在的白话诗文跟口语的距离比一般文字跟口语的距离确是远些；因为我们的国语正在创造中。文字不全合于口语，可以使文字有独立的地位，自己的尊严。现在的白话诗文已经有了这种地位，这种尊严。象征诗的训练，使人不放松每一个词语，帮助增进了这种地位和尊严。但象征诗为要得到幽涩的调子，往往参用文言虚字，现在却似乎不必要了。当然用文言的虚字，还可以得到一些古色古香；写诗的人还可以这样做的。有些诗纯用口语，可以得着活泼亲切的效果；徐志摩先生的无韵体就能做到这地步。自由诗却并不见得更宜于口语。不过短小的自由诗不然。苏联玛耶可夫斯基的一些诗，就是这一类，从译文里也见出那精悍处。田间先生的《中国农村的故事》以至"诗传单"和"街头诗"也有这种意味。因为整个儿短小的诗形便于运用内在的复沓，比较容易成功经济的强烈的表现。

诗　韵

新诗开始的时候，以解放相号召，一般作者都不去理会那些旧形式。押韵不押韵自然也是自由的。不过押韵的并不少。到现在通盘看起来，似乎新诗押韵的并不比不押韵的少得很多。再说旧诗词曲的形式保存在新诗里的，除少数句调还见于初期新诗里以外，就没有别的，只有韵脚。这值得注意。新诗独独的接受了这一宗遗产，足见中国诗还在需要韵，而且可以说中国诗总在需要韵。原始的中国诗歌也许不押韵，但是自从押了韵以后，就不能完全甩开它似的。韵是有它的存在的理由的。

韵是一种复沓,可以帮助情感的强调和意义的集中。至于带音乐性,方便记忆,还是次要的作用。从前往往过分重视这种次要的作用,有时会让音乐淹没了意义,反觉得浮滑而不真切。即如中国读诗重读韵脚,有时也会模糊了全句;近体律绝声调铿锵,更容易如此。幸而一般总是隔句押韵,重读的韵脚不至于句句碰头。句句碰头的象"柏梁体"的七言古诗,逐句押韵,一韵到底,虽然是强调,却不免单调。所以这一体不为人所重。新诗不应该再重读韵脚,但习惯不容易改,相信许多人都还免不了这个毛病。我读老舍先生的《剑北篇》,就因为重读韵脚的原故,失去了许多意味;等听到他自己按着全句的意义朗读,只将韵脚自然的带过去,这才找补了那些意味。——不过这首诗每行押韵,一韵又有许多行,似乎也嫌密些。

有人觉得韵总不免有些浮滑,而且不自然。新诗不再为了悦耳;它重在意义,得采用说话的声调,不必押韵。这也言之成理。不过全是说话的声调也就全是说话,未必是诗。英国约翰·德林瓦特(John Drinkwater)曾在《论读诗》的一张留声机片中说全用说话调读诗,诗便跑了。是的,诗该采用说话的调子,但诗的自然究竟不是说话的自然,它得加减点儿,夸张点儿,象电影里特别镜头一般,它用的是提炼的说话的调子。既是提炼而得自然,押韵也就不至于妨碍这种自然。不过押韵的样式得多多变化,不可太密,不可太板,不可太响。

押韵不可太密,上文已举"柏梁体"为例。就是隔句押韵,有些人还恐怕单调,于是乎有转韵的办法;这用在古诗里,特别是七古里。五古转韵,因为句子短,隔韵近,转韵求变化,道理明白。但七古句子长,韵隔远,为甚么转韵的反而多呢?这有特别的理由。原来六朝到唐代七古多用谐调,平仄铿锵,带音乐性已经很多,转韵为的是怕音乐性过多。后来宋人作七古,多用散文化的句调,却怕音乐性过少,便常一韵到底,不换韵。所以韵的作用,归根结底,还是随着意义变的;我们就韵论韵,只是一种方便,得其大概罢了,并没有甚么铁律可言。词的句调比较近于说话,变化多,转韵也多。可是词又出于乐歌,带着很多的音乐性,所以一般的看,用韵比较密。它以转韵调剂密韵,显明的例子如《河传》。还有一种平仄通押(如贺铸《水歌调头》"南国本潇洒,六代竞豪奢"一首,见《东山寓声乐府》)也是转韵;变化虽然不及一般转韵的大,却能保存着那一韵到底的一贯的气势,是这一体的长处。曲的句调也近于说话,但以明快为主,并因乐调的配合,都是到底一韵。不过平仄通押是有的。

　　词的押韵的样式最多,它还有间韵。如温庭筠的《酒泉子》道:

楚女不归,
楼枕小河春水。
月孤明,风又起,
杏花稀。

玉钗斜篸云鬟髻,
裙上镂金凤。
八行书,千里梦,

雁南飞。

（据《词律》卷三）

这里间隔的错综的押着三个韵，很象新诗；而那"稀"和"凤"两韵，简直就是新诗的"章韵"。又如苏轼的《水调歌头》的前半阕道：

> 明月几时有？把酒问青天。
> 不知天上宫阙今夕是何年！
> 我欲乘风归去，
> 又恐琼楼玉宇
> 高处不胜寒。
> 起舞弄清影，何似在人间！

（据任二北先生《词学研究法》，与《词律》异）

这也是间隔着押两个韵。这些都是转韵，不过是新样式罢了。

诗里早有人试过间韵。晚唐章碣有所谓"变体"律诗，平仄各一韵，就是这个：

> 东南路尽吴江畔，
> 正是穷愁暮雨天。
> 鸥鹭不嫌斜两岸，
> 波涛欺得逆风船。

偶逢岛寺停帆看,

深羡渔翁下钓眠。

今古若论英达算,

鸱夷高兴固无边。

(《全唐诗》四函一册)

章碣"变体"只存这一首,也不见别人仿作,可见并未发生影响。他的试验是失败了。失败的原因,我想是在太板太密。新诗里常押这种间韵,但是诗行节奏的变化多,行又长,就没有甚么毛病了。间韵还可以跨句。如上举《酒泉子》的"起"韵,《水调》的"宇"韵,都不在意义停顿的地方,得跟下面那个不同韵的韵句合成一个意义单位。这是减轻韵脚的重量,增加意义的重量,可以称为跨句韵。这个样式也从诗里来,鲍照是创始的人。如他的《梅花落》诗道:

中庭杂树多,偏为梅咨嗟。问君何独然?念其霜中能作花,霜中能作实。摇荡春风媚春日,念尔零落逐寒风,徒有霜华无霜质!

"实"韵正是跨句韵;但这首诗只是转韵,不是间韵。现在新诗里用间韵很多,用这种跨句韵也不少。

任二北先生在《词学研究法》里论"谐于吟讽之律",以为押韵"连者密者为谐"。他以为《酒泉子》那样押韵嫌"隔"而不连,《西平乐》后半阕"十六句只三叶韵",嫌"疏"而不密。他说这些"于歌唱之时,容或成为别调,若于吟讽之间,则皆无取焉"。他虽只论词,但喜欢连韵和密韵,却代表着传统的一般的意见。我们一向以高响的说话和歌唱为"好听"(见王了一先生《什么话好听》一文,《国文月刊》),所以才有这个意见。但是现在的生活和外国的影响磨锐了我们的感觉;我们尤其知道诗重在意义,不只为了悦耳。那首《酒泉子》的韵倒显得新鲜而不平凡,那《西平乐》一调的疏韵也别有一种"谐"处。《词律拾遗》卷六收吴文英的《西平乐》一首,后半阕十六句中有十三个四字短句。这种句式的整齐复沓也是一种"谐",可以减少韵的负担。所以"十六句三叶韵"并不为少。

这种疏韵除利用句式的整齐复沓外,还可与句中韵(内韵)和双声叠韵等合作,得到新鲜的和谐。疏韵和间韵都有点儿"哑",但在哑的严肃里,意义显出了重量。新诗逐行押韵的比较少,大概总是隔行押韵或押间韵。新诗行长,这就见得韵隔远,押韵疏了。间韵能够互相调谐,从十四行体的流行可知;隔行押韵,也许加点儿花样更和谐些。新诗这样减轻了韵脚的分量,只是我们有时还不免重读韵脚的老脾气。这得靠朗读运动来矫正。新诗对于韵的态度,是现代生活和外国诗的影响,前已提及。但这新种子,如本篇所叙,也曾在我们的泥土里滋长过,只不算欣欣向荣罢了。所以这究竟也是自然的发展。

作旧诗词曲讲究选韵。这就是按着意义选押合宜的韵——指韵部,不指韵脚。周济《宋四家词选》叙论中说到各韵部的音色,就是为的选韵。他道:

"东""真"韵宽平,"支""先"韵细腻,"鱼""歌"韵缠绵,"萧""尤"韵感慨,各具声响,莫草草乱用。

这只是大概的说法,有时很得用,但不可拘执不化。因为组成意义的分子很多,韵只居其一,不可给予太多的分量。韵部的音色固然可以帮助意义的表现,韵部的通押也有这种作用,而后者还容易运用些。作新诗不宜全押本韵,全押本韵嫌太谐太响。参用通押,可以哑些,所谓"不谐之谐"(现代音乐里也参用不谐的乐句,正同一理);而且通押时供选择的韵字也增多。不过现在的新诗作者,押韵并不查诗韵,只以自己的蓝青官话为据,又常平仄通押,倒是不谐而谐的多。不过"谐韵"也用得着。这里得提到教育部制定的《中华新韵》。这是一部标准的国音韵书,里面注明通韵;要谐,押本韵,要不谐,押通韵。有本韵书查查,比自己想韵方便得多。作方言诗自然可用方音押韵,也很新鲜别致的。新诗又常用"多字韵"或带轻音字的韵,有一种轻快利落的意味;这也在减少韵脚的重量。胡适之先生的"了字韵"创始于新诗的"多字韵",但他似乎用得太多。

现在举卞之琳先生《傍晚》这首短诗,显示一些不平常的押韵的样式。

倚着西山的夕阳

和呆立着的庙墙

对望着:想要说什么呢?

又怎么不说呢?
驮着老汉的瘦驴
匆忙的赶回家去,
忒忒的,足蹄鼓着道儿——
枯涩的调儿!

半空里哇的一声
一只乌鸦从树顶
飞起来,可是没有话了,
依旧息下了。

按《中华新韵》,这首诗用的全是本韵。但"驴"与"去","声"与"顶"是平仄通押;"阳"、"墙"、"驴"、"顶"都是跨句韵,"么呢"、"说呢","道儿"、"调儿","话了"、"下了",都是"多字韵"。而"去"与"下"是轻音字,和非轻音字相押,为的顺应全诗的说话调。轻音字通常只作"多字韵"的韵尾,不宜与非轻音字押韵;但在要求轻快流利的说话的效用时,也不妨有例外。

诗多义举例

了解诗不是件容易事,俞平伯先生在《诗的神秘》①一文中说得很透彻的。他所举的"声音训诂"、"大义微言"、"名物典章",果然都是难关;我们现在还想加上一项,就是"平仄黏应",这在近体诗很重要而懂得的人似乎越来越少了。不过这些难关,全由于我们知识不足;大家努力的结果,知识在渐渐增多,难关也可渐渐减少——不过有些是永远不能渡过的,我们也知道。所谓努力,只是

---

① 《杂拌儿之二》。

多读书,多思想。

就一首首的诗说,我们得多吟诵,细分析;有人想,一分析,诗便没有了,其实不然。单说一首诗"好",是不够的,人家要问怎么个好法,便非先做分析的工夫不成,譬如《关雎》诗罢,你可以引《毛传》,说以雎鸠的"挚而有别"来比后妃之德,道理好。毛公原只是"章句之学",并不想到好不好上去,可是他的方法是分析的,不管他的分析的结果切合原诗与否。又如金圣叹评杜甫《阁夜》诗①说前四句写"夜",后四句写"阁","悲在夜","愤在阁",不管说的怎么破碎,他的方法也是分析的。从毛公《诗传》出来的诗论,可称为比兴派;金圣叹式的诗论,起源于南宋时,可称为评点派。现在看,这两派似乎都将诗分析得没有了,然而一向他们很有势力,很能起信,比兴派尤然;就因为说得出个所以然,就因为分析的方法少不了。

语言作用有思想的、感情的两方面:如说"他病了",直叙事实,别无涵义,照字面解就够,所谓"声音训诂",属于前者。但如说"他病得九死一生","九死一生"便不能照字直解,只是"病得很重"的意思,却带着强力的情感,所谓"大义微言",属于后者②。诗这一种特殊的语言,感情的作用多过思想的作用。单说思想的作用(或称文义)吧,诗体简短,拐弯儿说话,破句子,有的是,也就够捉摸的;加上情感的作用,比喻,典故,变幻不穷,更是绕手。

还只有凭自己知识力量,从分析下手。可不要死心眼儿,想着每字

---

① 《唱经堂诗解》。
② 参看李安宅编《意义学》中论"意义之意义"一节。

每句每篇只有一个正解；固然有许多诗是如此，但是有些却并不如此。不但诗，平常说话里双关的也尽有。我想起个有趣的例子。前年燕京大学抗日会在北平开过一爿金利书庄，是顾颉刚先生起的字号。他告诉我"金利"有四个意思：第一、不用说是财旺；第二、金属西，中国在日本西，是说中国利；第三、用《易经》"二人同心，其利断金"的话；第四、用《左传》"磨厉以须"的话，都指对付日本说。又譬如我本名"自华"，家里给我起个号叫"实秋"，一面是"春华秋实"的意思，一面也因算命的说我五行缺火，所以取个半边"火"的"秋"字。这都是多义。

　　回到诗，且先举个小例子。宋黄彻《䂬溪诗话》里论"作诗有用事（典故）出处，有造语（句法）出处"，如杜甫《秋兴》诗之三"五陵衣马自轻肥"，虽出《论语》，总合其语，乃范云①"裘马悉轻肥"。《论语·雍也》篇"乘肥马，衣轻裘"，指公西赤的"富"而言；范云句见于《赠张徐州谡》诗，却指的张徐州的贵盛，与原义小异。杜甫似乎不但受他句法影响；他这首诗上句云，"同学少年多不贱"，原来他用"衣马轻肥"也是形容贵盛的。改"裘"、"马"为"衣"、"马"，却是他有意求变化。至于这两句诗的用意，看来是以同学少年的得意反衬出自己的迂拙来。仇兆鳌《杜诗详注》说，"曰'自轻肥'，见非已所关心"②。多义中有时原可分主从，仇兆鳌这一解照上下文看，该算是从意。至于前例，主意自然是"财旺"，因为谁见了那个字号，第一想到的总该是"财旺"。

---

　　① 原作"潘岳"，误。
　　② 钱谦益《笺注》："旋观'同学少年'、'五陵衣马'，亦'渔人'、'燕子'（均见原诗）之俦侣耳，故以'自轻肥'薄之。"

多义也并非有义必收：搜寻不妨广，取舍却须严；不然，就容易犯我们历来解诗诸家"断章取义"的毛病。断章取义是不顾上下文，不顾全篇，只就一章、一句甚至一字推想开去，往往支离破碎，不可究诘。我们广求多义，却全以"切合"为准；必须亲切，必须贯通上下文或全篇的才算数。从前笺注家引书以初见为主，但也有一个典故引几种出处以资广证的。不过他们只举其事，不述其义；而所举既多简略，又未必切合，所以用处不大。去年暑假，读英国 Empson 的《多义七式》(*Seven Types of Ambiguity*)，觉着他的分析法很好，可以试用于中国旧诗。现在先选四首脍炙人口的诗作例子；至于分别程式，还得等待高明的人。

一 古诗一首

行行重行行，与君生别离。相去万余里，各在天一涯。道路阻且长，会面安可知。胡马依北风，越鸟巢南枝。相去日已远，衣带日已缓。浮云蔽白日，游子不顾反。思君令人老？岁月忽已晚。弃捐勿复道，努力加餐饭。

胡马依北风，越鸟巢南枝。

一、《文选》李善注引《韩诗外传》曰："诗曰'代马依北风，飞鸟栖故巢'，皆不忘本之谓也。"

二、徐中舒《古诗十九首考》[①]："《盐铁论·未通》篇：'故代

---

① 《国立中山大学语言历史研究所周刊》六十五期。

马依北风,飞鸟翔故巢,莫不哀其生。'"

三、又:"《吴越春秋》:'胡马依北风而立,越燕望海日而熙,同类相亲之意也。'"

四、张庚《古诗十九首解》:"一以紧承上'各在天一涯',言北者自北,南者自南,永无相见之期。"

五、又:"二以依北者北,巢南者南,凡物各有所托,遥伏下思君云云,见己之身心,惟君子是托也。"

六、又:"三以依北者不思南,巢南者不思北,凡物皆恋故土,见游子当返,以起下'相去日已远'云云。"

照近年来的讨论,《古诗十九首》作于汉末之说比较可信些,那么便在《吴越春秋》之后了。前三义都可采取。比喻的好处就在弹性大;像这种典故,因经过多人引用,每人略加变化,更是涵义多。——但这个典故的涵义,当时已然饱和,所以后人用时得大大改样子:像陶渊明《归园田居》里的"羁鸟恋旧林,池鱼思故渊",以"返自然"的意思为主,面目就不同。陶以后大概很少人用这种句法了。——本诗中用这个典故,也有点新变化,便是属对工整。(六)的"恋故土",原也是"不忘本"的一种表现。但下文所说,确定本诗是居者之辞,这一层以后还须讨论。(四)、(五)以胡马越鸟表分居南北之意。但照(一)、(二)、(三)看,这两件事原以比喻一个理;所以要用两件事,为的是分量重些,骈语的气势也好些,诸子中便常有这种句法。(四)、(五)两说,违背古来语例,不足取。

相去日已远，衣带日已缓。

一、《古乐府歌诗》①："……胡地多飚风，树木何修修。离家日趋远，衣带日趋缓。心思不能言，肠中车轮转。"

二、张《解》："'相去日已远'以下言久也。……'远'字若作'远近'之'远'，与上文'相去万余里'复矣。惟相去久，故思亦久，以致衣带缓。带缓伏下'加餐'。"

《古乐府歌诗》不知在本诗前后；若在前，"离家"二句也许是"相去"二句所从出。那么从"胡地"句一直看下去，本诗是行者之辞了。但因下文"思君令人老"二句，又觉得不必然，详后。"相去"句若从"离家"句出来，"远"字自然该指"远近"；可是张解也颇切合，"远"字也许是双关，与下文"岁月忽已晚"句呼应。不过主意还该是"远近"罢了。至于与"相去万余里"重复，却毫不足为病。复沓原是古诗技巧之一；而此处更端另起，在文义和句法上复沓一下，也可以与上文扣得紧些。"带缓伏下'加餐'"，容后再论。

浮云蔽白日，游子不顾反。

一、《文选》李善注："浮云之蔽白日，以喻邪佞之毁忠良，故游子之行，不顾反也。《古杨柳行》曰：'谗邪害公正，浮云蔽白

---

① 《太平御览》卷二十五。

日。'义与此同也。"

二、刘履《选诗补注》:"游子所以不复顾念还返者,第以阴邪之臣上蔽于君,使贤路不通,犹浮云之蔽白日也。"

三、朱筍河《古诗十九首说》(徐昆笔述):"浮云二句,忠厚之极。'不顾返'者,本是游子薄幸,不肯直言,却托诸浮云蔽日。言我思子而不思归,定有谗人间之,不然,胡不返耶?"

四、张《解》:"此臣不得于君而寓言于远别离也。……白日比游子,浮云比谗间之人。……见游子之心本如白日,其不思返者,为谗人间之耳。"

四说都以"浮云蔽日"为比喻,所据的是《古杨柳行》,今已佚。而(一)、(二)以本诗为行者(逐臣)之辞,(三)、(四)却以为居者(弃妻)之辞。浮云蔽日是比而不是赋,大约可以相信。与古诗时代相去不久的阮籍《咏怀》诗中有云:"单帷蔽皎日,高榭隔微声。谗邪使交疏,浮云令昼暝。"徐中舒先生《古诗考》里说也是用的《古杨柳行》的意思,可见《古杨柳行》不是一首生僻的乐府,本诗引用其语,是可能的。固然,我们还没有确证,说这首乐府的时代比本诗早;不过就句意说,乐府显而本诗晦。自然以晦出于显为合理些。解为逐臣之辞,在本诗也可贯通;但古诗别首似乎就没有用"比兴"的,因此此解还不一定切合。——《涉江采芙蓉》一首全用《楚辞》①,也许有点逐臣的意思,但

---

① 此俞平伯先生说。

那是有意骩括，又当别论。解为弃妻之辞，因"思君令人老"一句的关系，可得《冉冉孤生竹》一首作旁证，又"游子"句与《青青河畔草》的"荡子行不归"相仿佛，也可参考，似乎理长些。那么，"浮云蔽日"所比喻的，也将因全诗解法不同而异。

思君令人老，岁月忽已晚。

一、《古诗》之八《冉冉孤生竹》有云："思君令人老，轩车来何迟。……君亮执高节，贱妾亦何为。"张《解》："身固未尝老，思君致然，用《诗》所谓'维忧用老'也。"

二、朱《说》"'思君令人老'，又不止于衣带缓矣。'岁月忽已晚'，老期将至，可堪多少别离耶！"

三、张《解》："思君二句承衣带缓来；己之憔悴，有似于老，而实非衰残，只因思君使然。然屈指从前岁月，亦不可不云晚矣。"

《冉冉孤生竹》明是弃妇之辞，其中"思君令人老"一句，可以与本诗参证。"维忧用老"是《小雅·小弁》诗语。《小弁》诗的意思还不能确说，朱熹以为是周幽王太子宜臼被逐而作；那么与本诗"逐臣"一解，便有关联之处。但《冉冉孤生竹》里"思君"一句，虽用此语（直接或间接），却只是断章取义；本诗用它或许也是这样。想以此证本诗为逐臣之辞，是不够的。"岁月晚"，（二）、（三）都解为久，与上文"相去日已远"、"思君令人老"呼应，原也切合；但主意怕还近于《东城高且长》中"岁暮一何速"一句。杜甫《送远》诗有"草木岁月晚"语，仇兆鳌注正引本诗,可供旁参。

弃捐勿复道,努力加餐饭。

一、朱《说》:"日月易迈,而甘心别离,是君之弃捐我也。'勿复道'是决词,是狠语,……下却转一语曰:'努力加餐饭',恩爱之至,有加无已,真得《三百篇》遗意。"

二、张《解》:"弃捐二句……言相思无益,徒令人老,曷若弃捐勿道,且'努力加餐',庶几留得颜色,以冀他日会面也。"

俞平伯先生以陆士衡拟作中"去去遗情累",及他诗中类似的句子证明弃捐句当从张解。这是主动、被动的分别,是个文法习惯问题。至于"努力加餐饭",张以为就是那衣带缓的弃妇(张以为比喻逐臣),却不是的。蔡邕(?)《饮马长城窟行》末云:"长跪读素书,书中竟何如?上有'加餐食',下有'长相忆'。"可见"加餐食"是勉人的话——直到现在,我们写信偶然还用。《史记·外戚世家》:"〔卫〕子夫上车,平阳主拊其背曰:'行矣,强饭,勉之;即贵毋相忘。'""强饭"与"加餐食"同意。——解作自叙,是不切合的。

二 陶渊明饮酒一首

结庐在人境,而无车马喧。问君何能尔,心远地自偏。采菊东篱下,悠然见南山。山气日夕佳,飞鸟相与还。此中有真意,欲辩已忘言。

结庐在人境，而无车马喧。问君何能尔，心远地自偏。

王康琚《反招隐》诗云："小隐隐陵薮，大隐隐朝市；伯夷窜首阳，老聃伏柱史。"渊明之隐，在此二者之外另成一新境界。但《庄子·让王》："中山公子中谓瞻子曰：'身在江海之上，心居乎魏阙之下，奈何！'"渊明或许反用其意，也未可知。后来谢灵运《斋中读书》诗云："昔余游京华，未尝废丘壑。矧乃归山川，心迹双寂寞。"迹寄京华，心存丘壑，反用《庄子》语意，可为旁证。但陶咏的是境因心远而不喧，与谢的迹喧心寂还相差一间。

采菊东篱下。

吴淇《选诗定论》说："采菊二句，俱偶尔之兴味。东篱有菊，偶尔采之，非必供下文佐饮之需。"这大概是古今之通解。渊明为什么爱菊呢？让他自己说："芳菊开林耀，青松冠岩列；怀此贞秀姿，卓为霜下杰。"（《和郭主簿》之二）我们看钟会的《菊赋》："故夫菊有五美焉：……冒霜吐颖，象劲直也。……"可见渊明是有所本的。但钟会还有"流中轻体，神仙食也"一句，菊花是可以吃的。渊明自己便吃，《饮酒》之七云："秋菊有佳色，裛露掇其英；泛此忘忧物，远我遗世情。"可见是一面赏玩，一面也便放在酒里喝下去。这也有来历，"泛流英于青（？）醴，似浮萍之随波"。见于潘尼《秋菊赋》。喝菊花酒也许还有一定的日子。渊明《九日闲居》诗序："秋菊盈园而持醪靡由，空服九华。"诗里也说："酒能祛百虑，菊解制颓龄。……尘爵耻虚罍，寒花徒自荣。"似乎只吃花而没喝酒，很是一桩缺憾。这个风俗也早有了。魏文帝《九日与钟繇书》里说："至于芳菊，纷然独荣。非夫含乾坤之纯和，体芬芳之淑气，孰能如此。故屈平悲冉冉之将老，思'餐秋菊之落英'。辅体延年，莫斯之贵。谨奉一束，以助彭祖之术。"再早的崔寔《四民月令·九月》也记着"九日可采菊花"的话。照这些情形看，本诗的"采菊"，也许就在九日，也许是"供佐饮之需"；这种看法，在今人眼里虽然有些杀风景，但是很可能的。九日喝菊花酒，在古人或许也是件雅事呢。

此中有真意，欲辩已忘言。

一、《文选》李善《注》："《楚辞》曰：'狐死必首丘，夫人孰能反其真情？'王逸《注》曰：'真，本心也。'"

二、又："《庄子》曰：'言者，所以在意也，得意而忘言。'"

三、古直《陶靖节诗笺》："《庄子·齐物论》：'辩也者，有不辩也。''大辩不言。'"

渊明《始作镇军参军经曲阿作》云："目倦川涂异，心念山泽居。望云惭高鸟，临水愧游鱼。真想初在襟，谁谓形迹拘。聊且凭化迁，终返班生庐。""真意"就是"真想"；而"真"固是"本心"，也是"自然"。《庄子·渔父》："礼者，世俗之所为也。真者，所以受于天也，自然不可易也。故圣人法天贵真，不拘于俗。愚者反此，不能法天而恤于人，不知贵真，禄禄而受变于俗，故不足。"渊明所谓"真"，当不外乎此。

三　杜甫秋兴一首

昆明池水汉时功，武帝旌旗在眼中。织女机丝虚夜月，石鲸鳞甲动秋风。波漂菰米沉云黑，露冷莲房坠粉红。关塞极天唯鸟道，江湖满地一渔翁。

《秋兴》

一、钱谦益《笺注》："殷仲文［《南州桓公九井作》］诗云：'独有清秋日，能使高兴尽。'"

二、又："潘岳《秋兴赋》序云：'于时秋也，遂以名篇。'"

三、仇兆鳌《注》："黄鹤、单复俱编在［代宗］大历元年……［时］在夔州。"

(一)、(二) 都只说明诗题的来历，杜所取的当只是"秋兴"的文义而已。

昆明池水汉时功，武帝旌旗在眼中。

一、钱《笺》："《西京杂记》：'昆明池中有戈船楼船各数百艘。楼船上建楼橹，戈船上建戈矛，四角悉垂幡旄，旍葆麾盖，照灼涯浃。余少时犹忆见之。'"

二、钱《笺》:"旧笺谓借汉武以喻玄宗,指[《兵车行》]'武皇开边'为证。玄宗虽兴兵南诏,未尝如武帝穿昆明以习战,安得有'旌旗在眼'之语?……今谓'昆明'一章紧承上章'秦中自古帝王州'一句而申言之。""汉朝形胜莫壮于昆明,故追隆古则特举'昆明',曰'汉时',曰'武帝',正克指'自古帝王'也。此章盖感叹遗迹,企想其妍丽,而自伤远不得见。"

三、仇《注》:"此云'旌旗在眼',是借汉言唐。若远谈汉事,岂可云'在眼中'乎?公《寄岳州贾司马》诗:'无复云台仗,虚修水战船。'则知明皇曾置船于此矣。"

玄宗既无修水战船之事,《寄岳州贾司马》诗"虚修"一语,只是"未修"之意。仇以此注本诗,却又以本诗注《寄贾司马》诗,明是丐词。《兵车行》"武皇开边"一语,上下文都咏时事,确是借喻,与本诗不同。钱义自长,但说本诗紧承上章,却未免太看重连章体了,中国诗连章体,除近人所作外,就没有真正意脉贯通的;解者往往以己意穿凿,与"断章取义"同为论诗之病。其实若只用"秦中"句做本诗注脚,倒是颇切合的。又仇论"在眼中"一语,也太死,不合实际情形。

织女机丝虚夜月,石鲸鳞甲动秋风。

一、钱《笺》:"《汉宫阙疏》:'昆明池有二石人牵牛织女象。'《西京杂记》:'昆明池刻玉石为鱼,每至雷雨,鱼常鸣吼,鳍尾皆动。'"

二、杨慎《升庵诗话》："隋任希古《昆明池应制诗》曰：'回眺牵牛渚，激赏镂鲸川。'便见太平宴乐气象。今一变云：'织女……秋风'，读之则荒烟野草之悲见于言外矣。"

三、钱《笺》："［杨］亦强作解事耳，叙昆明之胜者，莫如孟坚（《西都赋》）、平子（《西京赋》）。一则曰：'集乎豫章之馆，临乎昆明之池，左牵牛而右织女，若云汉之无涯。'一则曰：'豫章珍馆，揭焉中峙，牵牛立其左，织女处其右，日月于是乎出入，象扶桑与濛汜。'此用修（慎）所夸盛世之文也。余谓班、张以汉人叙汉事，铺陈名胜，故有云汉日月之言，公以唐人叙汉事，摩挲陈迹，故有机丝夜月之词，此立言之体也。何谓彼颂繁华而此伤丧乱乎。"

四、仇《注》："织女二句记池景之壮丽。"

"丧乱"指长安经安史之乱而言。钱说引了班、张赋语，杜的"摩挲陈迹"，才确实觉得有意义。但"夜月"、"秋风"等固然是实写秋意，确也令人有"荒烟野草之悲"。专取钱说，不顾杜甫作诗之时，未免有所失；不如以秋意为主，而以钱、杨二义从之。至于仇说的"壮丽"，却毫无本句及上下文的根据。

波漂菰米沉云黑，露冷莲房坠粉红。

一、钱《笺》："《西京赋》：'昆明灵沼，黑水玄阯。'［李］善曰：'水色黑，故曰玄阯也。'"

二、仇《注》："鲍照（《苦雨》）诗：'沉云日夕昏。'"

三、仇《注》："王褒（《送刘中书葬》）诗：'塞近边云黑。'"

四、钱《笺》："赵［次公］《注》曰：'言菰米之多，黯黯如云之黑也。'"

五、钱《笺》："昌黎《曲江荷花行》云：'问言何处芙蓉多，撑舟昆明渡云锦。'注云：'昆明池周回四十里，芙蓉之盛，如云锦也。'"

六、《升庵诗话》："《西京杂记》云：'太液池中有雕菰，紫箨绿节，凫雏雁子，唼喋其间。'《三辅黄图》云：'宫人泛舟采莲，为巴人棹歌'，便见人物游嬉，宫沼富贵。今一变云，'波漂……粉红'，读之则菰米不收而任其沉，莲房不采而任其坠，兵戈乱离之状具见矣。"

七、钱《笺》："菰米莲房，补班、张铺叙所未见。'沉云'、'坠粉'，描画索秋景物，居然金碧粉本。昆池水黑……菰米沉沉，象池水之玄黑，极言其繁殖也。用修言……不已倍乎！"

八、仇《注》："菰米莲房，逢秋零落，故以兴己之漂流衰谢耳。"

钱解上句，合李、赵为一，正是所谓多义，但赵义自是主；鲍、王诗也当参味。杨引《西京杂记》、《三辅黄图》语，全与昆明无涉，所说"一变"，自不足信。但"漂"、"沉"、"黑"、"露冷"、"坠粉红"等状，虽不见"兵戈乱离"，却也够荒凉寂寞的。这自然也是以写秋意为主，但与《哀江头》里的"细柳新蒲为谁绿",有仿佛的味道。仇说"菰米莲房,逢秋零落",诗中只说莲房零落,菰米却盛。他又说杜"以兴己之漂流衰谢",照上下文看,诗还只说到长安,隔着夔州还"关塞极天",如何能"兴"到他自己身上去!

关塞极天唯鸟道,江湖满地一渔翁。

一、《史记·货殖列传》:"范蠡……乃乘扁舟,浮于江湖。"

二、陶渊明《与殷晋安别》诗:"江湖多贱贫。"

三、仇《注》:"陈泽州注:'江'即'江间破浪'(见《秋兴》第一首),带言'湖'者,地势接近,将赴荆南也。'"

四、浦起龙《读杜心解》:"'江湖满地',犹言漂流处处也。"

五、仇《注》:"傅玄[《墙上难为趋行》]诗:'渭滨渔钓翁,乃为周所咨'。"

六、钱《笺》:"二句正写所思之况:'关塞极天',岂非风烟万里(见原第六首),'满地一渔翁',即信宿泛泛之渔人(见原第三首)耳,上下俯仰,亦'在眼中'。谓公自指'一渔翁'则陋。"

七、仇《注》:"陈泽州注:'公诗"天入沧浪一钓舟"、"独把钓竿终远去",皆以渔翁自比。'"

八、仇《注》:"身阻鸟道而迹比渔翁,以见还京无期,不复睹王居之盛也。"

九、杨伦《杜诗镜铨》:"'极天'、'满地',乃俯仰兴怀之意。"

陈解"江湖"太破碎，当兼用陶诗《史记》义；但他证明"渔翁"乃甫自指，却切实可信。钱说"渔翁"就是原第三首的"渔人"，空泛无据。傅玄诗意，或者带一点儿。钱、仇读下句，似乎都在"湖"字一顿，与上句上四下三不同；但这一联还在对偶，照浦《解》"满地"属上读更自然。"满地"即满处走之意，属上属下原都成，也是个文法问题；但属上读，声调整齐些，属下读，声调有变化些。杨伦语也不切，但"俯仰兴怀"关合天地却好。至于仇说"不复睹王居之盛"，和钱说"感叹遗迹，企想其妍丽，而自伤远不得见"，倒是大致相同；不过照上面所讨论，我想说，"不复睹王居"，"感叹遗迹，而自伤远不得见"，怕要切合些；而这两层也得合在一起说才好。

四　黄鲁直登快阁一首

痴儿了却公家事，快阁东西倚晚晴。落木千山天远大，澄江一道月分明。朱弦已为佳人绝，青眼聊因美酒横。万里归船弄长笛，此心吾与白鸥盟。

快阁

一、史容《山谷外集注》："快阁在太和。"

二、高步瀛《唐宋诗举要》："清《一统志》：'江西吉安府：快阁在太和县治东澄江之上，以江山广远，景物清华，故名。'"

三、《年谱》列此诗于神宗元丰六年（西元一〇八三）下，时鲁直知吉州太和县。

痴儿了却公家事,快阁东西倚晚晴。

《晋书·傅咸传》:"[杨]骏弟济素与咸善,与咸书曰:'江海之流混混,故能成其深广也。天下大器,非可稍了,而相观每事欲了。生子痴,了官事,官事未易了也;了事正作痴,复为快耳。'"这是劝咸"官事"不必察察为明,麻糊点办得了,装点儿傻自己也痛快的。这两句单从文义上看,只是说麻麻糊糊办完了公事,上快阁看晚晴去,但鲁直用"生子痴,了官事"一典,却有四个意思:一是自嘲,自己本不能了公事;二是自许,也想大量些,学那江海之流,成其深广,不愿沾滞在了公事上;三是自放,不愿了公事,想回家与"白鸥"同处;四是自快,了公事而登快阁,更觉出"阁"之为"快"了。

落木千山天远大,澄江一道月分明。

一、杜甫《登高》诗:"无边落木萧萧下"。

二、李白《金陵城西楼月下吟》:"金陵夜寂凉风发,独上高楼望吴越。……月下沉吟久不归,古今相接眼中稀。解道'澄江净如练',令人长忆谢玄晖。"

三、周季凤《山谷先生别传》:"木落江澄,本根独在,有颜子克复之功。"

"澄江"变为江名,怕是后来的事。不引谢朓而引李白,一则因李咏月下景,与下句合,二则"古今"句咏知音难得,就是下文"朱弦"一联之主意,鲁直大概也是"独上",与李不无同感。知道李白这首诗,本联与下一联之间才有脉络可寻,不然,前后两截,就觉着松懈些。周说是从这两句也可以见出鲁直胸襟远大,分明有仁者气象,诗有时确是可以观人的;不过一定说"有颜子克复之功",便不免理学套语。

朱弦已为佳人绝,青眼聊因美酒横。

一、《礼记·乐记》:"清庙之瑟,朱弦而疏越(瑟底孔),一唱而三叹,有遗音者矣。"

二、《吕氏春秋·本味》篇:"伯牙鼓琴,钟子期听之。方鼓琴而志在太山,钟子期曰:'善哉乎鼓琴,巍巍乎若太山。'少选之间而志在流水,钟子期又曰:'善哉乎鼓琴,汤汤乎若流水。'钟子期死,伯牙破琴绝弦,终身不复鼓琴,以为世无足复为鼓琴者。"

三、史《注》:"用钟期、伯牙事,不知谓谁。"

四、汉武帝《秋风辞》:"怀佳人兮不能忘。"《文选》六臣注:"佳人,谓群臣也。"

五、赵彦博《今体诗钞注略》:"按公《怀李德素》诗:'古来绝朱弦,盖为知音者。'"

六、纪昀《瀛奎律髓刊误》:"此佳人乃指知音之人,非妇人也。"

七、《唐宋诗举要》:"《晋书·阮籍传》曰:'籍又能为青白眼。

嵇喜来吊，籍作白眼，喜不怿而退。喜弟康闻之，乃赍酒挟琴造焉。籍大悦，乃见青眼。'"

上句用子期、伯牙故事，自然是主意；但"朱弦"影带"一唱三叹有遗音"之意，兼示伯牙琴音之妙，关合这故事的前一半。史说"不知谓谁"，是以为"佳人"实有所指；而这个人或已死，或远离，都可能的。但鲁直也许断章取义，只用"世无足复为鼓琴者"一语，以示钟期已往，世无知音；所谓"佳人"，便指的钟期自己。这么着，他似乎是说，琴弦已为钟期而绝，今世那里会有知音呢？青眼的故事与琴和酒都有关合处；鲁直也许是说嵇康的《广陵散》已绝①，世无可加"青眼"之人，"青眼"只好加到美酒上罢了。这两句也许是登临时遐想，也许还带着记事，就是"且喝酒"之意。

万里归船弄长笛，此心吾与白鸥盟。

一、马融《长笛赋》："可以……写神喻意……溉盥污秽，澡雪垢滓矣。"

二、伏滔《长笛赋》："……近可以写情畅神，……穷足以怡志保身。"

三、《列子·黄帝》篇："海上之人有好鸥鸟者，每旦之海上，从鸥鸟游。鸥鸟之至者，百住（音数）而不止，其父曰：'吾闻鸥鸟

---

① 《晋书·嵇康传》："康将刑东市，……顾视日影，索琴弹之，曰：'昔袁孝尼尝从吾学《广陵散》，吾每靳固之；《广陵散》于今绝矣。'"

皆从汝游，汝取来吾玩之。'明日之海上，鸥鸟舞而不下也。故曰，至言去言，至为无为；齐智之所知，则浅矣。"

四、夏竦《题睢阳》诗："忘机不管人知否，自有沙鸥信此心。"

鲁直是洪州分宁县人，去太和甚近，而说"万里归船"，不免肤廓；此当是杜甫影响，因为甫喜欢用"百年"、"万里"等大字眼，但他用得合式。两句以思归隐结，本是熟套。"弄长笛"似乎节取马、伏两赋义，与归船相连，却算新意思；"白鸥盟"之"盟"，也似乎未经人道。"此心"即"心"，"此"字别无涵义；心与鸥盟，即慕"无为"，思"忘机"，轻"齐智"（庸俗之人），鄙官事之意，与全篇都有照应。

(《中学生》杂志)

诗的语言

一 诗是语言

普通人多以为诗是特别的东西，诗人也是特别的人。于是总觉得诗是难懂的，对它采取干脆不理的态度，这实在是诗的一种损失。其实，诗不过是一种语言，精粹的语言。

（一）诗先是口语　最初诗是口头的，初民的歌谣即是诗，口诗的歌谣，是远在记录的诗之先的，现在的歌谣还是诗。今举对唱的山歌为例："你的山歌没得我的山歌多。

我的山歌几箩筐。箩筐底下几个洞,唱的没有漏的多。""你的山歌没得我的山歌多。我的山歌牛毛多。唱了三年三个月,还没唱完牛耳朵。"

两边对唱,此歇彼继,有挑战的意味,第一句多重复,这是诗;不过是较原始的形式。

(二) 诗是语言的精粹　诗是比较精粹的语言,但并不是诗人的私语,而是一般人都可以了解的。如李白《夜思》:

床前明月光,疑是地上霜。举头望明月,低头思故乡。

这四句诗很易懂。而且千年后仍能引起我们的共鸣。因为所写的是"人"的情感,用的是公众的语言,而不是私人的私语。孩子们的话有时很有诗味,如:

院子里的树叶已经巴掌一样大了,爸爸什么时候回来呢!

这也见出诗的语言并非诗人的私语。

二　诗与文的分界

(一) 形式不足尽凭　从表面看,似乎诗要押韵,有一定形式。但这并不一定是诗的特色。散文中有时有诗。诗中有时也有散文。

前者如:

历览前贤国与家，成由勤俭破由奢。（李商隐）

向你倨，你也不削一块肉；向你恭，你也不长一块肉。（傅斯年）

后者如：

暮春三月，江南草长，杂花生树，群莺乱飞。（邱迟）

我们最当敬重的是疯子，最当亲爱的是孩子，疯子是我们的老师，孩子是我们的朋友。我们带着孩子，跟着疯子走向光明去。（傅斯年）

颂美黑暗。讴歌黑暗。只有黑暗能将这一切都消灭调和于虚无混沌之中。没有了人，没有了我，更没有了世世。（冰心）

上面举的例子，前两个，虽是诗，意境却是散文的。后三个虽是散文，意境却是诗的。又如歌诀，虽具有诗的形式，却不是诗。如：

平声平道莫低昂，上声高呼猛烈强，去声分明哀远道，入声短促急收藏。

谚语虽押韵，也不是诗。如：

病来一大片，病去一条线。

（二）题材不足限制　题材也不能为诗、文的分界，"五四"时代，曾有一回"丑的字句"的讨论。有人主张"洋楼"，"小火轮"，"革命"，"电报"……不能入诗；世界上的事物，有许多许多——无论是少数人的，或多数人所习闻的事物——是绝对不能入诗的。但他们并没有从正面指出哪些字句是可以入诗的，而且上面所举出的事物未尝不可入诗。如邵瑞彭的词：

电掣灵蛇走，云开怪蜃沉，烛天星汉压潮音。十美灯船，摇荡大珠林。（《咏轮船》）

这能说不是"诗"吗？

（三）美无定论　如果说"美的东西是诗"，这句话本身就有语病；因为不仅是诗要美，文也要美。

大概诗与文并没有一定的界限，因时代而定。某一时代喜欢用诗来表现，某一时代却喜欢用文来表现。如，宋诗之多议论，因为宋代散文发达；这种发议论的诗也是诗。白话诗，最初是抒情的成分多，而抗战以后，则散文的成分多，但都是诗。现在的时候还是散文时代。

三　诗缘情

诗是抒情的。诗与文的相对的分别，多与语言有关。诗的语言更经济，情感更丰富。达到这种目的的方法：

(一) 暗示与理解　用暗示，可以从经济的字句，表示或传达出多数的意义来，也就是可以增加情感的强度。如辛稼轩的词：

> 将军百战身名裂，向河梁、回头万里，故人长绝。易水萧萧西风冷，满座衣冠似雪。正壮士悲歌未彻。

这词是辛稼轩和他兄弟分别时作的，其中所引用的两个别离的故事之间没有桥梁；如果不懂得故事的意义，就不能把它们凑合起来，理解整个儿的意思，这里需要读者自己来搭桥梁，来理解它。又如朱熹的《观书有感》：

> 半亩方塘一鉴开，天光云影共徘徊。问渠"那得清如许"？"为有源头活水来"。

也完全是用暗示的方法，表示读书才能明理。

(二) 比喻与组织　从上段可以看出，用比喻是最经济的办法，一个比喻可以表达好几层意思。但读诗时，往往会觉得比喻难懂。比喻又可分：

(一) 人事的比喻：比较容易懂。

(二) 历史的比喻：(典故) 比较难懂。

新诗中用比喻的例子，卞之琳《音尘》：

> 绿衣人熟稔的按门铃，
> 就按在住户的心上；
> 是游过黄海来的鱼？
> 是飞过西伯利亚来的雁？
> "翻开地图看，"远人说。
> 他指示我他所在的地方，
> 是那条虚线旁那个小黑点。
> 如果那是金黄的一点，
> 如果我的坐椅是泰山顶，
> 在月夜，我要你猜你那儿，
> 准是一个孤独的火车站。
> 然而我正对着一本历史书，
> 西望夕阳里的咸阳古道，
> 我等到了一匹快马的蹄音。

在这首诗里，作者将那个小黑点形象化，具体化，用了"鱼"和"雁"的典故，又用了"泰山"和"火车站"作比喻，而"夕阳"、"古道"，来自李白《忆秦娥》："乐游原上清秋节，咸阳古道音尘绝。音尘绝，西风残照，汉家陵阙"，也是一种比喻，用古人的伤别的情感喻自己的情感。

诗中的比喻有许多是诗人自己创造出来的，他们从经验中找出一些新鲜而别致的东西来作比喻的。如：

陈散原先生的"乡县酱油应染梦","酱油"亦可创造比喻。可见只要有才,新警的比喻是俯拾即是的。

四　组织

（一）韵律　诗要讲究音节,旧诗词中更有人主张某种韵表示某种情感者,如周济《宋四家词选叙论》:

阳声字多则沉顿,阴声字多则激昂,重阳间一阴,则柔而不靡,重阴间一阳,则高而不危。

东、真韵宽平,支、先韵细腻,鱼、歌韵缠绵,萧、尤韵感慨,各具声响。

（二）句式的复沓与倒置　因为诗是发抒情感的,而情感多是重复迂回的,如《古诗十九首》:

行行重行行,与君生别离。相去万余里,各在天一涯。道路阻且长,会面安可知……

这几句都表示同一意思——相隔之远,可算一种复沓。句式的复沓又可分字重与意重。前者较简单,后者较复杂。歌谣与故事亦常用复沓,因为复沓可以加强情调,且易于记诵。如李商隐诗:

君问归期未有期，巴山夜雨涨秋池；何当共剪西窗烛，却话巴山夜雨时。

这也是复沓，但比较的曲折了。

新诗如杜运燮《滇缅公路》：

……路，永远兴奋，

都来歌唱呵，

这是重要的日子，

幸福就在手头。

看它，

风一样有力，

航过绿色的田野，

蛇一样轻灵，

从茂密的草木间盘上高山的背脊，

飘行在云流中，

而又鹰一般敏捷，

画几个优美的圆弧，

降落到箕形的溪谷，

倾听村落里安息前欢愉的匆促，

轻烟的朦胧中，

溢着亲密的呼唤，

人性的温暖。

有时更懒散,

沿着水流缓缓走向城市,

而就在粗糙的寒夜里,

荒冷而空洞,

也一样负着全民族的食粮,

载重车的黄眼满山搜索,

搜索着跑向人民的渴望:

沉重的橡皮轮不绝的滚动着,人民兴奋的脉搏,

每一块石子,

一样觉得为胜利尽忠而骄傲!

微笑了,在满足而微笑着的星月下面,

微笑了,在豪华的凯旋日子的好梦里……

一方面用比喻使许多事物形象化,具体化;一方面写全民族的情感,仍不离诗的复沓的原则,复沓的写民族抗战的胜利。

句式之倒置:在引起注意。如:

竹喧归浣女。

(三) 分行　分行则句子的结构可以紧凑一点,可以集中读者的边际注意。

诗的用字须经济。如王维的:

> 大漠孤烟直,长河落日圆。

十字,是一幅好画,但比画表现得多,因为这两句诗中的"直"、"圆"是动的过程,画是无法表现的。

五、传达与了解

(一)传达是不完全的　诗虽不如一般人所说的难懂,但表达时,不是完全的。如比喻,或用典时往往不能将意思或情感全传达出来。

(二)了解也是不完全的　因为读者读诗时的心情,和周遭的情景,对读者对诗的了解都有影响。往往因心情或情景的不同,了解也不同。

诗究竟是不是如一般人所说的带有神秘性,有无限可能的解释呢?这是很不容易回答的。但有一点可以说:我们不能离开字句及全诗的连贯去解释诗。

(在昆明西南联合大学师范学院讲,姚殿芳、叶兢耕记录,《国文月刊》,一九四一年)

论"以文为诗"

陈师道《后山诗话》云:

> 退之以文为诗,子瞻以诗为词,如教坊雷大使之舞,虽极天下之工,要非本色。

说韩愈(退之)以文为诗,原不始于陈师道,释惠洪《冷斋夜话》二云:

> 沈存中、吕惠卿吉甫、王存正仲、李常公泽,治平中在馆中夜谈诗。存中曰:"退之诗,押韵之文耳,

虽健美富赡，然终不是诗。"吉甫曰："诗正当如是。吾谓诗人亦未有如退之者。"

"以文为诗"一语似乎比"押韵之文"一语更清楚些，所以这里先引了《后山诗话》。这个诗文分界的问题，是宋人提出的，也是宋人讨论的最详尽。刘克庄、严羽的意见可为代表。

刘说：

> 后人尽诵读古人书，而下语终不能仿佛风人之万一，余窃惑焉。或古诗出于情性，发必善；今诗出于记问博而已，自杜子美未免此病。（《后村先生大全集》九十六，《韩隐君诗序》）

又说：

> 唐文人皆能诗，柳尤高，韩尚非本色。迨本朝则文人多，诗人少。三百年间，虽人各有集，集各有诗，诗各自为体，或尚理致，或负材力，或呈辨博，少者千篇，多至万首，要皆经义策论之有韵者尔，非诗也。（同上九十四，《竹溪诗序》）

严也说：

> 近代诸公乃作奇特解会，遂以文字为诗，以才学为诗，以议论

为诗。夫岂不工？终非古人之诗为也；盖于一唱三叹之音有所歉焉。（《沧浪诗话·诗辨》）

他们都是以风诗为正宗的。

到了明代的李梦阳，他更进一步，主张五言古诗以汉、魏、六朝为宗，七言古诗以乐府及盛唐为宗，近体全以盛唐为宗。他给诗立了定格，建了正统，他的诗的影响不过一时，但他的诗格论的影响不是一时的；后来虽有许多反对的意见，却并没有能够摇动他的基础。它的基础是在"吟咏情性"（《诗大序》）、"温柔敦厚"（《礼记·经解》）那些话和"选体"的五言诗上头。

为什么到了宋代才有诗文分界的问题呢？这有很长的历史。原来古代只有诗和史的分别（见闻一多先生《歌与诗》），古代所谓"文"，包括这两者而言。此外有"辞"、"言"、"语"。"辞"如春秋的辞令，战国的说辞。"语"如《论语》、《国语》。"言"呢，诸子大都是记言之作。但这些都没有明划的分界，诗与史相混，从《雅》、《颂》可见。诗、史、辞和言、语相混，从《老子》、《庄子》等书内不时夹杂着韵语可见。至于汉代称为《楚辞》的屈、宋诸作，不用说更近于诗了。

汉代是个赋的时代；那时所谓"文"或"文章"便指赋而言。汉代又是个乐府时代；假如赋可以说是霸主，乐府便是附庸了。乐府是诗，赋也可以说是诗，班固《两都赋序》第一句便说："或曰：'赋者，古诗之流也'"；刘歆《七略》也将诗赋合为一目。赋出于《楚辞》和《荀子》的《赋篇》，性质多近于诗的《雅》《颂》；以颂美朝廷，描写事物为主。

抒情的不多。晋以后的发展，才渐渐专向抒情一路，到六朝为极盛。按现在说，汉赋里可以说是散文比诗多。所谓骈体实在是赋的支与流裔，而骈体按我们说，也是散文的一部分。这可见出赋的散文性是多么大。赋是诗与散文的混合物，那么，汉人所谓"文"或"文章"，也是诗与散文的混合物了。

乐府以叙事为主，但其中不缺少抒情的成分。它发展到汉末，萌芽了抒情的五言诗，可是纯粹的抒情的五言诗，是成立在魏、晋间的阮籍的手里；他的意境却几乎全是《楚辞》的影响。魏、晋、六朝是骈体文和五言诗的时代；但这时代还只有"文"、"笔"的分别，没有"诗"、"文"的分别。"有韵者文"，"无韵者笔"，是当时的"常言"（《文心雕龙·总术篇》）。赋和诗都是"文"，和汉人意见其实一样。另一义却便不同：有对偶、谐声的抒情作品是"文"，骈体的章奏与散体的著述是"笔"（梁元帝《金楼子·立言篇》）。这个说法还得将诗和赋都包括在"文"里，不过加上骈体的一部分罢了。这时代也将"诗"、"笔"对称，所谓"笔"还只指骈体的章奏与散体的著述，一部分抒情的骈体不在内，和后来"诗"、"文"的分别是不同的。

唐代的诗有了划时代的发展，所以当时人特别强调"诗"、"笔"的分别；杜甫有"贾笔论孤愤，严诗赋几篇"（《寄岳州贾司马六丈巴州严八使君》）的句子，杜牧有"杜诗韩笔愁来读"（读《杜韩诗集》）的句子，可见唐一代都只注意这一个分别，杜牧称韩愈的散体为"笔"，似乎只看作著述，不以"文"论。韩愈和他的弟子们却称那种散体为"古文"；韩创作那种散体古文，想取骈体而代之，也是划时代。他的努力是将散体从

"笔"升格到"文"里去,所以称为"古文";他所谓"文",似乎将诗、赋、骈体、散体,都包括在内,一面却有意扬弃了"笔"的名称。唐人连韩愈和他的追随者在内,都还没有想到诗文的对立上去。

宋代古文大盛,散体成了正宗。骈体不论是抒情的应用的,也都附在散体里,统于"文"这一个名称之下。王应麟《困学纪闻》有评应用文(骈体居大多数)的,所以别出。王虽分评,却都称为"文";这个"文"的涵义,正是韩愈的理想的实现。这样,"笔"既并入"文"里,"文笔"、"诗笔"的分别,自然不切用了,于是诗文的分别便应运代兴。诗文的分别看来似乎容易,似乎只消说"有韵者诗,无韵者文"就成了。可是不然。宋人便将赋放在文里,《困学纪闻》"评文"前卷里有评辞赋的话,王应麟却不收在那"评诗"一卷里。宋人将诗从文里分出,却留着辞赋,似乎自己找麻烦,但一看当时"文体"的赋(如苏轼《赤壁赋》等)的发展,便知道这是有道理的。因为成立了诗文对立的局势,而二者的分别又不在韵脚的有无上,所以有许多争议;篇首所引,是代表的例子。

争议虽多,共同的倾向却很显明,那就是风诗正宗。苏轼和朱熹都致慨于唐诗的变古,以为古人的"高风"、"远韵"从唐代已经衰歇不存(苏《书黄子思诗集后》,朱《答巩仲至书》第四、第五)。这正是风诗正宗的意思。苏轼自己便是个变古的人,也说出这样的话,可是这主张不是少数人或一时代的私见,它是有来历的。《诗大序》说诗是"吟咏情性"的,《礼记·经解》说"温柔敦厚"是"诗教"。这里面虽含着政教的意味,史的意味,但《三百篇》中风诗及准风诗的《小雅》既占了大多数,宋代又是经学解放的时代,当时人不管注疏里史的解释,只将自己读风诗的印象去印证那两句话,而以含蓄蕴藉的抒情诗为正宗,也是自然的。再说还有选体诗作他们有力的例子。选体诗的意境是继承《楚辞》的抒情的传统的。东晋时老、庄的哲学虽然一度侵入诗里,但因为只是抄袭陈言,别无新义,不久就"告退"了(《文心雕龙·明诗》)。抒情诗的传统这样建立起来,足为"吟咏情性"和"温柔敦厚"两句话张目。

不过选体诗变为唐诗,到了宋代,一个新传统又建立起来了。这里发展了一类"沉着痛快"之作,或抒情,或描写,或叙事,或议论,不尽合于那两句古话,可是事实上是有许多人爱作有许多人爱读的诗。旧传统压不倒新传统,只能和它并存着。好古的人至多只能说旧的是"正",新的是"变",像苏轼便是的;或者说新的比旧的次些,像朱熹便是的,但不能不承认那些"沉着痛快"之作也是诗。再说苏轼虽然向慕那"高风"、"远韵",他自己却还在开辟着"变"的路;这大约是所谓"穷则变",也是不得不然。刘克庄也还是走的"变"的路。严羽是走"正"路了,但是不成家数。他说"近代诸公"的诗不是诗,却将"沉着痛快"的诗和"优游不迫"(即"温柔敦厚")的诗并列为诗的两大类,可见也不能完全脱离时代的影响。

沈括(存中)说韩愈的诗只是"押韵之文",不是诗;陈师道说韩"以文为诗",不是诗的本色。陈的意思和后来的朱熹大约差不多;沈说却比较激切,所以引起全然相反的意见。刘克庄说和沈说一样。原来宋以前诗文的界划本不分明,也不求分明,沈、陈、刘,以当时的观念去评量前代,是不公道的。况且韩愈的诗,本于《雅》、《颂》和乐府,也不是凭空而来；按宋代说，固可以算他"以文为诗"，按唐代说，他的诗之为诗，原是不成问题的。

宋人的风诗正宗论却大大的影响了元、明两代；一面也是这两代体古文的发展使诗文的分界更见稳定的缘故。李梦阳的各体诗定格说正是时势使然。但姑不论他的剽窃的作风，他的定格里上有汉乐府，下有唐诗，其实也已经不纯是抒情的传统，与那两句古话不尽合了。到了清代中晚期，提倡所谓宋诗，那新传统复活了而且变本加厉，以金石考订入诗；《清诗汇》自序且诩为"诗道之尊"。章炳麟《辨诗》以为这种考订金石之作"比于马医歌括"，胡适之在《什么是文学》中也以为这种诗不是诗。他们都是或多或少皈依那抒情的传统的。

但是诗文的界划，宋以前既不分明，宋以来理论上虽然分明，事实上也不全然分明，坚持到底，怕也难成定论。所以韩愈"以文为诗"似乎并不碍其为诗。南宋陈善《扪虱新话》云："韩以文为诗，杜以诗为文，世传以为戏；然文中要自有诗，诗中要自有文，亦相生法也。"这是极明通的议论。可是"以文为诗"在我们的诗文评里成了一个热闹的问题，"以诗为文"却似乎不大成问题的样子，这是什么缘故呢？大概宋以前"诗"一直包在"文"里，宋人在理论上将诗文分开了，事实上却分不开，无论对于古人的作品或当时人的作品都如此。这种理论和事实的不一致，便引起许多热烈的讨论。至于文，自来兼有叙事、议论、描写、抒情等作用，本无确定的界限，不管在理论上和事实上。宋人还将辞赋放在文里，可见他们是不以文的抒情的作用为嫌的。

《扪虱新话》引的"杜以诗为文"的话，是仅有的例外。那只是说杜甫作文，用字造句往往像作诗一般，所以显得别别扭扭的。"韩以文为诗"是成功了，"杜以诗为文"却失败了。杜的文没有人爱学，也很少人爱读。这也是"以诗为文"引不起热闹的讨论的一个原因。但类似的讨论却不是没有，唐刘知几《史通·叙事》论"近古"史书，词多繁复，事喜藻饰。那些时候作史多用骈体，骈体含着很多抒情的成分，繁复和藻饰，正是抒情的主要手法，用来叙事，却是不相宜的。这繁复与藻饰，按宋人的标准说，也正是诗的精彩。刘知几时代，诗文还未分家，更无所谓骈散之辨，但他所指出的问题，若用宋人的术语，却正是"以诗为文"那句话。

到了清代，骈散的争辩热闹起来了，古文家论骈体的短处，也从这里着眼。如曾国藩的话：

> 自东汉至隋，文人秀士，大抵义不孤行，辞多俪语；即议大政，考大礼，亦每缀以排比之句，间以婀娜之声。历唐代而不改；虽韩、李锐志复古，而不能革举世骈体之风。此皆习于情韵者类也。（《湖南文征序》）

"习于情韵"就是"抒情"，和那"排比之句"，"婀娜之声"，都是。这里所讨论的，其实也还是"以诗为文"那句话。不过这种讨论，我们的诗文评都放在"骈散"一目下，不从诗文分界的立场看。"以诗为文"的问题，宋人既未全貌的提出，可以作为这个问题的正面的"骈散"的讨论，又不挂在它的账上，所以就似乎不大成问题的样子了。

新文学运动以来，我们输入了西洋的种种诗文观念。宋人的诗文分界说，特别是诗的观念，即使不和输入的诗文观念相合，也是相近的。单就诗说，初期的自由诗有人讥为分行的散文，还带着宋以来诗的传统的影响。第一个提倡新诗的胡适之还提倡以诗说理呢。但是后来的格律诗和象征诗便走上新的纯粹抒情的路。这该是宋人理想的实现。

可是诗的路却似乎越过越窄，作者和读者也似乎越来越少。这里也许用得着 J. M. Murry《风格问题》一书中的看法。他说，"在某种文化的水准上，加上种种经济的社会的情形（这些值得详加研究），某种艺术的或文学的体式是会逼着人接受的。"（四八面）宋以来怕可以说是我们的散文时代，散文的体式逼着一般作家接受；诗不得不散文化，散文化的诗才有爱学爱读的人。现代诗走回诗的"正"路，但是理睬的人便少了。只看现代散文（包括小说）的发展是如何压倒了诗的发展，就知此中消息。诗暂时怕只是少数人的爱好（这些人自然也是不可少的），它的繁荣怕要在另一个时代。Murry 还说："批评只消研讨基本的成分，比较着看；它所着眼的是创造想象，除非要研讨文字的细节，是不必顾到诗文的分别的。"（五二，五三面）照这个看法，"以文为诗"也该是不成问题的。

(《学文周刊》，济南《大华日报》)

再论"曲终人不见,江上数峰青"

在本志(《中学生》)六十号里见到朱孟实先生论这两句诗的文字,觉得很有趣味。自己也有点意思,写在这里,请孟实、丐尊二位先生指教。

先抄全诗:

> 钱起　省试《湘灵鼓瑟》
> 善鼓云和瑟,常闻帝子灵。
> 冯夷空自舞,楚客不堪听。
> 苦调凄金石,清音入杳冥。

> 苍梧来怨慕,白芷动芳馨。
> 流水传湘浦,悲风过洞庭。
> 曲终人不见,江上数峰青。

这是一首试帖诗,诗题出于《楚辞·远游篇》,云:

> 使湘灵鼓瑟兮,令海若舞冯夷。

《旧唐书》一六八记此诗情形云:

> 起能五言诗,初从乡荐,寄家江湖,尝于客舍月夜独吟,遽闻人吟于庭曰:"曲终人不见,江上数峰青。"起愕然。摄衣视之,无所见矣。以为鬼怪,而志其一十字。起就试之年,李昕所试《湘灵鼓瑟》诗,题中有"青"字。起即以鬼谣十字为落句。昕深嘉之,称为绝唱,是岁登第。

"绝唱"只说得好,只说得爱好;那个鬼故事当然是后来附会出来的。至于究竟好在何处?有什么理由可说?前人评语不外两端:一是切题,二是所谓"远神"。唐汝询《唐诗解》卷五十云:

> 瑟乃神灵所弹,原无处所,是以曲终而不见其人,徒对江上数峰而惆怅也。

这里只说得上一句：压根儿就不见人，不独曲终时为然。但"江上数峰青"又与题何干呢？"湘灵"王逸无注，洪兴祖补云："上言'二女'，则此'湘灵'乃湘水之神，非湘夫人也。"可见得以前颇有人以为湘灵就是湘夫人，就是帝尧的二女。《楚辞·九歌·湘夫人》有云："九嶷缤兮并迎，灵之来兮如云"，王注云："舜使九嶷之山神缤然来迎二女。"可见得湘夫人虽"死于沅、湘之中"，却住在九嶷山里。又《山海经·中山经》云："洞庭之山……帝之二女居之"，这里的"二女"也就是湘夫人。那么，"江上数峰青"只是说人虽不见，却可想象她们在那九嶷山或"洞庭之山"里。钱起远在洪兴祖之前，他大概还将湘灵当作湘夫人的。

可是这么一说，这两句诗不过切题而已，何以"称为绝唱"呢？沈德潜《唐诗别裁集》评云："远神不尽。"但又云："落句固好，然亦诗人意中所有；谓得自鬼语，盖谤之耳。""神"字太麻烦，姑不去解释；说"远"，说"不尽"，究竟是什么呢？既是"诗人意中所有"，该不是怎样玄虚的东西。我们可以想到所谓"远神"大概有两个意思：一是曲终而余音不绝，一是词气不竭，就是不说尽。这两个意思一从诗所咏的东西说，一从诗本身说，实在是一物的两面。

我们都知道"余音绕梁"、"响遏行云"两个成语；实在是两个典故，见《列子·汤问篇》，云：

……秦青……抚节悲歌，声振林木，响遏行云。

……昔韩娥东之齐，匮粮，过雍门，鬻歌假食。既去而余音绕梁欐，三日不绝。

前条说声响之高,后条说声响之久;"江上数峰青"也正说的是曲调高远,袅袅于江上青峰之间,久而不绝,该是从《列子》脱化而出。可是意境全然新的,并非抄袭。所以可喜。这是一。

《全唐诗话》卷一云:

> 中宗正月晦日,幸昆明池赋诗。群臣应制百余篇。帐殿前结彩楼,命"昭容"选一篇为新翻御制曲。从臣悉集其下。须臾纸落如飞,各认其名而怀之。既进,惟沈(佺期)、宋(之问)二诗不下。又移时,一纸飞坠,竞取而观,乃沈诗也。及闻其评曰:"二诗工力悉敌。沈诗落句云:'微臣雕朽质,羞睹豫章才。'盖词气已竭;宋诗云:'不愁明月尽,自有夜珠来。'犹陟健举。"沈乃伏,不敢复争。

沈说尽,宋不说尽,却留下一个新境界给人想,所以为胜。钱诗是试帖,与沈、宋应制诗体制大致相同,都是五言长律,落句也与宋异曲同工。上官昭容既定下标准在前头,影响该不在小;钱起的试官李昕或有意或无意大约也采取了这种标准,所以深为嘉许。这是二。

还有,据《旧唐书》所记及陈季等同题之作,知道此诗所限之韵中有"青"字。钱押得如此自然,怕也是成为"绝唱"的一个小因子。《唐诗别裁集》评语有云:"神来之候,功力不与",其实就是说的这个押韵的自然。

诗中他句也有可论,但纪昀差不多都说过了,见《唐人试律说》,在《镜烟堂十种》中。

(二十五年二月,《中学生》六十二号)

王安石《明妃曲》

王安石《明妃曲》二首，颇受人攻击，说诗中"人生失意无南北"、"汉恩自浅胡自深"两句有伤忠爱之道。第一首云：

明妃初出汉宫时，泪湿春风鬓脚垂。低徊顾影无颜色，尚得君王不自持。归来却怪丹青手，入眼平生几曾有。意态由来画不成，当时枉杀毛延寿。一去心知更不归，可怜著尽汉宫衣。寄声欲问塞南事，只有年年鸿雁飞。家人万里传消息："好在毡城莫相忆。君不见，咫尺长门闭阿娇，人生失意无南北。"

黄山谷引王深父的话,说:"孔子曰:'夷、狄之有君,不如诸夏之亡也。''人生失意'句非是。"这是说,无论怎样,中国总比夷、狄好,南总比北好,打在冷宫的阿娇也总比在毡城作阏氏的明妃好;诗中将南北等量齐观,是不对的。山谷却辩道:孔子居九夷,可见夷、狄也未尝无可取之处,诗语并不算错。

这种辩论似乎有点小题大做;所以有人说王安石只是要翻新出奇罢了,是不必深求的。但细读这首诗,王安石笔下的明妃本人,并未离开那"怨而不怒"的旧谱儿;不过"家人"给她抱不平,口气却有点"怒"了。"家人"怒,而身当其境的明妃并没有怒,正见其忠厚之极。这里"一去"两句说她久而不忘汉朝;"寄声"两句说这么久了,也托人问汉朝消息,汉朝却绝无消息——年年有雁来,元帝却没给她一个字,在国内几年未承恩幸,出宫时虽"得君王不自持",又杀了毛延寿,而到塞外几年,却也未承眷念;她只算白等着。家里的消息却是有的,教她别痴想了,汉朝的恩是很薄的;当年阿娇近在咫尺,也打下冷宫来着,你惦记汉朝,即便你在汉朝,也还不是失意?——该失意的在南在北都一样,别老惦着"塞南"罢。这是决绝辞,也可说是恰如其分的安慰语;不过这只是"家人"说说罢了。

第二首云:

明妃初嫁与胡儿,毡车百辆皆胡姬。含情欲说独无处,传与琵琶心自知。黄金捍拨春风手,弹看飞鸿劝胡酒。汉宫侍女暗垂泪,沙上行人却回首:"汉恩自浅胡自深,人生乐在相知心。"可怜青冢已芜没,尚有哀弦留至今。

李璧注引范冲对高宗云:"诗人多作《明妃曲》,以失身胡虏为无穷之恨;安石则曰:'汉恩自浅胡自深,人生乐在相知心。'然则刘豫不是罪过,汉恩浅而虏恩深也。……孟子曰:'无父无君是禽兽也。'以胡虏有恩而遂忘君父,非禽兽而何!"这以诗中明妃与汉奸刘豫相比,骂她是禽兽;其实范冲真要骂的是王安石。骂王安石,与诗无甚关系,且不必论。就诗论诗,全篇只是以瑟琶的悲怨见出明妃的悲怨;初嫁时不用说,含情无处诉,只借琵琶自写心曲。后来虽然弹琵琶劝酒,可是眼看飞鸿,心不在胡而在汉。飞鸿有三义:句子以嵇康《赠秀才入军》诗"目送归鸿,手挥五弦"来,意思却牵涉到孟子的"一心以为鸿鹄将至",又带着盼飞鸿捎来消息。这心事"汉宫侍女"知道,只不便明言安慰,惟有暗地垂泪。"沙上行人"听着琵琶的哀响,却不禁回首,自语道:汉朝对你的恩浅,胡人对你的恩深,古话说得好,乐莫乐兮新相知,你何必老惦着汉朝呢?在胡言胡,这也是恰如其分的安慰语。这决不是明妃的嘀咕,也不是王安石自己的议论,已有人说过,只是沙上行人自言自语罢了。但是青冢芜没之后,哀弦留传不绝,可见后世人所见的还只是个悲怨可怜的明妃;明妃并未变心可知。王深父范冲之说,都只是断章取义,不顾全局,最是解诗大病。今写此短文,意不在给诗中的明妃及作者王安石辩护,只在说明读诗解诗的方法,藉着这两首诗作个例子罢了。

(《世界日报》,二十五年)

跟大师学国学　已出书目

国学概论　章太炎　讲演　曹聚仁　整理

人间词话　王国维　著　徐调孚　校注

经典常谈　朱自清　著

唐诗杂论　闻一多　著

中国史纲　张荫麟　著

三国史话　吕思勉　著

明史讲义　孟森　著

中国历史研究法　梁启超　著

中国小说史略　鲁迅　著

清史讲义　孟森　著

清代学术概论　梁启超　原著　朱维铮　校订

中国历史研究法补编　梁启超　著

国学常识　曹伯韩　著

中国书画浅说　诸宗元　著

诗境浅说　俞陛云　著

文字学常识　胡朴安　著

宋元戏曲史　王国维　著

中国绘画史　陈师曾　著

读书指南　梁启超　著

中国八大诗人　胡怀琛　著

国史讲话　顾颉刚　著

词学通论　吴梅　著

谈美　朱光潜　著

佛学常识　太虚　著

李鸿章传　梁启超　著

古书真伪常识　梁启超　演讲　周传儒　等　笔记

怎样读古书　胡怀琛　著

中国的文化与思想　常乃惪　著

中国的兵　雷海宗　著

文艺常谈　朱自清　著

史讳举例　陈垣　著

中国政治思想史　吕思勉　著

《诗经》讲义　傅斯年　著

文心雕龙札记　黄侃　著

中国哲学十讲　李石岑　著

明清戏曲史　读曲小识　卢前　著

史学方法导论　傅斯年　著

先秦政治思想史　梁启超　著

中国近代史新编　蒋廷黻　著

孔子与儒家哲学　梁启超　著